REZENSIONEN (O-TON)

ZUR BUCHREIHE »WOLKENTRÄUME – SPIRIT OF THE BUSH PILOTS«

»Die Geschichte hat mich mit der ganzen Dramatik richtig gefesselt, das passiert mir selten!«

»Was für ein unglaublich mitreißendes, spannendes und bewegendes Buch!«

»Es gibt wenige Autoren, bei denen ich die Bücher blind kaufe, ohne die Handlung zu kennen. Markus Glauser ist einer davon.«

»Der Inhalt ist so spannend, mitfühlend, liebevoll, humorvoll geschrieben. Ich habe mitgelacht, mitgeweint, mitgelitten und war mittendrin in der Geschichte.«

»Das Buch ist – ehrlich gesagt – unglaublich. Hinsetzen, lesen und träumen!«

»Gefühlvoll und leidenschaftlich geschrieben. Da werden tiefe Sehnsüchte geweckt, von denen man nicht mal ahnte, dass sie in einem schlummern. Hoffe inständig auf eine Fortsetzung.«

Neu in meinem Leserkreis? Schön, freut mich! Hier wartet ein kleines Willkommensgeschenk auf dich:

www.markusglauser.de/geschenk

Oder rasch mit dem Smartphone:

ÜBER DIE BUCHREIHE

Jedes Buch der Reihe »Wolkenträume – Spirit of the Bush Pilots« ist in sich abgeschlossen. Folglich können sie in beliebiger Reihenfolge gelesen werden. Im Vordergrund stehen immer Abenteuer in der Welt der Buschpiloten, wahres Glück, Familie und Liebe.

Die Bücher erzählen Geschichten aus Gegenden, wo Buschpiloten aus dem täglichen Leben nicht wegzudenken sind. Sie liefern Nahrungsmittel, Arznei und Material in abgelegene Siedlungen und fliegen Naturfreunde in die Wildnis.

Viele Buschpiloten gibt es in Kanada, Alaska, Afrika und Australien, aber auch in Südamerika und Asien. Etliche von ihnen pflegen ihr Aussteiger-Image und den abenteuerlichen Lifestyle. Beispiele: die Barfußpiloten der Malediven, die Flying Doctors Australiens oder die verwegenen Pilotinnen in Alaskas Wildnis.

Die vorliegende Geschichte spielt in Botswana. Das topografisch flache Land, das an Südafrika, Namibia, Sambia und Simbabwe grenzt, ist ähnlich groß wie Frankreich, hat aber nur etwa 2,5 Millionen Einwohner. 1966 löste sich Botswana aus der Abhängigkeit von England und führte die ersten demokratischen Wahlen durch. Auf dem afrikanischen Kontinent gilt es als Erfolgsmodell und wird auch als »Schweiz Afrikas« bezeichnet. Es gibt nur zwei ausgeprägte Jahreszeiten in Botswana: Winter und Sommer. Der Winter ist grob deckungsgleich mit der Trockenzeit, der Sommer mit der Regenzeit. Im afrikanischen Winter (Mai bis September) ist das Klima besonders angenehm: warme, trockene Tage und kühle Nächte. Ökonomisch bedeutend sind vor allem die Diamantenindustrie, die Viehwirtschaft und der Tourismus. Gäste aus allen Teilen der Erde zieht es hierhin, weil das Land als eines der letzten großartigen Tierparadiese dieser Welt gilt. Botswana ist der Inbegriff von Safari-Romantik. Im Okavango-Delta, einem UNESCO-Weltkulturerbe, ist die Artenvielfalt besonders beeindruckend: Elefanten,

Löwen, Geparde, Zebras, Giraffen, Nashörner, Flusspferde, Affen – im weltberühmten Binnenflussdelta ist die gesamte Tierwelt Afrikas vertreten. Die Gegend gilt auch als Vogelparadies. Nicht zu vergessen: die magischen Sonnenuntergänge!

AFRICAN SUNSET

VOM LETZTEN ABENTEUER

MARKUS GLAUSER

Was im Leben zählt, ist nicht, dass wir gelebt haben. Sondern wie wir das Leben von anderen verändert haben.

— NELSON MANDELA

Für meine Familie

FEUERHÖLLE

VIERTE WOCHE JULI – IN BOTSWANAS WILDNIS

Da kommen wir niemals durch! Warum bremst Nelson nicht?! Lara blickte ihn mit großen Augen und offenem Mund an. Doch Nelson hielt entschlossen auf die Feuerwand zu. Seine Hände umklammerten das Lenkrad so fest, dass die Adern und Muskeln seiner Unterarme hervortraten. Sein freundlicher Gesichtsausdruck wandelte sich zur angsterfüllten Fratze. Doch er hielt Kurs. Noch zweihundert Meter. Nelson gab Gas. In wenigen Sekunden würden sie erneut in der Feuerhölle sein. In einer Minute vielleicht schon tot, jämmerlich bei lebendigem Leib verbrannt. Lara schloss ihre Augen und krallte sich am Sitz fest. Schon schlug ihr eine unerträgliche Hitze entgegen und sie rang nach Atem. Vorsichtig blickte sie um sich. Überall waren lodernde Flammen, nirgendwo ein Funken Hoffnung. Heißer Rauch drang durch die Lüftung ins Innere des Wagens, alle husteten. In Panik kurbelte sie das Fenster herunter, ihr Verstand arbeitete nicht mehr richtig. Die sengende Hitze auf ihrer nackten Haut war unerträglich und die ersten Flammen züngelten durch das offene Fenster. Scheißidee! Lara kurbelte das Fenster sofort wieder rauf. Es roch nach verbranntem Gummi und die heiße Luft brannte so heftig in ihrer Lunge, als würde sie zerreißen.

1

CHIEMSEE – ERSTE WOCHE MAI

3 MONATE VORHER

Ralf Sieger radelte auf dem schmalen Zufahrtsweg zu seinem Haus. Die Pflastersteine waren glitschig vom Regen und glänzten wie Schuppen, als das Sonnenlicht auf sie fiel. Vorsichtig stieg er ab, schob sein Fahrrad behutsam in die Garage und zog seine Handschuhe und die Mütze aus. Bevor er das Haus betrat, ließ er den Blick zum Chiemsee schweifen. Dunkle Wolken hingen bedrohlich über dem rauen See und die Berge schimmerten im letzten Licht des Tages. Die Luft roch nach Schnee, was Ralf Anfang Mai als Zumutung empfand. Äußerst unüblich für diese Jahreszeit. Aber was war heutzutage diesbezüglich noch normal?

»Hallo, ich bin da!«, rief Ralf beim Betreten des warmen Hauses. Er ging in sein Büro, um den Rucksack auszupacken, verband sein Notebook mit dem Ladekabel und legte die Arbeitsmappe des aktuellen Projekts daneben – Statikberechnungen für ein geplantes Mehrfamilienhaus. Ralf liebte seinen Job, doch die vielen Überstunden, die er seit seiner Beförderung zum Chefingenieur machte, hinterließen Spuren. Er schlief schlecht und die Zeit für Ausfahrten mit seinem geliebten Fischerboot auf den Chiemsee war rar. Als er das Wohnzimmer betrat, eilte Lucia mit einem strahlenden Lächeln aus der Küche und drückte ihm einen herzhaften Kuss auf die Lippen. Ralf nahm die brennenden Kerzen wahr, die das Wohnzimmer in sanftes Licht tauchten und einen dezenten Vanilleduft verströmten. Der Esstisch war liebevoll weiß eingedeckt, in der Mitte thronte eine dekantierte Flasche Rotwein.

»Oh, feiern wir heute etwas?«, fragte Ralf. Fieberhaft überlegte er, ob er einen Geburtstag oder Jahrestag vergessen hatte. So was war ihm noch nie passiert.

»Überraschung!«, entgegnete seine Verlobte mit leuchtenden Augen.

Was ist mit Lucia los?, dachte Ralf, als er sich hinsetzte. Freudig angespannt versuchte er, die Neuigkeiten aus ihrem strahlenden Gesicht zu lesen. Er liebte es, wenn sich Lucia wie ein Kleinkind über etwas freute.

Ralf schnupperte am italienischen Rotwein und nahm einen kleinen Schluck. Er war kräftig und leicht trocken mit einem Hauch von Kirschen im Abgang. Oder doch eher Gewürzen?, überlegte er. Herkunft, Rebsorte, Anbau, Pressung, Lagerung – die einzelnen Komponenten, die zu einem fertigen Produkt führten – faszinierten ihn. Ganz im Gegensatz zu Lucia, die den Wein lediglich sinnlich wahrnahm.

»Auf uns!« Lucia setzte sich neben ihn an den Tisch und hob ihr Glas.

»Spann mich nicht länger auf die Folter. Was ist los?«, drängte Ralf.

»Rate mal!«

»Ach, du weißt doch, dass ich keine Ratespiele mag. Sag es einfach, Liebling.«

»Nur ein einziges Mal.« Sie rutschte aufgeregt auf ihrem Stuhl herum.

Ralf fühlte sich unter Druck gesetzt. Ohne einen Hinweis musste er im Dunkeln tappen. Lucia wusste genau, dass er das nicht mochte. »Na gut, haben wir im Lotto gewonnen?«

»Schwacher Versuch, wir spielen seit über einem Jahr nicht mehr.«

»Tja, mehr fällt mir nicht ein. Jetzt bist du dran.«

Er bemerkte, dass Lucia bisher nur an ihrem Rotwein genippt hatte. Ein Gedanke schoss ihm durch den Kopf, den er aber sofort wieder verwarf. Er wagte nicht, zu hoffen – nicht nach all den Enttäuschungen der letzten Jahre. Seine Hände zitterten.

Lucia trat hinter Ralf, legte ihre Arme um ihn und flüsterte ihm zärtlich etwas ins Ohr.

»Ich habe es nicht verstanden. Was hast du gesagt?«

Sie seufzte und richtete sich auf. »Ach, Liebling, bitte. Du wirst Vater! Es hat endlich geklappt! Ich bin im vierten Monat.«

Ralf war sprachlos und griff nach ihren Händen. Seine Knie wurden weich. Schwanger? Tatsächlich?!

Die freudige Nachricht überforderte ihn völlig. Sie hatten diesen Moment jahrelang herbeigesehnt, aber nach vier Fehlgeburten und der Diagnose von seiner Unfruchtbarkeit in der Kinderwunschklinik hatte Ralf akzeptiert, dass es bei ihnen nicht klappen würde. So war eben das Schicksal.

»Wir bekommen ein Kind?!« Ralf stand auf, Lucias Augen füllten sich mit Tränen.

»Ich war heute Morgen bei meiner Ärztin. Die kritische Phase ist vorbei und die Ultraschalluntersuchung hat keine Auffälligkeiten gezeigt. Unser Baby entwickelt sich normal. Diesmal wird es klappen. Ich fühle es!«

Ein winziger Funke Hoffnung keimte in ihm. »Aber bist du sicher? Die Ärztin hat doch gesagt, dass ich keine gesunden Kinder …«

Lucia legte ihm den Zeigefinger auf die Lippen. »Pssst, sie meinte, es sei unwahrscheinlich. Manchmal geschehen Wunder. Zweifle nicht, lass uns einfach den Moment genießen und das Geschenk annehmen.«

»Im vierten Monat?« Ralf schüttelte ungläubig den Kopf. Lucias Worte sanken nur langsam bei ihm ein. »Wieso ist mir nichts aufgefallen?!«

»Weil du dauernd in deiner Arbeit versunken bist und mich seit Monaten gar nicht mehr richtig wahrnimmst.«

»Oh, das tut mir leid. Das wird sich ändern.«

»Das will ich doch hoffen.« Lucia nahm Ralf sanft an die Hand und führte ihn ins Schlafzimmer. »Wir haben noch dreißig Minuten, bis die Lasagne fertig ist. Lass uns die im Bett verbringen.«

Ralf schlüpfte nackt unter die Decke, während

Lucia sich im Badezimmer frisch machte. Er starrte fassungslos zur Decke. Ich werde Vater! Aber … Erinnerungen an die letzte Fehlgeburt vor knapp einem Jahr kamen hoch. An Lucias Tränen, die nicht versiegen wollten. Stundenlang hatte er sie in den Armen gehalten, bis sie erschöpft eingeschlafen war. Dann folgten die endlosen Untersuchungen in der Klinik. Es dauerte Monate, bis sie den erneuten Schicksalsschlag einigermaßen verkraftet hatten. Seine Freude über das zarte Glück wurde von Angst überschattet. Was, wenn es auch diesmal nicht klappt?

»Du denkst zu viel, Liebling«, flüsterte Lucia in sein Ohr.

Ralf spürte ihren warmen Körper, ihre Finger wanderten über seinen Bauch. Er zog Lucia an sich und küsste sie leidenschaftlich. Ein aufsteigendes Verlangen verbannte seine kreisenden Gedanken in den Hintergrund.

Später ließ Lucia schwer atmend ihren Kopf auf seine Brust sinken. »Ich … ich bin so glücklich!«, hauchte sie.

Ralf strich Lucia zärtlich über ihre Haare. In ein paar Monaten liegen wir hier zu dritt. Wie wird es sein, wenn ich das Baby das erste Mal in den Armen halte? Er drückte sie fest an sich. »Danke.«

»Wofür?«

»Du hast daran geglaubt, als ich schon aufgegeben hatte. Du hast mich überzeugt, es noch ein fünftes Mal zu versuchen, obwohl die Prognosen düster waren.«

Wieder einmal spürte er, dass Lucia sein ganzes Glück, seine bessere Hälfte war. Seit fast zehn Jahren waren sie schon zusammen. Sie war sein Ein und Alles, auf sie war immer Verlass. Wie vor ein paar Jahren, als sie ihm während eines Burnouts verständnisvoll und unermüdlich zur Seite gestanden hatte.

Lucia zuckte mit den Schultern und lächelte. »Ich habe die Hoffnung nie aufgegeben. Ich habe immer daran geglaubt, dass wir es schaffen können.«

»Never give up, richtig?«

»Genau!«

Ralf küsste sanft ihre Stirn. »Ich muss es unbedingt meinem Bruder erzählen.«

»Linus kommt uns in zwei Wochen besuchen. Dann könnten wir es ihm gemeinsam sagen.«

»Okay, so lange kann ich warten. Aber er soll es als Erster erfahren. Das bedeutet mir viel.« Linus lebte in der Nähe und war die einzige Familie, die Ralf noch hatte. So unterschiedlich die beiden waren, so sehr fühlte sich Ralf ihm verbunden. Die gemeinsame Zeit im Kinderheim hatte sie zusammengeschweißt.

»Gut, wenn es dir so wichtig ist.«

»Du machst mich glücklich, Lucia.« Ralf fühlte sich leicht wie seit Jahren nicht mehr. Endlich war das Glück auch mal auf ihrer Seite. »Unser Kind soll es besser haben als Linus und ich. Es soll ihm an nichts mangeln, vor allem nicht an Liebe und Zuneigung.«

»Selbstverständlich, Liebling.« Lucia streichelte zärtlich seine Wange.

Nach einem leidenschaftlichen Kuss ging sie nackt in die Küche, um nach der Lasagne zu sehen. Deren Duft drang bis ins Schlafzimmer. Ralf schlüpfte in seine

Jogginghose, trat ans Fenster und starrte ungläubig in die Dunkelheit. Ich werde Vater?! Ein Wunder, ein unglaubliches Wunder!

Am Chiemsee blinkte das Licht der Sturmwarnung in einem gespenstischen Rot.

Sie duftet nach Rosen, dachte Linus und genoss es, wie Andrea ihren Kopf an seine Schulter lehnte. Überrascht stellte er fest, dass es bereits nach zwei Uhr morgens war. Er nahm einen großen Schluck Whisky und setzte all seine Chips auf die Zahl Sieben. Nachdem die anderen Spieler ihre Einsätze platziert hatten, drehte der Croupier am Rouletterad.

»Faites vos jeux, rien ne va plus!«, verkündete er.

Linus blickte gelassen auf die kleine Kugel, die klackernd über das Spielbrett rollte. Gewinnen oder verlieren, für ihn war es unwichtig. Es waren die Emotionen im Casino, nach denen er süchtig war. Die angespannte Atmosphäre zwischen Gier und Verlustangst. Die Verzweiflung auf den Gesichtern, das aufbrausende Lachen, wenn das Glück den Besuchern hold war. Dazu genoss er die Leichtigkeit nach ein paar Gläsern Whisky, genauso wie die Frauen an seiner Seite. Er liebte lange Nächte wie diese, genauso wie er die Morgen danach hasste: Dann, wenn der Wecker erbarmungslos klingelte und seine Flucht in eine sorgenfreie Welt abrupt endete. Seine finanziellen Probleme kehrten ausnahmslos zurück und sein Kopf pochte unerbittlich, bis er zwei doppelte Espressos runtergestürzt hatte.

»Verdammt«, murmelte Andrea müde. »Die Acht, knapp daneben! Fast hättest du gewonnen, Schatz.«

Linus leerte sein Glas. »Egal, beim nächsten Mal schlagen wir zu!« Er grinste schelmisch und fuhr sich durch seine wirren Haare. »Pech im Spiel, Glück in der Liebe, nicht wahr?«

Andrea gab ihm einen feuchten Kuss auf die Wange und hakte sich bei ihm unter. »Lass uns gehen.«

Kichernd taumelten sie in die kühle Nachtluft. Andrea kuschelte sich bibbernd an Linus, der tief durchatmete und in seiner Tasche nach dem Autoschlüssel suchte.

»Scheißwetter! Und das im Mai!«, fluchte sie zähneklappernd. »Kannst du noch fahren? Du hattest mehr als nur einen Drink.«

»Klar, mir geht's gut. Es ist ja nur ein kurzes Stück bis zu mir. Das schaffe ich sogar im Schlaf.« Linus blinzelte, um schärfer sehen zu können.

»Trotzdem, besser nicht!« Andrea legte eine Hand auf seinen Arm.

»Hast du genug Geld für ein Taxi?«

Sie schüttelte müde den Kopf.

»Siehst du, ich auch nicht.«

Linus öffnete die Tür seines Kleinwagens, als er einen Schlag auf seine Schulter spürte. Er drehte sich um und wurde sofort wach.

»Wo ist mein Geld?«

Zwei Männer um die fünfzig standen vor ihm, unangenehm nah. Der bullige von ihnen tippte mit dem Zeigefinger auf seine Brust. Der andere zündete sich lässig eine Zigarette an und kratzte sich am Bart.

»Ich habe dir gesagt, dass ich noch etwas Zeit brauche. Du bekommst dein Geld schon«, erklärte Linus betont ruhig, um die aufkeimende Angst zu kaschieren.

Unvermittelt packte ihn der Bullige am Jackenkragen und schüttelte ihn durch. Linus wurde schwindelig, in seinem Kopf schien alles wild herumzukullern. Andrea wich ängstlich zurück und blickte sich nervös um. Doch niemand war auf dem parkähnlichen Vorplatz, der ihnen hätte helfen können.

»Das hast du beim letzten Mal auch gesagt, Arschloch! Deine Zeit ist abgelaufen. Entweder du zahlst bis Ende des Monats oder du hast ein gewaltiges Problem am Hals!«

Linus keuchte. »Schon gut, schon gut. Bleibt ruhig. Ich kann es bis Ende des Monats regeln, kein Problem. Wirklich kein Problem.« Er war erleichtert, dass er noch einmal glimpflich davonkommen würde.

»Das wäre besser für dich«, sagte der Bärtige und blies Linus den Zigarettenrauch ins Gesicht. »Wenn du es dir anders überlegst, bekommt noch jemand anderes ein Problem.«

Linus sah seine Peiniger fragend an. Der drehte sich zu Andrea, die zitternd neben dem Auto stand. Plötzlich wurde ihm klar, wer gemeint war. Er musste einen kühlen Kopf bewahren, um die Panik zu besiegen.

»Sie hat damit nichts zu tun! Lasst sie verdammt nochmal in Ruhe«, forderte er.

Der Bärtige grinste, trat näher an Andrea heran und strich ihr am Kinn entlang. Linus sprang dazwischen und schlug die riesige Hand weg. Sekundenbruchteile später spürte er einen heftigen Schlag am Hinterkopf. Ein stechender Schmerz durchzuckte Linus' Kopf und er sah Sterne. Hätte Andrea ihn nicht festgehalten, wäre er umgefallen. Diese verdammten Mistkerle! Linus wurde doch noch panisch und hatte Mühe, einen klaren Gedanken zu fassen. Er musste jetzt ruhig bleiben, um die Situation unter Kontrolle zu bekommen. Zähe Sekunden vergingen, ohne dass jemand ein Wort sagte. Die Dunkelheit der Nacht und der feuchtkalte Wind verursachten eine Gänsehaut.

»Du weißt, was zu tun ist, Kleiner«, zischte der Bärtige bedrohlich.

Dann gingen seine Gläubiger ohne ein weiteres Wort davon. Linus setzte sich ins Auto und drehte den Schlüssel mit bebenden Händen. Sofort stellte er die Heizung auf Maximum, dann blickte er zu Andrea, die leichenblass war.

»Ist dir kalt?«

»Nein, aber ich habe Angst, schreckliche Angst. Du kennst diese Typen, sie schrecken vor nichts zurück!«

»Ach, überlass das mir«, erwiderte Linus lässig. Er wollte Ruhe und Sicherheit ausstrahlen, doch beides misslang.

»Wie viel schuldest du ihnen?«, fragte Andrea energisch.

»Nicht der Rede wert. Wie gesagt, lass das mein Problem sein.«

»Wie viel?«, beharrte sie.

»Zehntausend.«

»Was?!« Andrea keuchte. »Verdammt! So viel wirst du bis Ende des Monats niemals zusammenbekommen!«

»Doch, werde ich«, antwortete Linus und fuhr langsam los. Er drehte das Radio laut. Es dudelte ein schmalziges Liebeslied, das seine Sorgen nicht vertreiben konnte. Mist, das sieht nicht gut aus. Andrea könnte verflucht nochmal recht haben! Wenn ich es nicht schaffe, schlagen die mich krankenhausreif, genauso wie den Spielsüchtigen vor ein paar Monaten. Und der schuldete ihnen gerade mal zwei Tausender. Ich Idiot! Linus seufzte und fuhr sich durch die Haare, während er zu seiner Wohnung am Ende des Dorfes steuerte. Er parkte seinen Wagen vor dem Mehrfamilienhaus und nahm Andreas Hand, die immer noch zitterte. »Es wird alles gut, vertrau mir.«

»Dein Bruder wird dir helfen, wie immer.« Andreas Gesicht hellte sich auf.

»Nein, diesmal nicht. Das hat er das letzte Mal in aller Deutlichkeit klargemacht.«

Als er ausstieg, schoss ihm seine einzige Chance durch den Kopf. Ein Hoffnungsschimmer. Lucia, sie wird mir helfen, das ist sie mir schuldig! Linus schlug die Tür hinter sich zu und betrat den Hausflur. Andrea folgte ihm, ganz in Gedanken versunken.

Am nächsten Morgen stand Linus nach drei doppelten Espressos mit einem breiten Grinsen vor seiner Klasse und erklärte am Whiteboard den Satz des Pythagoras. Die Schüler hörten ihm gebannt zu und stellten nur vereinzelt Fragen. Am Ende der Unterrichtsstunde war die Luft stickig. Linus öffnete das Fenster.

»So, das war's. Ich danke euch für eure Aufmerksamkeit in den letzten zwei Wochen. Nächste Woche ist euer Klassenlehrer aus seinem verlängerten Urlaub zurück. Ich werde dann woanders aushelfen.« Linus schenkte den Schülern kleine Schokoglückskäfer.

Ein Junge aus der hintersten Reihe meldete sich. »Wir möchten Sie als unseren neuen Klassenlehrer, Herr Sieger. Sie erklären so ruhig und logisch. Endlich verstehen wir alles.«

Ein Mädchen von links vorne nickte eifrig. »Außerdem kann man mit Ihnen lachen, Sie sind witzig!«

In kürzester Zeit diskutierte die Klasse lebhaft, wie sie es schaffen könnten, Linus als Lehrer zu behalten. Der freute sich darüber, dass sein Unterricht bei den Kindern gut ankam, und grinste. Gleichzeitig fühlte er sich unwohl, wenn er mit seinen Lehrerkollegen verglichen und in den Himmel gelobt wurde. Sein Leben außerhalb des Klassenzimmers war ein Chaos und da war vieles, was er noch lernen musste.

»Langsam, langsam«, hob er beschwichtigend die Hände. »Es ist nett von euch, aber das wird nichts ändern. Ich kenne euren Klassenlehrer und er ist ausgezeichnet. Außerdem bin ich gern Aushilfslehrer und möchte das auch bleiben.«

»Schaaade«, rief die Klasse im Chor.

Die Pausenklingel schrillte und die Kinder packten eilig ihre Sachen zusammen. Jedes verabschiedete sich persönlich von Linus. Oh, wie süß, eine tolle Klasse, dachte er. Als sich die Reihe vor dem Lehrerpult auflöste und alle Kinder das Zimmer verlassen hatten, stellte er sich vor das offene Fenster und atmete die kühle Luft ein. Sofort waren seine Gedanken bei seinen Geldproblemen. Wie ein ständiges Echo, das unaufhörlich in seinem Kopf widerhallte. Puh, wie komme ich da nur wieder heraus? Lucia muss mir helfen! Ohne sie sieht es düster aus. Er packte seinen Rucksack und verließ eilig das Klassenzimmer.

Kurz darauf klingelte Linus mit klopfendem Herzen am Haus seines Bruders. Vorher hatte er kontrolliert, dass dessen Fahrrad nicht in der offenen Garage stand. Ralf war zum Glück noch im Büro.

»Linus, was … was machst du hier?«, rief Lucia erstaunt, als sie die Tür öffnete.

»Lass mich bitte kurz rein, ich muss etwas mit dir besprechen.«

Sie blickte stirnrunzelnd auf ihre Uhr. »Ralf kommt spätestens in einer halben Stunde zum Mittagessen. Wenn er dich hier unangekündigt sieht …«

»Nur kurz, bitte.«

Lucia winkte Linus seufzend ins Wohnzimmer und bot ihm einen Stuhl am Esstisch an. Er rieb sich nervös die Hände. Wenn sie mir nicht hilft, bin ich am Ende!

»Sorry, ähm, ich habe ein Problem und du bist die Einzige, die mir helfen kann.« Linus stockte und suchte verzweifelt nach den richtigen Worten.

»Das wäre nicht das erste Mal. Was ist es heute?« Lucia stand mit verschränkten Armen vor ihm.

»Ich muss bis Ende des Monats Schulden begleichen, sonst habe ich ein Problem.« Er vermied es, seine

Schwägerin in spe anzusehen, und strich ein paar Falten aus der Tischdecke.

»Mein Gott, ich habe dir schon vor einem halben Jahr aus der Patsche geholfen. Da hast du mir versprochen, dass …«

»Für eine Standpauke fehlen mir gerade die Nerven. Ich weiß selbst, dass ich es verbockt habe. Hilfst du mir?«

»Wie viel?«

Linus schluckte. »Zehntausend.«

»Zehntausend?!« Lucia warf die Hände in die Luft. »Soll ich so viel aus der Haushaltskasse nehmen, oder was?!«

Er musste sie beschwichtigen, sonst war er verloren. »In drei Monaten hast du das Geld zurück. Versprochen.«

Sie schnaubte abfällig. »Wie willst du das schaffen?«

»Das ist mein Problem. Das letzte Mal habe ich mich auch an mein Versprechen gehalten.« Linus wollte nicht darüber nachdenken, wie knapp und gefährlich es gewesen war. Er hatte Schmuck seiner Mutter verkauft und wochenlang mit Speed und Kokain gedealt.

»Da gings um zweitausend, Linus. Zweitausend, nicht fünfmal so viel! Warum gehst du nicht zur Polizei, wenn dich deine falschen Freunde unter Druck setzen?«

Linus schüttelte energisch den Kopf. »Es geht nicht nur um mich, sie haben auch eine Freundin von mir bedroht. Ich will nicht, dass sie meinetwegen Probleme bekommt.«

»Puh, dein Umgang mit Geld ist wirklich furchtbar.

Spielst du wieder? Warum zum Teufel lässt du das nicht einfach sein?«

»Genug jetzt, ich habe dir auch geholfen, Lucia. Erinnerst du dich?« Linus senkte seine Stimme. Er hatte gehofft, dass sie schneller zustimmen würde.

»Willst du mich erpressen, oder was?«

»Nein, tut mir leid.« Linus schlug sich die Hände vor den Kopf. »Ich, ich weiß nur nicht, wie ich aus dieser Scheiße wieder rauskomme!« Er blickte Lucia mit geröteten Augen an. »Nur noch dieses eine Mal, bitte. Ich habe aus der Geschichte gelernt. Ich höre endgültig mit dem Spielen auf. Versprochen!«

Lucia sah ihn lange wortlos und prüfend an. Ihr Blick fühlte sich an wie ein Messer, das seine Seele durchdrang und seinen Stolz in winzige Stücke schnitt. Warum zweifelt sie an meiner Aufrichtigkeit?

Endlich durchbrach ihre Stimme die erdrückende Stille: »Gut, ich werde versuchen, das Geld aufzutreiben. Ich bitte meine Eltern um Hilfe, was nicht einfach wird, glaub mir! Außerdem darf Ralf nichts davon erfahren! Er würde mir nicht verzeihen, wenn ich dir hinter seinem Rücken Geld leihe.« Lucias Stimme überschlug sich. »Ich helfe dir noch dieses eine Mal, Linus. Frag mich danach nie wieder um Hilfe!«

»Danke.« Er umarmte Lucia kurz, ging zur Tür, hob die Hand zum Abschied und lief erleichtert zu seinem Wagen. Schon wieder Regen!

2

CHIEMSEE – DRITTE WOCHE MAI

Zwei Wochen später klingelte Linus an einem Samstagabend wieder bei seinem Bruder. Nach der langen Regenperiode war es jetzt sommerlich heiß. Und das im Mai! Die Blumen und das Unkraut in Ralfs Vorgarten wuchsen geradezu explosionsartig.

»Komm rein, Brüderchen«, wurde Linus nach einer kurzen Umarmung begrüßt. »Schön, dich mal wiederzusehen. Du scheinst ja ordentlich beschäftigt zu sein, was?«

»Aushilfslehrer sind gerade sehr gefragt«, erwiderte Linus.

»Immer noch Vertretungen? Willst du nicht endlich eine feste Stelle annehmen? Da könntest du längerfristig etwas bewirken«, schlug Ralf vor.

Linus zwinkerte ihm zu. »Du weißt doch, dass ich mich ungern festlege.«

»Stimmt, deine Bindungsangst. Übrigens, wie heißt deine aktuelle Freundin?« Ralf ging ins Wohnzimmer und holte Weingläser aus der hölzernen Vitrine. Dem dekorativen Weinregal entnahm er eine gute Flasche.

»Immer noch Andrea, schon fast ein halbes Jahr.«

»Oh, gratuliere. Neuer Rekord?«

»Mach dich ruhig über mich lustig.« Linus presste die Lippen aufeinander.

Lucia trat aus der Küche. »Meine Güte, neckt ihr euch schon wieder? Das ist ja kaum auszuhalten. Setzt euch schon mal nach draußen. Das Essen dauert nicht mehr lange.«

Linus folgte seinem Bruder stirnrunzelnd auf die großzügige Terrasse. Er liebte seinen Bruder, konnte es aber nicht ertragen, wenn Ralf sich in sein Leben einmischte. Dessen Konformität und langweiliges Leben verachtete er. Trotzdem war Ralf seit jeher der wichtigste Mensch in seinem Leben. Es verband sie eine Hassliebe.

Ralf schenkte den Wein ein und stellte Erdnüsse auf den Tisch. Linus trank sein Glas in drei großen Schlucken leer und stellte es wieder ab.

»Guter Wein, wirklich gut!«

»Ein Pinot Grigio aus Venetien«, antwortete Ralf und schenkte nach. »Ein guter Jahrgang, der längst vergriffen ist. Aber ich habe so meine Quellen.«

Linus fühlte Ralfs prüfenden Blick auf sich und war immer noch verärgert über die Kommentare zu seinem Privatleben. Er nippte an seinem Weißwein und blickte über den Garten hinaus auf die Berge. Kurz darauf stellte er sein leeres Glas erneut vor Ralf hin.

Der schien widerwillig nachzuschenken. »Dein Durst hat seit dem letzten Mal nicht nachgelassen, oder?«

»Was soll das wieder heißen?«, entgegnete Linus genervt. »Kehr gefälligst vor deiner eigenen Tür.«

»Ich mache mir manchmal Sorgen, dass du ein Alkoholproblem haben könntest«, erwiderte Ralf mit besorgter Miene. »Du kippst Wein und Bier in Mengen runter, wie ich Wasser trinke.«

Linus blickte Ralf böse an. »Ich genieße das Leben. Das ist alles! Ich trinke Wein, weil ich es möchte. Nicht weil ich ein Alkoholproblem habe. Ich kann jederzeit aufhören, gar kein Problem!«

»Na gut, wenn du meinst. Ich bin mir nicht sicher …«

»Genug jetzt, großer Bruder. Lass mein Leben mein Problem sein, okay?«, unterbrach Linus ihn bestimmt. Ralf meint es sicher gut, aber seine bemutternde Art nervt! Wir sind nicht mehr im Kinderheim!

Ralf hob beschwichtigend die Hände. Dann saßen sie einander schweigend gegenüber. Linus starrte auf den See. Die Berge am Chiemsee waren dank Föhnlage so nahe, als könnte er sie berühren.

> Fehler sind wie Berge, man steht auf dem Gipfel der eigenen und redet über die der anderen.
>
> — AFRIKANISCHES SPRICHWORT

Lucia servierte frischen Fisch und Bratkartoffeln, während Ralf schweren Rotwein aus dem Chianti einschenkte. Er hob sein Glas und einen kurzen Moment hatte er einen Kloß im Hals, der seine Worte stocken ließ. Ist es tatsächlich schon so lange her?

»Heute gedenken wir zum vierzehnten Mal dem Todestag unserer geliebten Mutter. Ihre liebevolle Fürsorge, ihre Unterstützung und ihr unvergleichlicher Humor sind unvergessen.« Ralf wischte sich eine Träne aus den Augen, seine Stimme bebte. Er sah ihr herzliches Lachen bei einem Picknick zu dritt am See. Sie reichte ihm und Linus selbstgebackene Muffins. »Ich bin mir sicher, dass sie heute bei uns ist.«

»Amen«, sagte Linus. »Danke für deine Worte. Mutter war wirklich etwas Besonderes.« Sein Gesicht verdüsterte sich. »Was man vom alten Mistkerl nicht behaupten kann!«

»Linus, bitte, er war euer Vater«, erwiderte Lucia leise.

»Er hat recht. Was soll man von diesem Trunkenbold sonst halten?« Ralf stellte sein Weinglas auf den Tisch. »Er hat uns im Stich gelassen und die ganze Verantwortung auf Mutter abgewälzt. Seine erbärmliche Existenz hat sie das Leben gekostet. Mutter ist an diesem Egoisten zerbrochen!«

»Jetzt ist Schluss, so spricht man nicht über einen Toten! Verzeiht seiner armen Seele endlich. Er hat mit Sicherheit sein eigenes Kreuz zu tragen gehabt, sonst wäre er nicht dem Alkohol verfallen.«

Ralf stocherte lustlos in seinem Essen herum. Lucia hat recht, das bringt nichts. Doch er hasste seinen Vater immer noch für alles, was er ihnen im Suff angetan hatte. Die Schreierei am Esstisch, die brennenden Ohrfeigen, wenn die Söhne seine Erwartungen nicht erfüllten. Aber am meisten verabscheute er, wie er ihre Mutter kleingemacht hatte. Sie war die Versagerin, für alles verantwortlich, was in seinem Leben schiefging. Dabei war es der Vater, der in seinem Leben nichts auf die Reihe bekam, der von einem Job zum nächsten wanderte und überall Probleme machte.

»Lasst uns den Alten vergessen und von vorn beginnen«, sagte Linus schließlich und hob lächelnd sein Glas. »Danke für die Einladung und ein Hoch auf unsere Mutter. Guten Appetit!«

Ralf nickte und beobachtete, wie Linus Lucia anlächelte. Es war ihm nicht entgangen, dass sich die beiden gut verstanden. Linus hatte einfach einen ausgezeichneten Draht zu Menschen, besonders zu Frauen. Er sah nicht nur gut aus, auch sein verschmitztes, selbstbewusstes Lachen wirkte anziehend. Ralf fand es immer schwierig, der ernste und verantwortungsvolle Bruder zu sein.

»Erinnerst du dich noch, als mich eine Erzieherin im Waisenhaus bestrafte?« Linus lachte laut.

»Wie kommst du jetzt darauf?« Ralf griff nach seinem Weinglas.

»Keine Ahnung, kam mir einfach in den Sinn.«

»Ich kenne die Geschichte gar nicht, erzähl mal«, forderte Lucia ihn auf.

»Das war ganz am Anfang, ich war zwölf Jahre alt und hatte Schwierigkeiten mit den Heimregeln.«

»Das überrascht niemanden«, warf Ralf lakonisch ein.

»Ich habe heimlich geraucht, oft die Nachtruhe gestört und war rebellisch. Nach einem frechen Kommentar wollte mich eine ältere Betreuerin maßregeln und hat mich kräftig geschüttelt. Da ist Ralf wie ein Wirbelwind dazwischengegangen und hat sie weggeschubst. Sie krachte mit dem Rücken gegen eine große Blumenvase, die in tausend Scherben zersprang. Am Ende hat Ralf eine größere Strafe als ich bekommen!«

Linus' Grinsen wirkte wie ein Sonnenstrahl und hellte die Stimmung am Tisch merklich auf.

»Das zeigt, wie ausgeprägt sein Beschützerinstinkt ist!«, sagte Lucia lachend.

Linus zwinkerte sie an. »Oder ist er manchmal so fürsorglich, dass es fast schon an Bevormundung grenzt?«

Die Bemerkung saß. »Da wären wir wieder beim alten Thema.« Ralf hob sein Glas und beäugte die Farbe des Weins. »Wenn du nicht ständig Mist gebaut hättest, wäre mir viel Ärger erspart geblieben. Es war verdammt anstrengend, im Waisenhaus auf dich aufzupassen.«

»Das weiß ich doch«, sagte Linus und klopfte ihm breit grinsend auf die Schulter. »Ich will dich nur ein bisschen ärgern!«

Ralf schnaubte und hieb die Gabel in die Bratkartoffeln. Wieso konnte Linus ihn nicht einfach mal in Ruhe lassen?

»So, Schluss jetzt, ihr beiden!« Lucia strahlte über das ganze Gesicht. »Ralf und ich haben eine Überraschung zu verkünden.«

»Oh, da bin ich gespannt.« Linus schaute Ralf fragend an.

Puh, was für ein abrupter Themenwechsel! Ralf schob die Gedanken an die schwierige Vergangenheit beiseite und konzentrierte sich auf die strahlende Zukunft. Dann hob er feierlich das Glas.

»Wie du weißt, wünschen wir uns schon länger Nachwuchs. Deshalb freue ich mich umso mehr, dass es endlich geklappt hat. Lucia ist schwanger!«

»Oh, ähm, wie schön, herzlichen Glückwunsch!« Linus hob sein Glas und sah abwechselnd zu Ralf und Lucia. »Das freut mich wirklich sehr für euch!«

»Danke dir. Wir sind überglücklich.« Ralf bemerkte verwundert, dass Lucia still lächelte, aber abwesend schien. Auch von Linus hätte er mehr als nur ein paar Worte erwartet. War dessen Freude und Anteilnahme nur vorgeschoben?

Unvermittelt stand Lucia auf. »Hilfst du mir kurz in der Küche, Liebling?«

»Natürlich.« Ralf stellte sein Rotweinglas ab und folgte ihr.

> Auch wenn du den Hals noch so lang machst, du kannst doch nicht hinter den Berg schauen.
>
> — SPRICHWORT AUS DEM KONGO, ZENTRALAFRIKA

Linus setzte sich nach dem Essen aufs Sofa im Wohnzimmer, weil es draußen kühl wurde. Er lehnte sich gemütlich zurück und verschränkte die Arme hinter seinem Kopf. Lucia servierte den Nachtisch:

karamellisierten Kaiserschmarrn. Ralf brachte den Kaffee. Linus mied den Blickkontakt mit Lucia, da er sich schlecht dabei fühlte, Geheimnisse mit der Verlobten seines Bruders zu teilen. Auch plagte ihn ein schlechtes Gewissen. Wie kann ich eine schwangere Frau nur mit meinen Geldsorgen belästigen! Er entlastete sich mit dem Gedanken, dass er keine andere Wahl hatte.

»Erinnerst du dich an den Schwur, den wir an Mamas Sterbebett abgelegt haben?«, fragte Ralf, während er langsam den Kaffee umrührte.

»Die Afrikareise? Sicher, du erinnerst mich immer wieder daran. Aber bisher hat es einfach nie gepasst.«

»Um genau zu sein, hat es bisher nie für dich gepasst.«

»Aufgeschoben ist nicht aufgehoben, das wird schon.« Linus winkte ab und trank einen Schluck Kaffee. Ihm war das Thema unangenehm. Sosehr ihn Afrika reizte, konnte er sich bis jetzt nie dazu durchringen. Frauen, Geldprobleme, das Casino – immer zog etwas seine volle Aufmerksamkeit auf sich. Zuerst muss ich endlich mein Leben in den Griff kriegen, bevor ich in die Ferne reise!

Ralf räusperte sich. »Sobald unser Baby da ist, will ich mich voll und ganz meiner Familie widmen. Das schließt natürlich auch die Urlaubsplanung mit ein.«

»Was willst du mir damit sagen?«

»Wenn wir die Reise nicht diesen Sommer in Angriff nehmen, wird es zu spät sein. Wir haben lange genug gewartet. Jetzt oder nie!«

Linus atmete tief durch. Sein Magen verkrampfte sich bei der Vorstellung, so viel Zeit mit seinem Bruder verbringen zu müssen. »Hm, das scheint mir etwas kurzfristig zu sein.«

»Man findet immer Zeit für die Dinge, die einem wichtig sind. Jetzt liegt es nur noch an dir, Linus. Wie wichtig ist dir Mamas letzter Wunsch?«

»Ich bin mir nicht so sicher, im Moment …«

Ralf unterbrach ihn. »Das Geld dafür haben wir, Mamas Treuhandkonto für diesen Zweck ist immer noch unangetastet.«

»Das weiß ich doch.« Linus kratzte sich am Kinn. Ihm fiel kein vernünftiges Argument gegen die Reise ein.

»Was hält dich davon ab? Als Aushilfslehrer bist du flexibel. Zwei Wochen finden sich bestimmt. Es wäre im Sinne unserer Mutter und ich würde mich freuen, Zeit mit dir zu verbringen.«

Linus trank einen Schluck Kaffee und ließ sich dabei viel Zeit. Ich habe momentan andere Probleme als eine Afrikareise! Gib mir lieber meinen Anteil vom Treuhandkonto, dann bin ich wenigstens meine Schulden los! »Ja, schon, nur …«, er suchte fieberhaft nach einem Ausweg, »ich bin in den nächsten Monaten ziemlich beschäftigt.«

Ralf öffnete die oberste Schublade der antiken Kommode und entnahm daraus ein abgegriffenes Buch mit Ledereinband. »Hier, Mutters Botswana-Reisetagebuch aus der Zeit, als sie dort Reiseleiterin war. Unglaublich, was sie alles erlebt hat! Lass dich inspirieren und überleg es dir bitte noch einmal.«

»Oh, danke.« Linus fuhr mit den Fingern sanft über das zerfurchte Leder. Kurz nach ihrem Tod hatte er flüchtig in den Aufzeichnungen geblättert. Längst hatte er das Tagebuch aber wieder vergessen. Für einen kurzen Moment fühlte er sich mit Mutter und Ralf verbunden und war im Innersten berührt. Dann drängten seine Geldsorgen wieder in den Vordergrund, für Sentimentalitäten war jetzt nicht der richtige Zeitpunkt. »In Ordnung, das werde ich. Aber … wir könnten doch auch das Vermögen aufteilen.« Linus legte das Tagebuch vor sich auf den Tisch. »Das Geld für die Reise werden wir auch so zusammenbekommen.« Linus traute sich kaum zu atmen, so sehr hoffte er, dass Ralf dem Vorschlag zustimmte.

»Nein, das kommt nicht infrage.«

»Ähm, es ist unser gemeinsames Geld. Mama hat es nicht nur dir vermacht.«

Ralf schüttelte entschieden den Kopf. »Darum geht es nicht. Ich habe ihr kurz vor ihrem Tod versprochen, dass wir dieses Geld nur für Afrika verwenden. Den Rest ihres Erbes hast du doch schon bekommen.«

»Ja, aber wenn es für dich in den nächsten Jahren mit der Reise nicht klappt, dann …«

»Das Geld ist für Afrika bestimmt! Du weißt, wie wichtig das Mama war. Daran wird sich nichts ändern!«

Die düstere Stimmung legte sich wie ein Kettenhemd auf Linus' Schultern. Er würde aus dieser verzwickten Situation niemals herauskommen.

»Mmh, der Kaiserschmarrn ist dir aber hervorragend gelungen, Liebling!« Lucia lenkte die Aufmerksamkeit auf sich. »Woher hast du das Rezept?«

Linus war erleichtert über den Themawechsel, griff hastig nach seiner Gabel und aß von dem Nachtisch.

»Der schmeckt wirklich fantastisch!«, sagte er nach einer Weile anerkennend.

»Gib mir bitte innerhalb von drei Tagen Bescheid«, erwiderte Ralf säuerlich. »Länger zu warten, bringt nichts, zudem müssten wir sofort mit der Planung beginnen.«

»Abgemacht, ich werde darüber nachdenken.«

Lucia versuchte mit Heiterkeit und unverfänglichen Themen wie dem Wetter, die gedämpfte Stimmung aufzulockern. Aber es gelang ihr nicht. Am liebsten wäre Linus schon gegangen, aber er wollte nicht unhöflich sein. Sosehr er und Ralf aneinander hingen und alles für den anderen tun würden, so oft gerieten sie aneinander. Als wären sie in einer endlosen Schleife gefangen, verlief jedes Treffen zuverlässig nach dem gleichen Muster. Manchmal staunte Linus darüber, wie unterschiedlich er und sein Bruder waren. Sie waren wie zwei Zahnräder einer Maschine, die aneinander rieben und dabei knirschten. Eigentlich ergänzten sie sich gegenseitig, doch die Harmonie hielt nie lange an. Linus nahm eine weitere Portion vom Kaiserschmarrn, die Lucia ihm anbot. Ralf legte sanfte Jazzmusik auf und stellte eine Flasche Whisky auf den Couchtisch.

> Ein unerwünschter Vorschlag gleicht einem kahlen Baum, der keine Früchte trägt und den Wind der Ablehnung empfängt.
>
> — AFRIKANISCHES SPRICHWORT

3

CHIEMSEE – VIERTE WOCHE MAI

Ein paar Tage später blätterte Linus in seiner Zweizimmerwohnung im Reisetagebuch seiner Mutter, das ihm Ralf neulich überreicht hatte. Eine Zigarette brannte zwischen seinen Fingern, während er nachdenklich seinen Erinnerungen nachhing. Gelbliche, leicht unscharfe Fotos erzählten von vergangenen Abenteuern. Erlebnisberichte in Mamas unverkennbar eleganter Schrift, sie erwähnte immer wieder den Namen Kabo. Auf einem Bild lächelte der junge Afrikaner, seinen kräftigen Arm um ihre zierliche Gestalt geschlungen. Die beiden standen vor einem Buschflugzeug. Ein Augenblick des Glücks, seine Mutter strahlte wie nie zuvor. In Botswana hatte ich die Zeit meines Lebens, hatte sie oft gesagt, als Linus noch klein gewesen war. Dorthin möchte ich mit dir und Ralf, sobald ihr größer seid. Ich spare jeden Monat ein bisschen Geld, damit wir eines Tages dorthin reisen können. Doch das war nie geschehen. Seiner Mutter war nicht vergönnt, ihren Traum zu verwirklichen. Sorgen und später der Krebs raubten ihr das Leben. Eine Träne lief über Linus' Wange. Er hatte erfolgreich die Gedanken an seine Mutter verdrängt, plötzlich war alles wieder da. Die Erinnerungen an die Jahre mit Ralf im Waisenhaus waren besonders schmerzhaft. Lange hatte er seine Mutter dafür gehasst, dass sie ihre Söhne mit ihrem frühen Tod im Stich gelassen hatte. Einfach so.

Linus blätterte zur nächsten Seite. Ein Bild zeigte sie inmitten der weiten Savanne Botswanas, einen Wanderstock in der Hand. Im Hintergrund ragte eine Giraffe empor. Darunter stand: Auf mehrtägiger Wanderung mit Kabo durch die Wildnis. Mehrtägige Wanderung – mit Kabo? Hm, davon wusste ich nichts. Auf der folgenden Seite standen die beiden im warmen Licht des Sonnenuntergangs vor einer Lehmhütte. Im letzten Eintrag schrieb seine Mutter, wie sehr sie Afrika und seine Menschen liebte – und wie schwer ihr die Rückkehr nach Deutschland fiel. Ich komme so schnell wie möglich zurück, lautete der letzte Satz im Tagebuch. Einige Monate später lernte sie Vater kennen und wurde schwanger. Von da an blieb mit zwei Kindern und einem trinkenden Mann im Haus keine Zeit für Träume, geschweige denn für eine Reise nach Afrika. Linus strich zärtlich mit dem Zeigefinger über das letzte Bild. Seine Mutter kniete neben einem Jungen, der ihr eine Kokosnuss reichte, und fuhr ihm liebevoll durch das kurze Haar. Linus schloss das Buch nachdenklich und ging zum Fenster. Er blickte über die Felder, an den Häusern vorbei Richtung Chiemsee, wo Sonnenstrahlen die Wolkendecke durchbrachen. Er fühlte sich seiner Mutter so nahe wie schon lange nicht mehr und er entdeckte eine Parallele in ihren Leben. Sie war nie frei, ihre Träume zu leben, genauso wie er. Alkohol und Spielschulden hinderten ihn daran, sich zu verwirklichen. Ihr gütiges Gesicht nahm vor seinem geistigen Auge Gestalt an. Die verblichenen Erinnerungen an ihr warmes Lachen und ihre Abenteuerlust wurden wieder klarer. Was Mama wohl so an Afrika begeisterte? Langsam freundete er sich mit dem Gedanken an, die Reise mit Ralf anzutreten. Vielleicht finde ich meinen eigenen Weg, indem ich ihren Spuren folge? Der Gedanke gefiel ihm. Plötzlich sah er auch die verlockende Möglichkeit, für einige Wochen seinen Problemen zu entfliehen. Lucia hatte ihm zwar mit den zehn Tausendern nochmals aus der Patsche geholfen, aber wenn er an die Rückzahlung dachte, zog sich sein Magen zusammen und er wollte nur noch weg. Weg vom Casino und Abstand von Andrea, die bei genauerer Betrachtung keine positive Kraft in seinem Leben war. Im Gegenteil: Sie zogen sich gegenseitig mit ihren Problemen immer tiefer hinunter. Sie war immer wieder arbeitslos, konnte sich nirgendwo einordnen und war genauso dem Alkohol zugetan. Wie Linus fand auch sie ihren Platz im Leben nicht. Er ballte die Fäuste. Instinktiv fühlte er, dass er an einer Wegkreuzung stand und die kommenden Wochen über sein Leben entscheiden würden. Der eine Weg führte früher oder später in den Abgrund. Er musste nur so weitermachen wie bisher. Der andere Weg führte steil bergauf über Schotter, Felsen und Schnee zu einem schier unerreichbaren Gipfel, über den Adler kreisten. Der anstrengende Pfad erfüllte ihn mit Respekt, ja sogar mit Angst. Gibt es eine Alternative? Nein! Linus hörte die sanfte Stimme seiner Mutter in seinem Kopf. Es gibt keinen anderen Weg, mein lieber Sohn. Stell dich deinen Dämonen. Wenn du sie nicht besiegst, ist dein Leben verloren. Linus trat im T-Shirt hinaus auf den kleinen Balkon und atmete die erdig-warme Luft tief ein. Ein Sonnenstrahl wärmte sein Gesicht und das grelle Licht hellte seine Stimmung auf. Er blieb so lange stehen, bis sich die Wolkendecke wieder geschlossen hatte. Dann ging er in die Küche, um sich eine Tasse Kaffee zu machen.

> Niemand kann dem Reiz Afrikas widerstehen.
>
> — RUDYARD KIPLING, BRITISCHER SCHRIFTSTELLER UND DICHTER

Ralf lag auf dem Sofa, sein Blick auf derselben Buchseite des Krimis fixiert, den er vor einem Vierteljahr angefangen hatte. Die Terrassentür war weit geöffnet und die warme Abendbrise wehte einen Hauch von Sommer ins Wohnzimmer. Vergeblich versuchte er, der Handlung zu folgen, und las mehrfach den Anfang des aktuellen Kapitels. Doch der Versuch blieb fruchtlos. Seine Gedanken kreisten ziellos flirrend wie Insekten um eine Lichtquelle. Das Baby, das schon in Kürze sein Leben bestimmen würde, stand im Mittelpunkt von Ralfs Überlegungen.

Wie konnte er sich beruflich entlasten, um seinem Kind genügend Zeit zu widmen? Er wollte ein vorbildlicher Vater werden, es besser machen als sein eigener. Er dachte an Linus, der seinen Platz im Leben noch immer nicht gefunden hatte. Dafür fühlte er sich seit Jahren verantwortlich, obwohl seine Freunde bestätigten, dass ihn keine Schuld traf. Alle versicherten ihm, dass er weit mehr für seinen jüngeren Bruder getan hatte als jeder andere. Er hatte ihm mehrmals finanziell aus der Patsche geholfen, organisierte ihm einen Rechtsbeistand, um die Probleme mit der Steuerbehörde zu lösen, und war rund um die Uhr für Linus erreichbar. Sogar seine Psychotherapeutin, mit der er zwei Jahre lang seine traumatischen Kindheitserfahrungen verarbeitet hatte, war dieser Ansicht. Dennoch sah Ralf sich als gescheitert, in seinen Augen hatte er die Erwartungen seiner Mutter an ihn nicht erfüllt. In seinem Geiste sah er seine Mutter auf dem Sterbebett in einem sterilen weißen Krankenzimmer. Zerfressen vom Krebs im Endstadium. Erschöpft, ausgezehrt, nur noch ein Schatten ihrer Selbst. Mit ihrer knochigen Hand zog sie ihn näher. Sie roch fremd, und ein Schauer lief ihm über den Rücken. War das der Geruch des Todes? Dann flüsterte sie jene flehenden Worte, die ihn seither täglich begleiteten: »Versprich mir, dass du auf Linus aufpasst! Er ist ein guter Junge, ein talentiertes Energiebündel. Aber er ist nicht so geerdet und widerstandsfähig wie du. Um dich muss ich mir keine Sorgen machen. Linus hingegen braucht jemanden, der ihm hilft, den richtigen Pfad zu finden. Er hat zu viel von seinem Vater. Dagegen muss er ankämpfen, aber alleine wird er den Kampf verlieren.

Versprichst du mir, dass du ihm immer zur Seite stehst?«

Wie immens die Verantwortung und wie schwer die Bürde war, die seine Mutter ihm drei Stunden vor ihrem letzten Atemzug auferlegte, war Ralf in diesem Moment nicht klar gewesen. Aber er lernte es schnell.

»Könntest du mir beim Salat helfen, Schatz?« Lucias Stimme aus der Küche holte Ralf aus seinem Gedankenkarussell. Er klappte den Krimi zu, ohne auch nur eine Seite weitergeblättert zu haben.

> Du weißt nicht, wie schwer die Last ist, die du nicht trägst.
>
> — SPRICHWORT AUS AFRIKA

Linus konzentrierte sich ganz auf das zuckende Leuchten des Spielautomaten, während er mit einer ruckartigen Handbewegung eine Münze einwarf. Wie so oft in den letzten Wochen hatte es ihn ins Casino gezogen. Andrea stellte ihm ein Glas Whisky hin und hauchte ihm einen sanften Kuss auf die Wange. Als der letzte Ball das Spielfeld verließ, wanderte sein Blick zur Uhr. War Ralf kurz vor Mitternacht noch wach? Die Deadline für die Entscheidung wegen der Afrikareise war seit zwei Tagen verstrichen und heute hatte er eine weitere Nachricht von Ralf erhalten. Genauer gesagt war es nur ein Zeichen, ein Fragezeichen. Aber Linus war noch immer unentschlossen.

»Was hältst du davon, wenn ich im Juli mit meinem Bruder für zwei Wochen nach Botswana reise?« Er trank einen Schluck Whisky und blickte Andrea von der Seite an.

»Botswana? Afrika? Was hast du da vor? Ohne mich?«

»Ja, eine Reise auf den Spuren unserer Familiengeschichte. Unsere Mutter war von diesem Land besessen.« Seit er sich ihr Reisetagebuch angesehen hatte, verstand er ihre Faszination für Afrika besser.

Andrea runzelte die Stirn. »Woher nimmst du das Geld dafür? Ist doch recht kostspielig, oder?«

»Unsere Mutter hat uns dafür Geld hinterlassen.«

»Wäre es nicht besser, deine Schulden damit zu begleichen? Die Reise ist eine Schnapsidee, wenn du mich fragst.« Sie wandte sich kopfschüttelnd um und kramte in ihrer Handtasche nach einem Feuerzeug für ihre Zigarette.

Linus seufzte und warf eine weitere Münze ein. Andreas deutliche Meinung ärgerte ihn. Insgeheim hatte er auf ihre Unterstützung gehofft. Er schoss den Ball ins Spielfeld und versuchte, seinen Rekord zu brechen. Es klingelte und klapperte, er sammelte fleißig Punkte. Andrea stand teilnahmslos daneben und trank ihren Whisky leer. Plötzlich war auch dieses Spiel vorbei. Linus schlug mit der Faust auf den Automaten.

»Hey, hey, es ist nicht seine Schuld, wenn du schlecht spielst. Lass uns Roulette probieren.«

Am Roulettetisch saßen die vertrauten Gesichter und machten leidenschaftslos ihre Einsätze. Dazu dudelte Musik aus der Konserve. Ein Abend wie der andere. Immer und immer wieder das gleiche Spiel, als hätte die Schallplatte seines Lebens einen Sprung.

»Geh du schon mal rüber, ich habe noch etwas zu erledigen.« Ohne eine Antwort von Andrea abzuwarten, verließ Linus das Casino und trat in die feuchtkalte Nacht. Er zündete sich eine Zigarette an, wählte Ralfs Nummer und ließ es beharrlich klingeln. Die Kirchturmuhr zeigte an, dass der neue Tag fünfzehn Minuten alt war.

»Bist du verrückt, zu dieser Zeit anzurufen? Was ist los?!« Ralf klang verärgert.

»Ich, äh, entschuldige, ich habe nicht bemerkt, dass es schon so spät ist. Ich komme mit«, verkündete Linus triumphierend.

»Du hast mir einen Schrecken eingejagt, nur um mir das mitzuteilen? Eine Sprachnachricht oder ein Anruf morgen früh hätte es auch getan.«

»Entschuldigung, ich dachte, du freust dich vielleicht.«

Ralf seufzte. »Ja, Brüderchen, das tue ich. Nur, ach egal, schön, dass es klappt. Wir besprechen dann alle Details in den nächsten Tagen.«

»Guter Plan.«

»Wer jubelt denn da im Hintergrund? Bist du nicht zu Hause?«

Linus drehte sich um, eine Gruppe junger Männer kam mit Bierflaschen aus dem Casino. »Ähm, doch respektive nein. Ich war bei Andrea und bin noch rasch an eine Tankstelle gefahren.«

»Um diese Zeit sind da noch Leute?« Schon wieder Ralfs argwöhnischer Ton.

»Anscheinend doch.«

»Geh nach Hause, deine Schüler werden dich morgen kaum schonen.«

»Yep, ich weiß. Und das ist gut so!«

Linus legte auf, warf die glimmende Zigarette auf den Boden und trat sie mit seinem Schuh aus. Dann kehrte er ins Casino zurück. Faites vos jeux. Rien ne va plus.

4

CHIEMSEE – ZWEITE WOCHE JUNI

An einem Frühsommerabend mit Gewitterneigung saßen Ralf und Linus auf der Terrasse und brüteten über den Reiseplänen. Es war höchste Zeit, die letzten Details ihrer Reise festzulegen. Leider drifteten ihre Erwartungen und Vorstellungen an das gemeinsame Unterfangen weit auseinander. Doch es gab eine Übereinstimmung, immerhin: Sie wollten beide Kabo besuchen und herausfinden, ob er sich noch an ihre Mutter erinnerte. Kabos Kontaktdaten fand Ralf problemlos im Netz. Er war erleichtert, dass sie endlich die Reise machten.

»Mamas einstiger Reisebegleiter hat ein beachtliches Unternehmen auf die Beine gestellt. Etwa zehn Piloten, darunter fast die Hälfte Frauen. Und ein Dutzend Buschflugzeuge. Faszinierende Maschinen«, sagte Ralf, während er Linus ein Glas Rubinroten einschenkte.

Im Hintergrund züngelten die Flammen im Kamin

vor sich hin und Rauch erfüllte das Wohnzimmer. Es war wieder unüblich kühl für die Jahreszeit.

»Er scheint Botswana tatsächlich nie verlassen zu haben«, kommentierte Linus und nahm einen Schluck, während er die Bilder von Kabo und seiner Firma auf dem Tablet studierte.

»Ich habe schon Kontakt zu einer seiner Mitarbeiterinnen aufgenommen, Lara Becker. Eine Auswanderin aus Köln. Sie hat uns einen Reiseplan zusammengestellt. Einige Tage in einer Safari-Lodge, eine Rundreise mit dem Jeep und reichlich Freizeit in Maun, dem Tor zum berühmten Okavango-Delta. Außerdem können wir einen Rundflug machen.«

»Hast du ihr von Mama erzählt?«

»Nein, ich dachte, wir könnten einfach hingehen und vor Ort mit Kabo sprechen.«

»Gut«, erwiderte Linus und prüfte den ausgedruckten Reiseplan. »Ich weiß nicht … Ich hatte auf mehr Abenteuer gehofft. Dies scheint mir eher eine gewöhnliche Touristenreise zu sein.«

»Mehr Abenteuer?« Ralf zog die Augenbrauen hoch.

»So wie Mama es damals gemacht hat. Mit dem Zelt mitten in der Wildnis.«

»Ihr beide allein mit einem Zelt in der Wildnis?« Lucia stellte eine Platte mit Gebäck auf den Tisch. »Mal ganz abgesehen davon, dass ich mir euch Streithähne kaum in einem Zelt vorstellen kann, ist das doch viel zu gefährlich. Mit Löwen und Elefanten ist nicht zu spaßen!«

»Lucia hat recht«, stimmte Ralf zu. »Ich stelle mir eine entspannte Reise mit gutem Essen und einem bequemen Bett vor. Zelten ist nichts mehr für mich. Außerdem werde ich Vater, da hat man Verantwortung und nimmt keine unvernünftigen Risiken mehr auf sich.«

»Bequemlichkeit und Entspannung sind dir am wichtigsten? Wie langweilig. Ich möchte ein unvergessliches Abenteuer erleben! Auf den Spuren unserer Mutter. Warum machen wir nicht die gleiche Wanderung, die sie damals mit Kabo gemacht hat? Du möchtest doch auch auf Spurensuche gehen. Dann solltest du bereit sein, ihre Wege zu beschreiten!«

»Spurensuche hin oder her. Das ist eine verrückte Idee und viel zu riskant. Aber mich fragt ja keiner.« Lucia setzte sich zu ihnen und nippte an ihrem alkoholfreien gelbroten Cocktail.

»Hm, Abenteuer und Spurensuche. Das passt natürlich zu einer Afrikareise.« Ralf griff sich ans Kinn. »Vielleicht mit einem Reiseführer zusammen?«

Linus schüttelte energisch den Kopf. »Nur wir zwei. Ein letztes Abenteuer, bevor du dein langweiliges Leben als Familienvater beginnst. Erinnerst du dich noch, wie wir aus dem Waisenhaus abgehauen sind? Das waren die aufregendsten sechs Tage meines Lebens. Gib zu, dir hat es auch gefallen!«

»Puh, erinnere mich lieber nicht daran. Ich hatte ständig Todesangst. Außerdem bin ich jetzt erwachsen und ein bisschen weiser als damals. Wir hätten beide sterben können, als wir von dem fahrenden Zug gesprungen sind! Eine deiner typischen Schnapsideen.«

»Herrje, du bist noch keine dreißig und lebst schon wie ein Fünfzigjähriger. Nichts als Firma und Familie, was? Bürgerliche Langeweile!«

»Werd nicht frech, schau besser, dass du deine Rechnungen bezahlen kannst und ein ehrliches Leben führst!«

Linus warf einen flüchtigen Blick zu Lucia, die in einer Zeitschrift blätterte. »Dies ist deine letzte Chance, noch etwas Unvergessliches zu tun. Mama hat das auch gemacht. Also, komm schon.«

»Hm, ich weiß nicht.« Ralf schenkte Wein nach. Eigentlich klingt das gar nicht so schlecht. Vielleicht kann ich ihn auf Mamas Spuren endlich auf den richtigen Weg bringen.

»Du ziehst das doch nicht ernsthaft in Betracht, oder?« Lucia sah missbilligend auf.

»Wir müssen das nicht heute entscheiden«, sagte Ralf schließlich. »Am besten schauen wir vor Ort, welche Möglichkeiten es gibt. Ich schreibe Lara, dass wir die erste Woche in Maun bleiben und von dort aus Tagesausflüge machen. Den Plan für die zweite Woche halten wir offen. Einverstanden?«

»Passt für mich.« Linus hob den Daumen und grinste breit. Dann hob er das Glas. »Auf ein letztes Abenteuer!«

Lucia lag in der Nacht behütet in Ralfs Armen. Ihr Nachthemd roch nach Frühlingsblumen und er genoss die nächtliche Ruhe im Schlafzimmer. Ralfs Gedanken flatterten an der Zimmerdecke entlang. Er dachte über die bevorstehende Reise mit Linus nach.

»Lass dich von Linus nicht zu unvernünftigen Aktionen verführen«, mahnte Lucia leise.

»Was meinst du?«

»Dein Bruder ist ein Draufgänger, der Gefahren gerne ignoriert. Er tanzt am Rand des Vulkans, ohne einen möglichen Ausbruch zu bedenken.«

Ralf lachte leise. »Du kennst ihn schon gut, nicht wahr?«

»Nicht so gut wie du, doch sein Charakter spiegelt sich in seinem Verhalten, schimmert in seinen Worten durch.«

»Ist das der Magnet, der Frauen anzieht, ähnlich wie der Speck die Fliegen?«

Lucia stieß Ralf sanft an die Schulter. »Wie kommst du darauf? So ein Unsinn!«

»Du findest ihn doch auch faszinierend, oder? Wenn er uns besucht, gibst du dir immer besonders Mühe mit dem Essen und lachst viel.«

»Er ist dein Bruder. Und ja, ich schätze ihn. Zum Glück, oder?!«

Ein Dorn stach in Ralfs Herz. »Was fesselt euch Frauen eigentlich sonst noch an ihm? Seine Unbeständigkeit, seine finanzielle Misere, seine Unzuverlässigkeit?«

»Eher sein schelmischer Witz, dieses ansteckende Lachen und die funkelnden Augen.« Grinsend rüttelte Lucia an Ralf. »Was geht nur in deinem Kopf vor?«

»Manchmal frustriert mich das.«

»Was genau?« Sie drehte sich zu ihm und strich ihm über die Wange.

»Ich habe immer alle Regeln befolgt, früh Verantwortung übernommen und mit Sorgfalt und Weitsicht meine Karriere geplant und erfolgreich umgesetzt.« Ralf stockte, es war nicht leicht für ihn, darüber zu sprechen. »Dennoch fallen Linus die Herzen einfach so zu. Er braucht nichts dafür zu tun. So war es schon immer.« Diese Erkenntnis zog Ralf hinab wie eine dunkle Strömung.

Lucia küsste liebevoll seine Stirn. »Unsinn, mein Herz schlägt für dich. Du bist ein wundervoller Ehemann und du wirst ein hervorragender Vater sein!«

»Trotzdem flirtest du mit ihm, oder?«

Lucia setzte sich empört auf. »Was redest du da?!«

»Tut mir leid.« Ralf zog Lucia seufzend an sich. »Ich habe mir oft gewünscht, dass mir alles so mühelos von der Hand geht wie Linus. Bei ihm scheint alles spielerisch leicht, und mit seinem Charme kommt er überall gut an, während ich für Anerkennung hart arbeiten muss.«

»Möchtest du mit ihm tauschen?«

»Früher ja, aber jetzt nicht mehr. Mir ist klar geworden, dass bei Linus zwar die Fassade glänzt, aber dahinter vieles kaputt ist.«

»Genau. Du kannst stolz auf dich sein. Hör auf, dich mit ihm zu vergleichen. Ihr seid grundverschieden und habt andere Prioritäten. Manchmal habe ich den Eindruck, ihr seid in einem ständigen Wettbewerb, wer der Bessere von euch ist. Das bringt doch nichts!«

»Du hast recht.« Ralf drehte sich zur Seite, Lucia schmiegte sich an ihn. »Aber ich fühle mich immer noch für ihn verantwortlich, obwohl wir beide erwachsen sind. Er ist und bleibt mein kleiner Bruder. Verrückt, oder?«

»Allerdings! Linus ist sechsundzwanzig Jahre alt! Er sollte längst auf sich selbst aufpassen.«

»Ja, ja, ich weiß, aber ohne mich schafft er es einfach nicht. Gründe dafür liefert er immer wieder.« Ralf schaltete die Nachttischlampe aus und schloss die Augen. »Schlaf gut, Liebling.«

Vor seinem inneren Auge tauchte ein Spielplatz auf. Linus stieg auf einem Klettergerüst hoch und wäre mehrmals beinahe heruntergefallen, weil er in seiner Eile nicht auf die Füße achtete. Dabei lachte er unbeschwert, seine blonden Haare wehten im Wind. Ralf bekam nur vom Zusehen schweißnasse Hände und befahl Linus, sofort herunterzukommen. Erfolglos, sein kleiner Bruder war schon immer eigensinnig. Vielleicht hatte seine Mutter recht: Linus will sich beweisen – vor allem dir, Ralf. Damit gewinnt er deine Aufmerksamkeit. Du bist sein Vorbild, er vergöttert dich geradezu! Ralf rückte das Kissen zurecht und drehte sich auf die andere Seite. Linus kaschiert also seine tief verwurzelte Unsicherheit mit Draufgängertum? Ach, wie unergründlich Menschen doch sind! Kurz darauf fiel er erschöpft in einen tiefen Schlaf. Die letzte Woche im Büro war mit den vielen Sitzungen und Kundenterminen anstrengend gewesen. Ein Bauherr war außer sich, weil eine Sonderausstattung nicht rechtzeitig geliefert werden konnte, und ein Großkunde ging in den Preisverhandlungen für den Bau eines Mehrfamilienhauses ans Limit.

5

MAUN, BOTSWANA – DRITTE WOCHE JUNI

Lara Becker lief unruhig vor der Medizinischen Praxis auf und ab und sah immer wieder auf die Armbanduhr. Sie wischte sich den Schweiß von der Stirn, die erbarmungslose Nachmittagssonne Botswanas war sie noch nicht gewohnt. So heiß sei es zu dieser Jahreszeit noch nie gewesen, hatte sie heute Morgen im Radio gehört. Rekord. Ungeduldig wippte sie von einem Bein aufs andere. Himmel, warum dauert das bloß so lang?, schoss es durch ihren Kopf. Vor fast einer Stunde hatte ihr ein Stammesführer aus einem nahen Dorf eine Nachricht geschickt, dass ein Junge sich bei einem Felssturz heftig verletzt hatte. Der dritte Notfall in dieser Woche. Ihr Lebensgefährte Cliff Burghard, der Hauptgrund für ihre Auswanderung nach Botswana, war seit der Eröffnung seiner Arztpraxis ständig im Einsatz und arbeitete oft rund um die Uhr. Endlich!, dachte sie. Ein altersschwaches Auto raste heran und hinterließ eine Wolke aus Staub und Abgasen.

»Der Junge ist da, Cliff!«

»Okay, wir sind vorbereitet. Die Männer sollen ihn auf der Trage hereinbringen.«

Lara packte die Trage und näherte sich dem Auto, das quietschend vor dem Gebaude zum Stehen kam. Zwei Männer sprangen heraus, keiner von ihnen sprach Englisch. Lara erklärte mit Handzeichen, was zu tun war. Dann halfen sie dem stöhnenden Jungen aus dem Auto. Sein Unterschenkel war vollkommen zersplittert. Meine Güte, das muss höllisch schmerzen! Sie bewunderte den Jungen, der tapfer sein Leiden ertrug und nur leise wimmerte. Die Männer legten ihn auf die Trage und Lara hielt die Tür zur Praxis auf. Der Junge blickte sie mit großen, angsterfüllten Augen an, als er an ihr vorbeigetragen wurde. Sie nickte ihm beruhigend zu.

»Es wird alles gut werden«, versprach sie ihm auf Setswana. Der erste Satz, den sie in dieser Sprache gelernt hatte. Sie sagte ihn beinahe täglich. Die Tür schwang hinter ihr zu und Cliff versorgte den Jungen.

Medikamente, Bandagen, Betäubungsmittel, vieles war Mangelware in Botswana. Aber mit Ausdauer und seinen guten Beziehungen gelang es Cliff immer wieder, das Allernötigste zu beschaffen. Lara atmete tief durch und blickte auf die Uhr, sie musste zu Kabos Firma. Beruflich pendelte sie zwischen der Arztpraxis und dem Flugtaxi-Unternehmen hin und her, war stets dort, wo sie gebraucht wurde. Sie beantwortete Anfragen deutschsprachiger Touristen oder schrieb

Rechnungen. Kabo und Cliff schätzten ihre Arbeit, aber richtig gefordert war Lara nicht. Routinearbeit erfüllte sie schon in Köln nicht, wo sie in einer Kanzlei als Juristin gearbeitet hatte. Aber noch hatte sie keine spannende Aufgabe für sich gefunden, obwohl sie täglich die Stellenangebote durchsuchte. Ihr ursprünglicher Plan, weiterhin für die Kanzlei zu arbeiten, hatte sich rasch zerschlagen. Sie hatten vereinbart, dass Lara drei Monate von Botswana aus die Mandanten betreute. Doch Videokonferenzen ersetzten keine persönlichen Gespräche, auch Gerichtstermine konnte sie nicht wahrnehmen. Daher hatte sie einvernehmlich ihre Stelle bei der Kanzlei aufgegeben.

Lara stieg in Cliffs Kleinwagen, kurbelte die Fenster runter und fuhr los. Schweißperlen rannen ihre Schläfe hinunter. Warum funktioniert die verdammte Klimaanlage schon wieder nicht?! Sie hatte den Wagen deswegen bereits zweimal zur Reparatur gebracht. In meiner Werkstatt in Köln ist mir das nie passiert! Hin und wieder ertappte sich Lara dabei, dass sie Botswana mit Deutschland verglich. Obwohl sie genau das nicht wollte, weil es ihr so furchtbar spießig vorkam. Sie musste sich einfach nur noch etwas einleben und einen verantwortungsvollen Job finden, dann hätte sie keinen Grund mehr, Deutschland zu vermissen. Das T-Shirt klebte ihr am Rücken, als sie Richtung Flughafen an einer kleinen Ansammlung von Lehmhütten vorbeifuhr. Beim Firmengelände angekommen, rollte gerade eines der Buschflugzeuge gemächlich auf das Startfeld. Ein Kind winkte Lara aus dem Fenster fröhlich zu. Sie stieg aus und winkte zurück. Die Hitze auf dem Asphalt war kaum zu ertragen, die Luft roch nach verbranntem Benzin. Schnell suchte sie den Schatten in Kabos Firmengebäude. Im schlichten Empfangsbereich wartete ein älteres Ehepaar aus England auf den Transfer in ihre Lodge im Okavango-Delta. Eines der letzten weitgehend unberührten Naturparadiese dieser Erde und ein UNESCO-Weltkulturerbe. Momentan war Hochsaison und die Gäste strömten scharenweise zu den Buschpiloten. Lara wechselte ein paar Worte mit den beiden, dann entdeckte sie auf ihrem kleinen Schreibtisch einen Kuchen mit einer Kerze darauf. Hm, haben wir etwas zu feiern? Sie setzte sich auf den Holzstuhl, schob den Kuchen zur Seite und verschaffte sich einen Überblick über die anstehenden Aufgaben. Plötzlich hielt ihr jemand von hinten die Augen zu. Frauenhände, die nach Zitrone dufteten. Die Person schwieg, Lara musste raten.

»Leslie?«

Die junge Frau mit den Rastazöpfen hinter ihr kicherte und zog ihre Hände zurück. Dann zündete sie lächelnd die Kerze auf dem Kuchen an. Lara sah Leslie fragend an.

»Du bist jetzt seit einem halben Jahr bei uns. Ich finde es schön, dass du hier bist – das ist doch ein Grund zum Feiern, oder?«

Lara stand gerührt auf und umarmte Leslie. »Danke, das ist mega lieb von dir!«

Seit ihrem ersten Arbeitstag war sie mit der

Empfangsdame der Buschpiloten ein Herz und eine Seele. Das hatte ihr den Start in Botswana ungemein erleichtert. Kabo gesellte sich zu ihnen. Sein weißer Stoppelbart war länger als sonst und er hatte tiefe Ringe unter seinen dunklen Augen.

»Fühlst du dich besser?«, fragte Lara.

»Einigermaßen«, grummelte er. »Der Arzt hat Arthrose in der Hüfte und den Fingern festgestellt. Verdammt schmerzhaft! Ich werde alt …«

»Ach was«, erwiderte Lara lachend. »Du bist doch sonst super drauf und immer noch der beste Buschpilot Botswanas.«

Leslie schnitt den Kuchen an und reichte Kabo ein Stück auf einer Serviette.

»Fragt sich nur, wie lange noch. Ich habe gerade die Einladung zur nächsten Gesundheitsprüfung der Flugbehörde bekommen. Zu meinen schlechten Augen kommen jetzt also noch meine neuen Altersgebrechen in meine Akte.«

»Du übertreibst maßlos. Du bist vitaler als so mancher Vierzigjährige!« Lara legte ihren Arm um seine Schulter. »Maßlos!«

»Mag sein.« Er sah traurig aus dem Fenster. Eine seiner Maschinen war im Anflug. »Trotzdem sollte ich mich um meine Nachfolge kümmern. In meinem Alter sind viele schon im Ruhestand, passen auf ihre Enkel auf oder reisen im Land herum. Ich muss das endlich in Angriff nehmen, bevor mir plötzlich die Kraft dazu fehlt.«

Lara sah Leslie an, keine der beiden Frauen sagte etwas. Hm, ich glaube, er meint es ernst. Und in seinem Alter ist sein Gedanke tatsächlich nicht abwegig.

»Cliff«, sagte Kabo nach einer Weile. »Ich hatte immer gehofft, dass Cliff Buschpilot wird und in die Fußstapfen seines Vaters tritt. Aber es scheint, als hätte er kein Interesse. Ist ja auch gut so, wir brauchen in Botswana jeden Arzt.«

»Ich denke auch, dass du dir deinen Nachfolger woanders suchen musst«, fügte Lara nachdenklich hinzu. Sie biss in ihren Kuchen und genoss den würzigen Geschmack. »Wow, der ist lecker! Karotten, Nüsse, Zimt und Ingwer, richtig?«

Leslie hob den Daumen. Ein kurzer Moment des Glücks, ein Gefühl von Ankunft in der Ferne. Sie fühlte sich bei Leslie und Kabo bestens aufgehoben. Doch bald darauf kehrte bei Lara das nagende Gefühl zurück, sich hier nicht richtig entfalten zu können. Sie hatte ihr Jurastudium mit Auszeichnung beendet und in Deutschland anspruchsvolle Rechtsfälle erfolgreich abgeschlossen. Lara liebte Herausforderungen, in denen ihr ganzes Können gefragt war. Das fehlte ihr hier zunehmend – in Botswana gab es nur Routinearbeit für sie.

In der Mittagspause suchte Lara Zuflucht unter dem dichten Blätterdach eines mächtigen Baumes vor dem Büro der African Bush Pilots. Sie ließ ihre Finger sanft durch die wohlige Wärme des Erdreichs gleiten, bevor sie sich an den festen, sicheren Baumstamm lehnte. Ein zartes Lüftchen milderte die sengende Hitze und beruhigte wie ein sanftes Wiegenlied ihre innere Unruhe. Sie suchte in ihrer Handtasche einen Kaugummi, als sie einen silbernen Armreif ertastete – ihren persönlichen Talisman und ein Geschenk von Cliff. Ihre Finger berührten die fein ausgearbeiteten afrikanischen Ornamente. Sie erinnerte sich an ihre Ankunft in Botswana vor einem halben Jahr und das Wiedersehen mit Cliff, an das sie lange Zeit nicht mehr geglaubt hatte. Ohne ihre spontane Initiative wäre es auch nie dazu gekommen. Ihr wurde warm ums Herz, als die bewegenden Szenen jener Zeit vor ihrem inneren Auge vorüberzogen.

Lara stieg aus dem Flugzeug und entdeckte Cliff sofort hinter dem Flughafenzaun, winkend und mit einem Strauß Rosen in der Hand. Mit weichen Knien stieg sie in seinen Wagen und kämpfte gegen ihr Gefühlschaos an. Da war die unbändige Freude über das Wiedersehen, gleichzeitig die Angst vor dem Fremden, das in Botswana auf sie wartete. Würde es je wieder sein wie damals oder wartete eine gewaltige Enttäuschung auf sie? Immer wieder zweifelte sie daran, ob ihr Bauchgefühl richtig entschieden hatte.

Bevor Cliff den Motor startete, blickte er sie intensiv an. »Du hast mir wahnsinnig gefehlt, Lara Becker!«

Sosehr sie sich darüber freute, spürte sie auch einen Stich im Herzen. »Warum hast du dich dann nie gemeldet?«

»Ich dachte, du seist mittlerweile längst verheiratet

und ohne mich glücklich.« Cliff lächelte sanft. »Außerdem, na ja, du kennst mich doch.«

»Du meinst, dass du deine Prinzipien über alles stellst? Das nennt sich übrigens Sturheit!«

»Mag sein«, erwiderte Cliff lächelnd. »Aber jetzt bist du ja da, nur das zählt!«

Laras nervöse Anspannung löste sich in seiner Nähe allmählich auf und wich einem Gefühl von Angekommensein. Als sie seine kleine Wohnung betrat, duftete es aus der Küche nach Maisbrei.

»Du hast für uns gekocht?«

»Ja, traditionellen Maisbrei mit Hühnchen und Gemüse, nach dem Rezept meiner Mutter.«

»Oh, du hast dich also an dein Versprechen erinnert?« Sie war gerührt und erleichtert, weil sie ihm genauso wichtig war wie er ihr.

»Sicher, ich halte meine Versprechen.« Cliff lächelte charmant und führte Lara ins Wohnzimmer. Der Tisch war weiß eingedeckt, in der Mitte stand ein südafrikanischer Rotwein. »Setz dich schon mal und mach es dir bequem. Ich bin gleich mit Oliven und Prosecco zurück.«

Lara sah sich im schlichten, aber geschmackvoll eingerichteten Raum um und fühlte sich auf Anhieb wohl. Wie sie, liebte Cliff offenbar Holz und bunte Stoffe. Auf dem schmalen Sofa lag eine Patchwork-Decke und neben dem vollen Bücherregal hingen Fotos von seiner Familie und von Freunden.

Im Laufe des Abends verflog die anfängliche Zurückhaltung und sie knüpften an jene Zeit an, wo sie sich blind verstanden hatten – bevor der Unfall mit dem Flusspferd, die Fehlgeburt und Cliffs Rückzug sie auseinandergerissen hatten. Lara erzählte ihm von ihrer Arbeit und wie sie wieder zurück ins Leben gefunden hatte. Der Abschnitt schien ihr schon eine Ewigkeit her. Cliff hörte aufmerksam zu. Diese Form der Zuwendung schätzte sie schon damals an ihm, er war aufrichtig interessiert an ihr. Schließlich erzählte er, wieso er seinen Job als Guide an den Nagel gehängt und eine Praxis eröffnet hatte. Dass er nicht zuletzt deswegen eine neue Herausforderung annahm, um sie zu vergessen, bewegte sie zutiefst. Trotzdem hatte er jeden Tag an sie gedacht. Das war das verbindende Element in ihren Geschichten seit Laras fluchtartiger Abreise aus Botswana. Spät in der Nacht fuhr er sie zu ihrem Hotel und drückte ihr zum Abschied einen sanften Kuss auf die Wange. Obwohl sich Lara vom ersten Moment an zu ihm hingezogen fühlte, wollte sie es langsam angehen und sich nicht Hals über Kopf in ihn verlieben. Zwei Wochen später erwachte sie in seinen Armen, die Morgensonne auf ihrer nackten Haut. Die Schmetterlinge flatterten wild und farbig in ihrem Bauch und sie fühlte mit tiefer Gewissheit, dass Cliff und sie zusammengehörten.

Der heulende Motor eines startenden Flugzeugs neben dem Bürogebäude zerriss Laras Gedanken. Sie blickte der Maschine verträumt nach, bis sie nur noch ein kleiner Punkt am Horizont war. Dann lehnte sie sich zurück, schloss die Augen und dachte noch einmal an jene bewegte Zeit.

. . .

Als es zwischen den beiden am schönsten war, stand wieder eine Trennung an. Jeder Schritt fiel Lara schwer, als sie sich nach den schönsten Ferien ihres Lebens von Cliff verabschiedete und ins Flugzeug nach Deutschland stieg. Es fühlte sich falsch an. Auch ein paar Tage später hatte sie weder Energie noch Lebensfreude. Die Sehnsucht nach ihm zerriss sie beinahe. Nach zwei tränenreichen Monaten war ihr klar, dass sie es mit Cliff versuchen wollte, ja musste. Gemeinsam planten sie ihre Zukunft in unzähligen Telefonaten und Videocalls – rasch war dabei klar, dass sie es in Botswana zusammen versuchen wollten. Lara hatte die freundliche Mentalität der Einwohner schätzen gelernt, in Deutschland hielt sie nichts mehr. Ihre größte Sorge war, dass sie in Afrika keine befriedigende Aufgabe finden würde. Sie liebte Herausforderungen, wollte auf der Welt etwas bewegen und auf eigenen Füßen stehen. Doch Cliff zerstreute ihre Bedenken und sicherte ihr seine Unterstützung zu. Ich werde alles dafür tun, dass du in Botswana glücklich wirst, sagte er oft. Schließlich wagte sie den großen Schritt. Innerhalb von drei Monaten fand sie eine Lösung mit der Anwaltskanzlei, gab ihre Wohnung in Köln auf und organisierte eine rauschende Abschiedsparty mit Familie und Freunden.

In den ersten Wochen nach ihrer erneuten Einreise in Botswana reihten sich magische Momente wie Perlen an einer Kette aneinander. Malerische Sonnenuntergänge, innige Momente zu zweit und Cliffs zugewandte Herzlichkeit machten Lara den Start in ihr neues Leben leicht. »Ich bin die glücklichste Frau der Welt!«, erklärte sie ihrer Mutter damals am Telefon. Trotz allem Liebesglück schlich sich mit der Zeit eine nagende Unzufriedenheit in ihrem Leben ein. Alltagsroutine verschluckte ihre anfängliche Euphorie. Lara organisierte Kabos Termine, erledigte kleine Aufgaben, ging einkaufen und versorgte das Team mit Kaffee. Diese Tätigkeiten befriedigten sie nicht, sie wollte ihre Fähigkeiten einbringen und in Botswana etwas bewegen.

Das Geräusch eines Autos riss Lara aus ihren Gedanken an die ersten Monate nach ihrer Ankunft in Botswana. Kabo parkte neben ihr und winkte ihr fröhlich zu. Sie verstaute den silbernen Armreif sorgfältig in ihrer Handtasche und begleitete Kabo ins Büro. An ihrem Schreibtisch griff sie nach dem Dossier mit der Aufschrift: Ralf und Linus Sieger. Endlich etwas Abwechslung! Reiseplanungen machte sie am liebsten, da sie ihre Faszination für Botswana mit so vielen Menschen wie möglich teilen wollte. Sie atmete freudig durch und vertiefte sich in die Wünsche der beiden Brüder.

Abends saß Lara in einem schmucken Restaurant und blinzelte verträumt in den Sonnenuntergang. Selbst nach Monaten in Afrika war dieser Moment für sie immer noch einzigartig. Der Himmel verwandelte sich in ein Farbenmeer, während die Grillen zirpten und zwei Affen von Ast zu Ast sprangen. Dazu ein Weißwein und Erdnüsse. Ihr Feierabendritual hatte etwas Meditatives, ja Erfüllendes. Sie wartete seit zwanzig Minuten auf Cliff. Er war nicht zum ersten Mal unpünktlich. Dafür gab es immer gute Gründe, diesmal war's ein Notfall, wie seine medizinische Fachangestellte Naledi am Telefon aufgebracht erklärte. Lara war sich bewusst, dass das Leben eines Arztes schwer planbar war, und sie freute sich für jeden Patienten, dem er helfen konnte. Dennoch drückte es manchmal ihre Stimmung, wenn sie mal wieder allein in einem Restaurant saß oder er regelmäßig Sonntage in seiner Praxis verbrachte. In der Kölner Anwaltskanzlei hatte sie sich durch hervorragende Arbeit den Respekt ihres Teams und der Kunden erworben. Hier in Botswana war sie sowohl in der Praxis als auch in Kabos Flugtaxi-Unternehmen nur eine Randfigur, eine geschätzte Aushilfe und das schmucke Anhängsel eines erfolgreichen Arztes. Sie griff nach einer Handvoll Erdnüsse und leerte ihr Glas mit einem großen Schluck. Die Sonne war längst am Horizont verschwunden, als Cliff im Restaurant ankam. Hastig stieg er aus dem Wagen. Ihre Blicke trafen sich, Cliff setzte sein Brad-Pitt-Lächeln auf und küsste Lara sanft auf den Mund. Sofort tanzte ihr Herz und ihr Kummer war verflogen. Lara liebte die Abendessen mit Cliff unter Afrikas Sternenhimmel. Sie schätzte seine offene, ruhige Art und seinen Witz. Der erdige Geruch der Luft, das Zirpen der Grillen und die köstlichen Speisen rundeten das sinnliche Erlebnis ab.

»Es tut mir leid, dass du warten musstest, Liebling.«

Lara winkte ab. »Was ist passiert?«

»Ein achtjähriges Mädchen mit Malaria. Bist du sauer?«

»Nein, Cliff. Wieso sollte ich?« Lara legte ihre Hand auf seine. »Das gehört zu deinem Beruf. Ein Notfall hat Vorrang, und ich freue mich, wenn du helfen kannst. Ich bin stolz auf dich, wirklich!«

»Aber?«

Lara seufzte. »Ich möchte auch meinen Beitrag leisten, meine Stärken und Fähigkeiten einbringen. Aber hier interessiert sich niemand für eine deutsche Juristin, die gut verhandeln kann und fließend Englisch spricht. Offenbar werden hier spannende Jobs fast nie an Ausländer vergeben. Das habe ich in diesem Ausmaß nicht erwartet.«

Cliff nickte und bedankte sich beim Kellner, der freundlich lächelnd zwei Gläser Prosecco mit Eis servierte.

»Was erwartest du von mir?«, fragte er.

Darüber hatte Lara lange nachgedacht. »Nichts, Cliff. Wirklich nichts. Du hast hier eine wichtige Aufgabe und lebst deine Berufung. Ich muss meinen eigenen Weg finden.«

»Ich werde dich in allem unterstützen, solange dieser Weg in Botswana liegt. Ein Leben ohne dich kann ich mir nicht mehr vorstellen. Daher möchte ich, dass du hier glücklich wirst.«

Lara nahm das Prosecco-Glas und betrachtete die von der Laterne beleuchteten Büsche. Die friedliche Stimmung sorgte für Klarheit in ihren Gedanken. »Sosehr ich dich liebe, erfüllt es mich nicht, mein Leben nur auf dich zu reduzieren. Erst recht dann nicht, wenn du so viel arbeitest.«

»Wir sollten öfter zusammenarbeiten, dann haben

wir mehr voneinander.« Cliff legte seine Hand sanft auf ihre.

»Um deine Termine zu organisieren und dein Mädchen für alles zu sein, brauche ich kein Jurastudium, Cliff. Nicht böse gemeint, aber das erfüllt mich nicht.« Bitterkeit verdarb ihr den Appetit.

»Das habe ich nicht gemeint. Vielleicht gibt es andere Möglichkeiten. Wir brauchen eine Vision, an der wir gemeinsam arbeiten können. Etwas, auf das wir hinarbeiten. Vielleicht eine eigene Familie?« Cliff grinste.

Lara wusste, wie sehr sich Cliff Kinder wünschte. Ein weiterer Punkt, der sie bedrückte. Sie hatte es bisher nicht über sich gebracht, ihm von ihrer Unfruchtbarkeit zu erzählen. Lara erinnerte sich an ihre Ärztin, als diese die vernichtenden Worte aussprach, die sie nachts immer noch manchmal wach hielten: Es tut mir leid, aber es gibt keine Hoffnung. Auch eine Operation kann nichts daran ändern.

Ihr Schweigen war für Cliff wohl Antwort genug. »Ähm, tut mir leid, ich möchte dich damit nicht überfordern.«

Lara winkte ab und versuchte, gelassen zu klingen. »Schon gut, ich denke, wir sollten in dieser Hinsicht nichts überstürzen.«

»Du hast recht, mit der Zeit kommt Rat. Wir müssen nur beide die Augen offen halten, dann finden wir auch eine spannende Aufgabe für dich. Meine Beziehungen sind da sicher ein Vorteil.«

»Einverstanden, ich werde weiterhin abwarten.« Das hat er mir schon vor zwei Monaten gesagt. Nur hat sich seitdem nichts geändert.

»Es schmerzt mich, wenn du unglücklich bist. Du weißt, dass ich alles für dich tun würde. Wir könnten es auch in Deutschland versuchen.«

Lara schnaubte. »Ein Rollentausch mit dem Ergebnis, dass du unzufrieden wärst?« Sie beugte sich vor und schaute Cliff tief in die Augen. »Du gehörst hierher, das wissen wir beide. In Deutschland wärst du wie ein Zebra in der Antarktis.«

»Oh, wie anschaulich. Du hast eine lebendige Vorstellungskraft«, erwiderte Cliff breit grinsend.

»Außerdem liebe ich Botswana, das ist es nicht.« Lara winkte dem Kellner. »Wie auch immer, lass uns das Essen bestellen. Ich bin hungrig.«

Der Kellner servierte eine typische Vorspeise: einen Eintopf aus grünen Bohnen, Tomaten, Zwiebeln, Knoblauch und Gewürzen. Dazu frisches Brot. Er schmeckte wie der Gemüseeintopf von Laras Großmutter in Köln. Der besserte ihre Laune und sie dachte an die spannende Reiseplanung, die in Kabos Büro auf sie wartete.

»Hast du schon von den Brüdern aus Deutschland gehört, die uns im Juli besuchen werden?«

»Nein, klingt interessant, erzähl mal.« Cliff legte seinen Löffel in den leeren Teller.

»Sie sind durch das Internet auf uns gestoßen. Ralf, der die Reise organisiert, war überrascht, dass ich Deutsch spreche.«

»Kabo ist bestimmt glücklich, dass mehr Touristen

aus Europa bei euch anfragen. Haben die Brüder einen Sightseeing-Flug gebucht?«

»Nicht nur das, auch das Hotel in Maun für die ersten Tage. Für die zweite Woche geht's dann vielleicht in eine Safari-Lodge. Aber das wollen sie sich noch offenhalten.«

»Oh, ich dachte, Kabo bietet nur Flugdienstleistungen an.« Cliff runzelte verwundert seine Stirn.

»Stimmt, aber ich habe mich gut mit Ralf verstanden und er war froh, dass ich ihm auch mit dem Rest weiterhelfen konnte. Das ist von hier aus deutlich einfacher. Keine große Sache, das habe ich gerne gemacht.«

»Cool, das ist eine tolle Ergänzung zu Kabos Dienstleistungen. Wenn du möchtest, können wir den beiden auch meine Arztpraxis zeigen und wie wir hier arbeiten. Vielleicht ist das für sie auch interessant.«

Lara überlegte. Es wäre eine tolle Gelegenheit, den Brüdern das echte Botswana zu zeigen. »Gute Idee, ich frage sie mal!«

Der Kellner brachte eine Flasche Rotwein und schenkte Cliff zum Probieren ein.

Der winkte ab und schob das Glas zu Lara. »Meine Begleiterin kennt sich damit besser aus.«

Lara probierte den südafrikanischen Shiraz, der intensiv fruchtig schmeckte, und nickte dem Kellner zustimmend zu. Cliffs verliebter Blick erweckte augenblicklich auch ihr Verlangen nach ihm. In den letzten sechs Monaten hatte es keinen einzigen Tag nachgelassen. Wie schön, mit ihm zusammen zu sein! Lara wollte nichts anderes, als mit ihm durchs Leben zu gehen. Er war der Richtige, keine Frage. Gleichzeitig war sie nicht bereit, ihre Ambitionen und sich selbst für einen Mann aufzugeben. Genug jetzt, schoss ihr durch den Kopf! Sie schob ihre Zweifel beiseite und beschloss, den Abend mit Cliff in vollen Zügen zu genießen. Lara nahm einen Bissen vom nahrhaften Maisbrei mit Bohnen und ließ ihn auf der Zunge zergehen.

6

MAUN – ERSTE WOCHE JULI

Lara fuhr mit dem Auto während der Mittagshitze zum Flughafen und wischte sich den Schweiß von der Stirn. Die Klimaanlage war immer noch kaputt und die Autowerkstatt war heute früh geschlossen. Niemand weiß warum! Und das während der heißesten Trockenzeit, die in der Geschichte Botswanas je registriert wurde! Sie öffnete alle Fenster, aber schloss drei davon sofort wieder, da die Luft staubig war. An einem Straßenstand hielt sie an und kaufte bei einem herzlich strahlenden Mädchen eine Limonade. Gierig sog sie am Strohhalm, der Durst ließ bei dieser Hitze kaum nach. Immerhin versprachen die nächsten Wochen etwas Abwechslung: In knapp zehn Tagen würden Linus und Ralf Sieger ankommen, bereits heute flogen Gäste aus Alaska ein – die Kinder von Tanja und John, mit denen Lara eine dramatische Geschichte teilte. Die Erinnerung an den beinahe tödlichen Unfall mit dem Flusspferd erschauderte sie, worauf sie die Gedanken daran sofort wieder verscheuchte, in den Wagen stieg und weiterfuhr. Alaska! Ein paar Tage vor der Hitze fliehen, das wäre jetzt fantastisch!

Am Flughafen fuhr Lara an einem Paar mit einem kleinen Mädchen und viel Gepäck vorbei, das im Schatten vor dem Flughafengebäude stand. Oh, sind sie das schon? Sie blickte in den Rückspiegel, die Beschreibung aus der Anmeldung passte auf die Familie. Die drei reisten für eine fünfwöchige Auszeit an: Tapetenwechsel, Familienzeit, Abenteuer in Afrika. Sie hatten eine Wohnung in Maun gemietet, alles andere war offen. Lara würde sie zusammen mit Leslie hinsichtlich spannender Ausflüge beraten können.

»Bist du Olivia aus Gold Lake, Alaska?«, begrüßte Lara das Mädchen mit dem zerzausten Teddybären in der Hand und den leuchtenden Augen.

»Ja, das bin ich. Und das ist meine Mom, sie heißt Riley. Daddy heißt David.«

Lara verliebte sich sofort in das unbeschwerte Mädchen mit der zarten Stimme.

»Schön, dass du hier bist. Gehst du schon zur Schule?«

»Nein, aber bald. Im September, noch vor meinem sechsten Geburtstag!«, sagte Olivia stolz und runzelte die Stirn. »Ist es hier immer so heiß?«

»Mittags schon, aber nachts kühlt es ab«, sagte Lara lachend, dann begrüßte sie David und Riley. Die beiden mochte sie auf Anhieb. Davids kräftiger Händedruck, sein herzliches Lachen, Rileys drahtige Statur und intensiver Blick beeindruckten sie. Sie verstauten die Trekkingrucksäcke im Kofferraum des Wagens und schafften es gerade noch, die Klappe zu schließen.

»Wie geht es Tanja und John?«, fragte Lara, als sie vom Flughafengelände auf die Hauptstraße abbog.

»Gut, sie haben so für Botswana geschwärmt. Ohne ihre ausdrückliche Empfehlung wären wir kaum hier gelandet«, antwortete Riley. »Abgesehen von deinem Unfall natürlich … Zum Glück ist alles gut ausgegangen. Eine verrückte Geschichte!« Riley verzog das Gesicht. »Sorry, wie unsensibel von mir, dich schon kurz nach der Begrüßung daran zu erinnern.«

»Ach, kein Problem. Ich bin längst darüber hinweg.« Sofort wurde Lara bewusst, dass sie die Situation beschönigte. Denn beim Gedanken an ihr Drama mit dem Hippo und den Überlebenskampf im Busch lief es ihr immer noch kalt den Rücken hinunter. »Ohne Tanja und John hätte ich nicht überlebt, das werde ich den beiden nie vergessen.«

»Großmutter hat mir Fotos von Löwen und Elefanten gezeigt. Wo sind die?«, fragte Olivia, die neugierig ihre Nase am Fenster plattdrückte.

»In der Wildnis, du wirst sie auf jeden Fall noch sehen. Versprochen!«, sagte Lara, als sie zu den African Bush Pilots einbog.

Im Rückspiegel sah sie, wie Olivia vor Staunen große Augen machte. Sie ist so süß! Lara hielt vor Kabos Flugtaxi-Unternehmen und musste den Wagen in der prallen Sonne parken. Dann eilte sie so schnell wie möglich mit den Gästen aus Alaska ins Gebäude. Dort liefen die Ventilatoren immerhin auf Hochtouren.

Leslie füllte im Aufenthaltsbereich der Buschpiloten Orangensaft und Mineralwasser in große Gläser. Kabo hatte zu Ehren der Besucher aus Alaska eine Erfrischungsstunde mit Snacks und Getränken organisiert. Selbst Cliff hatte sich in seinem engen Zeitplan eine halbe Stunde freigeschaufelt. Alle freuten sich immens über den Besuch aus Nordamerika. Das gefährliche Abenteuer vor zwei Jahren hatte sich allen tief in die Erinnerung eingebrannt.

»Ohne den Mut und die Hilfsbereitschaft eurer Eltern könnten wir euch heute nicht begrüßen«, sagte Cliff mit aufrichtiger Anerkennung. »Wir schulden den beiden ewige Dankbarkeit. Stimmt's, Liebling?«

»Absolut!« Lara nickte. Sie konnte es immer noch nicht fassen, dass fast fremde Menschen solche Risiken eingegangen sind, um ihre Leben zu retten. »Ohne Tanjas Ausdauer und Johns tollkühne Fliegerei gäbe es uns heute nicht mehr. So viel ist sicher! Ich weiß nicht, wie wir das jemals wiedergutmachen können.«

»Darüber musst du dir keine Gedanken machen. Sie sind einfach froh, dass sie helfen konnten«, erwiderte Riley schulterzuckend.

»John ist der beste Pilot, den ich je kennengelernt habe«, fügte Kabo hinzu. »Es ist unglaublich, wie er damals in diesem ausgetrockneten Wasserloch gelandet ist. Unter den Piloten in Botswana ist er eine Legende.«

»Haha, das sollte ich ihm besser nicht erzählen«, antwortete Riley lachend. »Sonst steigt es ihm noch in den Kopf.«

»Riley steht ihrem Vater diesbezüglich in nichts nach«, bemerkte David, der Olivia ein frisches Glas

Orangensaft gab. »Die sind aus demselben Holz geschnitzt.«

»Das stimmt. Mein Grandpa hat gesagt, dass meine Mama die beste Pilotin in ganz Alaska ist!« Olivia blickte Kabo ernst an.

Lara warf Riley einen verstohlenen Blick zu. Die beste Pilotin Alaskas? Diese Frau ist wirklich cool!

»Das glaub ich dir gern. Möchtest du auch einmal Pilotin werden?« Kabo beugte sich zu Olivia hinunter.

»Natürlich, das liegt in unserer Familie, weißt du? Aber vorher muss ich noch zur Schule gehen.«

Lara lachte und strich Olivia liebevoll über das Haar. Wie schön, dass die drei zu uns gekommen sind!

Kabo, Riley und David diskutierten leidenschaftlich über die Vor- und Nachteile verschiedener Flugzeugtypen und Antriebstechnologien. Lara verstand fast nur Bahnhof, doch das Thema zog sie in seinen Bann. Sie fühlte sich wohl unter den Buschpiloten; diese abenteuerlustigen Charaktere mit ihrem ausgeprägten Drang nach Freiheit faszinierten sie. Sie fühlte sich mit ihnen und ihren Werten verbunden. Aus dem Augenwinkel sah sie, wie Olivia eine Kunststoffdose aus ihrem Rucksack holte und Cliff zeigte.

»Möchtest du mit mir Seifenblasenjagd spielen?«

»Klar, wie funktioniert das?«

»Ich mache die Seifenblasen und wer am meisten platzen lässt, hat gewonnen.«

Cliff hob den Daumen. »Alles klar.«

»Aber ich bin gut darin, weißt du? Ich gewinne immer.« Olivia lächelte zufrieden.

Cliff lachte herzhaft. »Das kann ich mir vorstellen. Ich mache trotzdem mit.«

»Gut, dann aufgepasst, fertig, los!«

Olivia strahlte und pustete einen Haufen Blasen in die Luft. Dann rannte sie ihnen kreischend und lachend hinterher. Cliff folgte ihrem Beispiel. Sie waren beide so in das Spiel vertieft, dass sie nicht bemerkten, wie Lara sie beobachtete. Wieder einmal fiel ihr auf, wie gut sich Cliff mit Kindern verstand. Sosehr Lara es auch genoss, den beiden zuzusehen, es versetzte ihr einen Stich ins Herz. Sie würde dem kinderlieben Cliff niemals eine Familie schenken können. Wird unsere Beziehung das überleben? Der Gedanke zog sie hinunter. Sie wandte sich wieder den Buschpiloten zu, konnte sich aber nicht mehr auf das Gespräch konzentrieren. Kurz darauf stellte sie ihren Orangensaft ab und ging zur Toilette. Sie vergrub ihr Gesicht in den Händen, als die Emotionen sie übermannten. Bittere Tränen flossen, als sie realisierte, dass ihr Traum von einer Familie mit Cliff vor ihren Augen zerplatzte wie eine von Olivias Seifenblasen. Die Nachricht ihrer Unfruchtbarkeit wird Cliff unendlich traurig stimmen und zur Zerreißprobe für ihre Beziehung werden.

> “Kinder sind oft weiser, als man denkt. Wenn sie sehen, dass eine Seifenblase platzt, machen sie einfach eine neue, statt sich darüber zu beschweren, dass die alte zerplatzt ist.
>
> — AFRIKANISCHE WEISHEIT

7

MÜNCHEN / BOTSWANA – DRITTE WOCHE JULI

Ralf hievte den Koffer auf das Transportband und prüfte dessen Gewicht. Auf dem Münchner Flughafen herrschte ein geschäftiges Treiben, es war laut und die Atmosphäre war hektisch. Kaffeeduft wehte von einer Bäckerei zu ihnen hinüber. Der konnte aber nicht Ralfs Verdacht beseitigen, dass Linus nach Alkohol zu riechen schien. Die digitale Waage zeigte achtzehn Kilogramm. Mehr als erwartet, aber lieber auf Nummer sicher gehen. Besser zu viel dabeihaben als zu wenig. Jetzt war Linus an der Reihe. Sein Seesack wog gerade mal die Hälfte.

Linus grinste triumphierend zu ihm rüber. »So wenig wie möglich, so viel wie nötig, lautet meine Devise.«

Ralf wusste, dass Linus den Gewichtsunterschied insgeheim als kleinen Sieg des leichtfüßigen Abenteurers über den Spießer feierte. Er zeigte bewusst keinerlei Reaktion und wandte sich dem Check-in-Mitarbeiter zu.

»Wir checken das Gepäck direkt nach Botswana durch. Sie haben in Johannesburg zwei Stunden Zeit zum Umsteigen.«

»Alles klar«, entgegnete Ralf und drückte Linus dessen Bordkarte in die Hand.

Lucia wartete vor dem Sicherheitscheck, sie hatte die beiden zum Flughafen gefahren. Jetzt war es Zeit für den Abschied.

»Oh, Mist!« Linus fasste sich an die Stirn. »Ich habe das Geld für Botswana zu Hause vergessen. Ich wollte es als Letztes einpacken. Verdammt!«

Ralf schüttelte den Kopf. »So typisch!«

»Tut mir leid, dass ich nicht so perfekt bin wie du.«

»Das hat nichts mit Perfektion zu tun. Hast du schon mal von Checklisten gehört?«

Linus winkte ab und verdrehte die Augen. »Listenfreaks sind langweilig.«

»Immerhin habe ich alles dabei und werde dir, wie sonst auch, aushelfen können.«

»Danke, aber ich schaffe das schon alleine …«

»Genug jetzt, ihr zwei Streithähne«, sagte Lucia energisch. »Wollt ihr euch jetzt zwei Wochen lang jeden Tag gegenseitig auf die Nerven gehen?«

»Wenn er so unzuverlässig ist …« Ralf blickte auf die Uhr. »Wir müssen los.«

Er nahm Lucia fest in den Arm, strich ihr liebevoll über die Haare und gab ihr einen sanften Kuss auf die Lippen. Er vermisste schon jetzt ihren zarten Duft.

»Pass auf dich auf und übernimm dich nicht. Unser Baby braucht viel Ruhe.«

»Ich weiß. Sei bitte vorsichtig und komm gesund zurück«, flüsterte Lucia in sein Ohr.

»Du wirst mir fehlen.«

»Du mir auch.«

Ralf fühlte eine Last auf seinen Schultern. War es richtig, seine schwangere Verlobte allein zurückzulassen? Was, wenn ihr etwas passiert oder Komplikationen beim Baby auftreten? Was, wenn ihm in Afrika etwas zustößt? Wer würde sich dann um seine Familie kümmern? Linus umarmte Lucia wortlos. Sie tauschten einen Blick aus, der Ralf irritierte. War er zu lang? Zu vertraut? Das ungute Gefühl schob er zurück, als ihr Flug aufgerufen wurde. Ralf packte Linus und ging mit schnellen Schritten los. Kurz vor der Passkontrolle blickte er ein letztes Mal mit feuchten Augen zurück. Lucia wirkte verloren in der großen Halle. Dieser Anblick zerriss ihm fast das Herz.

Lara fuhr in Kabos Wagen am Flughafen von Maun vor. Der Flieger aus Johannesburg hatte bereits seine Räder auf den heißen Asphalt gesetzt, die Ankunft ihrer Gäste stand unmittelbar bevor. Die Mittagshitze war erfüllt von schwerem Benzinduft und verbranntem Gummi. Die historische Hitzewelle in Botswana hielt an, eine Abkühlung oder gar Regen waren nicht in Sicht. Lara suchte Schatten unter einem Baum und wartete auf Linus und Ralf Sieger. Sie verspürte ein Kribbeln der Vorfreude, die beiden waren für sie ein Hauch von Heimat in der Ferne Afrikas. Darüber hinaus freute sie sich auf die Gelegenheit, wieder einmal Deutsch zu sprechen. Sie vertrieb sich die Wartezeit mit ihrem Smartphone, durchstöberte die Nachrichten, chattete und checkte wie jeden Tag eine Webcam in Köln. Leichter Regen und Nebel. Dann doch lieber die sengende Hitze! Sie ließ ihren Blick über das grüne Umland und das strahlende Licht in Maun schweifen. Hier war sie zu Hause.

»Wo hast du dich mit ihr verabredet?«

Die Stimme eines Deutschen drang an Laras Ohr und sie hob den Kopf. Ah, da sind sie ja. Sie beobachtete die beiden zunächst aus der Distanz. Die Brüder wirkten fit und sympathisch. Besonders der jüngere mit den dunkelblonden Haaren und der locker über die Schulter geworfenen Tasche stach ihr ins Auge. Der andere zog seinen Rollkoffer hinter sich her und sah sich suchend um. Hm, das könnte Ralf sein. Er schien die Zügel der Reise in der Hand zu halten. Lara erhob sich und ging einige Schritte auf die beiden zu. Ralf wirkte erleichtert, als sie sich zu erkennen gab. Von Linus wurde sie mit einem herzlichen Lachen und einer kurzen Umarmung begrüßt. Sie fühlte sofort eine gute Verbindung zu ihm. Lara half den beiden, ihr Gepäck zu verstauen und steuerte das Hotel an, das sie für die beiden gebucht hatte. Im Rückspiegel sah sie, wie Linus fasziniert aus dem Fenster starrte und lachenden Kindern am Straßenrand zuwinkte. Ralf hingegen war mit seinen Reisedokumenten beschäftigt. Hm, die beiden scheinen recht verschieden. Während der Fahrt zum Hotel erzählte Lara Wissenswertes über Maun und das nahegelegene Okavango-Delta. »Der Fluss ist die Lebensader der Region und verwandelt die Kalahari-Wüste in eine üppige Oase mit einer reichen Tier- und Pflanzenwelt. Elefanten, Löwen, Leoparden, Nashörner, Büffel, Giraffen, Zebras, Flusspferde, Krokodile und viele Vogelarten sind hier zu Hause. Maun gilt als Tor zum Okavango-Delta und Ausgangspunkt für Safari-Touristen. Das Delta ist seit 2014 ein UNESCO-Weltkulturerbe.« Lara gefiel die Rolle der Reiseleiterin. Sie war stolz darauf, hier zu leben und ihre Begeisterung für Afrika mit Touristen zu teilen.

8

MAUN – DRITTE WOCHE JULI

Zwei Tage später schlängelte sich Lara mit dem Auto durch das mit schönen Blumen überwachsene Eingangstor des Hotels, in dem Ralf und Linus für die ersten Tage ihr Quartier hatten. Schon von Weitem erblickte sie die beiden beim Frühstück im üppig blühenden Garten. Ein Angestellter, der mit Blumengießen beschäftigt war, begrüßte sie herzlich. Sie trat sanft auf die Bremse, als eine Ziege und ein paar Hühner in aller Ruhe über den Weg tänzelten. Beim Aussteigen sog sie den süßen Duft des kunstvoll arrangierten Blütenmeeres ein. Rosen, Amaryllen und Petunien dufteten um die Wette.

»Guten Morgen, meine Herren! Wie ist euer erster Eindruck von Botswana?« Lächelnd nahm Lara am Holztisch zwischen Ralf und Linus Platz.

»Erstklassig, danke. Alles lief reibungslos. Unser Führer für die erste kleine Wanderung war gestern pünktlich da. Und dazu noch dieses fantastische Hotel, das du für uns ausgesucht hast!«, lobte Ralf.

»Gut, das freut mich«, antwortete Lara zufrieden.

Linus setzte seine Kaffeetasse ab und schien förmlich vor Begeisterung zu leuchten. »Es ist unglaublich hier! Die Wärme, die Gerüche, die herzlichen Menschen … Wow, einfach nur wow. Ich fühle mich hier wie zu Hause. Das hätte ich nie gedacht!«

»Oh, das ist schön zu hören. Aber jetzt geht es erst richtig los!«, gab Lara lachend zurück und griff nach einem Apfel, der in einer Obstschale auf dem Tisch lag. »Heute treffen wir Kabo im Büro der Buschpiloten und besprechen mit ihm eure Reisepläne.«

»Gut, mit seiner Erfahrung kennt er sicher alle Risiken«, meinte Ralf. »Ich bin froh, wenn ich dann detailliert weiß, worauf ich mich einstellen muss.«

»Ach, Ralf. Lass es doch einfach auf dich zukommen«, neckte Linus und zog eine Augenbraue hoch. »Wir sind nicht mehr in Deutschland und können es etwas lockerer angehen!«

»Das lässt sich aus der Position des Sorglosen leicht sagen, Brüderchen. Einer von uns muss ja die Zügel in der Hand halten.«

»Wenn du meinst …«

Lara biss in ihren Apfel, lachte in sich hinein und hörte den beiden amüsiert zu. Ihre Ansichten könnten nicht gegensätzlicher sein.

Nach dem Frühstück machten sie sich auf den Weg zu Kabos Flugtaxi-Unternehmen. Als sie auf das Flughafengelände zusteuerten, setzte gerade eine Maschine zur Landung an. Lara stoppte den Wagen, damit sie das geschmeidige Aufsetzen des Flugzeugs aus bester

Perspektive bewundern konnten. Dann parkte sie in der Nähe der gelandeten Maschine. Kabo stieg aus dem kleinen Flugzeug und winkte ihnen freudestrahlend zu.

Kurz darauf saßen sie alle am Besprechungstisch der African Bush Pilots, jeder einen duftenden Kaffee vor sich. Zusätzlich stellte Lara eine Dose mit Keksen auf den Tisch. Die Alaskaner waren auch dabei – vielleicht könnten sie eine Wildnis-Tour gemeinsam unternehmen und so Kosten sparen. Wie so oft war Olivia das Zentrum der Aufmerksamkeit, was sie sichtlich genoss. Sie saß auf Linus' Schoß, als würden sie sich schon ewig kennen, und erklärte den Neuankömmlingen mit todernster Miene, warum Buschpilot der beste Job der Welt ist.

»Man kann das Fenster öffnen und eine Wolke berühren und überall auf der Welt landen. Sogar dort, wo sonst niemand hinkommt!«

»Toll«, erwiderte Linus lachend. »Wo gefällt es dir besser? In Alaska oder hier in Afrika?«

»Hm«, Olivia griff nachdenklich an ihr Kinn und überlegte eine Weile, »die Löwen und Elefanten sind schon cool, aber zu Hause ist es doch am schönsten. Unsere Grizzlybären sind stärker als die Löwen, weißt du?«

»Sicher?«

»Ja, ganz sicher. Das hat mir Daddy gesagt.«

»Dann wird es wohl stimmen.« Linus reichte Olivia einen Keks aus der Dose.

Lara war beeindruckt, wie herzlich Linus mit Olivia umging und wie glücklich er dabei wirkte. Die beiden hatten sich im Nu miteinander angefreundet, als sie neulich mit David und Riley zusammen Himmel und Hölle gespielt hatten. Linus hatte selbst etwas Kindliches, Spielerisches an sich. Ganz anders als Ralf, der eher vernünftig und ernst war. Jetzt saß er entspannt, aber dennoch nachdenklich in seinem Stuhl und war schweigsam. Ob er in Gedanken bei seiner schwangeren Verlobten ist? Macht er sich ihretwegen Sorgen? Lara mochte beide, aber es war faszinierend, wie unterschiedlich sie waren. Tief in ihrem Inneren fühlte sie, dass Linus und Ralf mehr als nur Besucher aus ihrer alten Heimat waren. Sie hatte eine leise Ahnung, konnte die Zeichen aber noch nicht lesen. Die Stimmung war ausgelassen und Lara hatte das Gefühl, als würden sich alle schon lange kennen. Ihre Leben begannen sich zu verweben, aber niemand ahnte, dass sie schon in Kürze aufeinander angewiesen sein würden.

Als am nächsten Tag die Abendsonne den Horizont einfärbte, fanden sich Kabo, Ralf und Linus in der Enge einer Bar zusammen. Linus genoss den Geräuschnebel aus Gesprächen und Lachen und fühlte den Puls des Ortes. Wow, ein cooler Groove hier! Eine bunte Mischung aus Reisenden und Einheimischen – wahrscheinlich Gäste und ihre Führer, vermutete er. Im Rhythmus der afrikanischen Musik ließ er seinen Fuß sanft mitwippen, lehnte sich zurück und überließ das Reden seinem Bruder.

»Unsere Mutter war vor dreißig Jahren bei dir«, kam Ralf sofort auf den Punkt. »Sie hat mit dir die Wildnis erkundet.«

»Ach, wirklich?« Kabo runzelte die Stirn. »Das kann gut sein. Während ich mein Unternehmen aufbaute, habe ich viele Jahre als Guide gearbeitet, um mich über Wasser zu halten. Wildniswanderungen waren mein Steckenpferd. Aber das ist sehr lange her. Ich bin mir leider nicht sicher, ob ich mich an sie erinnern kann.«

Ralf zog ein verblasstes Foto aus seinem Geldbeutel und gab es Kabo. Dieser setzte seine Lesebrille auf und zuckte zusammen. Mit großen Augen blickte er die Brüder an.

»Du erinnerst dich, oder?« Linus konnte Kabos Überraschung förmlich greifen. Ihre Mutter war eindeutig keine gewöhnliche Besucherin gewesen. Kabo schien tief berührt.

»Sandra, sie, Sandra ist eure Mutter?« Kabos Augen schimmerten.

»Ja«, erwiderte Ralf.

»Wie geht es ihr?«, fragte Kabo zögerlich.

»Sie ist leider schon lange nicht mehr unter uns«, sagte Ralf stockend. »Sie hatte Krebs. Es ist vierzehn Jahre her.«

Kabo rieb sich die Schläfen. »Ich habe immer gehofft, sie eines Tages wiederzusehen. Es schmerzt, dass das nicht mehr möglich ist.«

»In ihrem Tagebuch kann man spüren, wie wichtig du ihr warst«, sagte Linus leise. Es berührte ihn, dass seine Mutter auch in Botswana unvergessen war. »Wir würden gerne mehr über eure gemeinsame Geschichte erfahren. Sie ist der Grund, warum wir hier sind. Es war ihr außerordentlich wichtig, dass wir Botswana kennenlernen.«

»Das überrascht mich nicht, sie liebte Land und Leute.« Kabo wischte eine einsame Träne von seiner Wange. Diesen Gefühlsausbruch des kräftigen, gestandenen Mannes hatte Linus nicht erwartet und die verdrängte Trauer kam wieder hoch. Ralf schien von der Situation ebenso überwältigt zu sein.

»Entschuldigt, ähm, ich bin etwas durcheinander.« Kabo trank einen Schluck Whisky, um sich zu fassen. »Eure Mutter war die beste Reiseleiterin, die ich je getroffen habe. Sie liebte dieses Land genau wie ich. Ich habe nie verstanden, warum sie plötzlich nicht mehr bei uns auftauchte.«

»Das lag dann wohl an uns, sorry.« Linus versuchte, die Atmosphäre aufzulockern.

»Sie hat ernsthaft überlegt, nach Afrika auszuwandern, wusstet ihr das?«

»Nein, das hat sie uns nie erzählt.« Ralf starrte auf den Tisch. »Es scheint, als hätte unsere Mutter eine verborgene Seite gehabt. In unserer Kindheit arbeitete sie in einem Büro der örtlichen Verwaltung. Den Job als Reiseleiterin und ihre Liebe zu Afrika erwähnte sie hin und wieder, aber es war nie ein großes Thema.«

Kabo hob die Hand und bestellte eine zweite Runde. Er nahm einen weiteren Schluck, als würde er Mut für die nächste Frage sammeln.

»Wer, ähm, ist euer Vater? Wollte er nicht mitkommen?«

»Er ist auch nicht mehr«, sagte Ralf betont knapp.

»Oh.« Kabo strich sich über die Stirn. »Das tut mir leid. Mein Beileid, dass ihr beide Elternteile so jung verloren habt.« Er räusperte sich. »Waren sie, ähm, glücklich miteinander?«

»Nein«, sagte Ralf kühl. »Unser Vater war ein Trinker und hat uns allen nie gefehlt.«

Kabo wich überrascht zurück. »Er ist also noch vor Sandra gestorben?«

»Ja, er hat betrunken einen Unfall gebaut und uns genau dann für immer verlassen, als wir ihn am meisten als Vater gebraucht hätten. Typisch für ihn.« Linus' Gesichtszüge wurden hart. Der altbekannte Hass stieg in ihm auf und vernebelte seine Sinne. »Trotzdem war es besser so. Unser Vater war ein Versager, eine Belastung für Mama und uns.«

Ein betretenes Schweigen hüllte die Männer ein.

»Wir müssen auch die andere Seite sehen«, sagte Ralf schließlich. »Er hatte es nicht leicht …«

»Verteidige ihn nicht noch!«, zischte Linus.

Ralf warf ihm einen ernsten Blick zu und wandte sich dann an Kabo. »Erzähl uns doch von eurer gemeinsamen Wanderung durch die Wildnis.«

Kabo blickte zur Decke, suchte in den Tiefen seiner Erinnerungen. »Es war eine fantastische Woche, vielleicht die beste meines Lebens. Wir brachen mit einem Zelt und einem Minimum an Vorräten auf, eurer Mutter war es wichtig, leicht und unbeschwert zu reisen. Eine abwechslungsreiche Route am Rande des Okavango-Deltas, die uns durch unberührte Dörfer und die wilde Savanne führte. Auf unserer Wanderung begegneten wir mehr Elefanten, Zebras und Giraffen als Menschen.« Kabos dunkle Augen funkelten. »Ganz zu schweigen von Löwen, Hyänen und anderen Raubtieren.«

»Alleine mit dem Zelt? War das nicht gefährlich? Hatte unsere Mutter nachts keine Angst?« Ralf sah Kabo mit großen Augen an.

»Eure Mutter war eine Abenteurerin und ich bin hier aufgewachsen. Ich wusste, was ich tat, außerdem respektieren wilde Tiere ein Zelt in der Nacht.«

»Wow, das klingt cool!« Linus' Zorn verwandelte sich in brennende Abenteuerlust. »Kannst du dich noch an die Route erinnern?«

»Ja, sicher.«

»Wir überlegen, auf Mutters Spuren zu wandern«, sagte Ralf. »Glaubst du, das wäre machbar?«

»Ja, mit einem guten Guide traue ich euch das zu. Ihr wirkt fit.«

»Könntest du uns vielleicht führen, Kabo?«, fragte Linus. Wie cool wäre es, wenn wir Mamas Wanderung mit ihrem damaligen Guide machen könnten!

»Oh, ähm, das wird nicht möglich sein. Die nächsten Wochen sind hier sehr hektisch und ich werde in der Firma gebraucht. Es tut mir leid, aber …«

»Bitte, denk doch einmal in Ruhe darüber nach«, sagte Ralf. »Vielleicht wäre diese Reise auch für dich ein wichtiger Abschluss. Mir scheint, dass da zwischen euch etwas war, das nie abgeschlossen wurde.«

Kabo sah Ralf und Linus lange schweigend an.

»Okay«, sagte er schließlich. »Das kann ich tun, aber ich möchte euch keine falschen Hoffnungen machen.« Er leerte seinen Whisky in einem Zug. »Lara und ich werden euch aber auf jeden Fall bei der

Planung unterstützen. Wir würden auch einen guten Guide für euch finden.« Kabo stand unvermittelt auf. »Entschuldigung, ich muss weiter. Wir sehen uns.«

Linus hatte das Gefühl, dass Kabo nicht auf Ralfs Andeutung eingehen wollte. Offensichtlich war er noch nicht bereit, über seine Gefühle ihrer Mutter gegenüber zu sprechen. Nun, das war verständlich – es war wohl etwas viel für ihn. Zu seiner Überraschung bemerkte Linus Begeisterung in Ralfs Gesicht. Die nachdenklichen Stirnfalten waren verschwunden, stattdessen leuchteten die Augen seines Bruders. Damit stand für Linus fest, dass die Wanderung auf den Spuren ihrer Mutter Wirklichkeit werden würde. Wenn nicht mit Kabo, dann mit einem anderen Guide. Vorfreude stieg in Linus auf. So aufbrausend und kräftig, wie er das schon viele Jahre nicht mehr erlebt hatte.

Später am Abend las Lara allein im Bett einen packenden Thriller. Durch das geöffnete Fenster drang das Zirpen der Grillen, während die Dunkelheit längst Einzug gehalten hatte. Nervös schaute sie zur Uhr, da ihr die innere Ruhe zum Lesen fehlte. Endlich erklang das scheppernde Geräusch von Cliffs Wagen. Kurz darauf ging die Tür im kleinen Haus außerhalb von Maun auf, wo sie vor drei Monaten eingezogen waren. Cliff setzte sich auf den Bettrand und strich sanft über ihren Kopf. Im Mondschein fielen ihr seine Augenringe auf, die täglich größer wurden. Manchmal kam es Lara vor, als ob sie unaufhaltsam wachsen würden.

»Es tut mir leid, Liebling.«

»Schon wieder Notfälle?«

»Derzeit wütet eine Grippewelle in den umliegenden Dörfern, die besonders ältere Menschen hart trifft.«

»Ah, verstehe. Du wolltest doch auch zum Treffen mit den Neuankömmlingen bei Kabo kommen. Ich hab mir schon gedacht, dass es wie immer ein Notfall ist.«

»Ja«, erwiderte Cliff müde, »sorry, dass es nicht geklappt hat.«

»Du hast noch nicht einmal angerufen.« Laras Enttäuschung verflog, als sie das ehrliche Bedauern in seiner Miene sah.

»Wie gesagt, es tut mir leid. In der Praxis ging's drunter und drüber, ein absolutes Chaos.«

Cliff griff nach Laras Hand. Ihr war bewusst, dass seine Arbeit schwer zu planen war und Überstunden mit sich brachte. Ich habe kein Anrecht auf ihn, hier wird er gebraucht! Vielleicht ist genau das der Punkt: Er wird gebraucht und ich nicht. Er hat hier seinen Platz, hatte ihn schon immer. Aber ich? In Köln habe ich mir in der Anwaltskanzlei den Respekt von Mandanten und Mitarbeitern erarbeitet. Hier bin ich nichts weiter als eine Hilfskraft, das Mädchen für alles!

Cliff zwinkerte ihr liebevoll zu. »Woran denkst du, schöne Frau?«

»Ähm, tut mir leid. Alles ist gut. Soll ich dir das Abendessen aufwärmen?«

»Das wäre schön. Ich gehe jetzt duschen.« Er küsste sie auf die Stirn und ging ins Badezimmer. »Und mach eine gute Flasche Wein auf. Ich habe Neuigkeiten.«

In der Küche entschied Lara sich für einen regionalen Rotwein. Neuigkeiten? Da bin ich aber gespannt. Sie nahm den Teller mit Pasta und Gemüse aus dem Kühlschrank und stellte ihn in die Mikrowelle. Am Kühlschrank der schlichten Dreizimmerwohnung klebte ein Foto ihrer Eltern und eines vom Rhein in Köln. Obwohl ihr die Einrichtung der Wohnung mit afrikanischen Holzmöbeln und farbigen Stoffen gefiel und sie sich bei der Gestaltung einbringen konnte, bekam sie doch hin und wieder Heimweh. Es war schön, in Botswana bei Cliff zu sein, aber Familie und Freunde aus Deutschland fehlten ihr.

Mit einem breiten Grinsen beobachtete Lara, wie Cliff die Pasta verschlang. Wie ein ausgehungerter Löwe, der endlich wieder Beute gemacht hatte.

»Ich habe seit dem Frühstück nichts gegessen«, sagte er zwischen zwei Bissen. »Das schmeckt fantastisch. Danke!«

Lara hob ihr Glas. »Na, spann mich nicht länger auf die Folter. Erzähl mir die Neuigkeiten.«

Cliff legte Messer und Gabel beiseite und blickte sie intensiv an. Seine Augen funkelten im Kerzenlicht. »Erinnerst du dich daran, dass ich meinem Studienkollegen Aaron in Johannesburg geschrieben habe?«

»Ja, hat er endlich geantwortet?« Lara lehnte sich vor.

»Er fände es interessant, gemeinsam mit mir die

Arztpraxis weiterzuentwickeln. Nächste Woche besucht er uns.«

»Das wäre großartig. So wie jetzt kann es ja nicht weitergehen. Du bist vollkommen überarbeitet.«

Cliff schwenkte den Rotwein. »Du hast recht, es muss sich etwas ändern. Die viele Arbeit belastet auch unsere Beziehung, das tut mir leid.«

Lara legte ihre Hand auf seine. Immerhin ist er sich dessen bewusst! »Mach dir keine Vorwürfe, Liebling. Ich weiß ja, wie wichtig und geschätzt deine Arbeit hier ist.«

»Noch wichtiger ist mir, dass du hier glücklich bist.« Cliff betrachtete Lara prüfend. »Manchmal habe ich das Gefühl, dass du noch nicht richtig in Botswana angekommen bist.«

»Es ist, ähm, ja, also … es ist wunderschön hier und die Menschen sind alle so herzlich zu mir.« Sie knetete ihre Hände und starrte in die Kerzenflamme. »Ich kann mich über nichts beschweren, aber ich fühle mich oft unterfordert. Es fehlt mir das befriedigende Gefühl, etwas Wesentliches bewirken zu können, eine erfüllende Aufgabe.«

»Das kann ich verstehen, aber sei bitte nicht ungeduldig. Du bist erst seit einem guten halben Jahr hier. Ich bin überzeugt, dass du deinen Platz bald finden wirst.«

»Das sagst du schon seit Monaten. Ich sehe noch keinen klaren Weg vor mir. Außerdem habe ich die Sprachbarriere unterschätzt. Mit Englisch kommt man zwar gut zurecht, aber um den Menschen wirklich nahe zu kommen, sollte ich besser Setswana sprechen können. Ich lerne täglich mit Leslie ein paar neue

Wörter, aber das genügt nicht. Ich brauche eine Lehrerin. Die Sprache ist verdammt schwierig, weißt du?«

»Ich weiß.« Cliff stand auf und drückte Laras Kopf an seinen Bauch. Sanft kraulte er ihren Rücken, was sie sofort beruhigte. »Du machst das gut und es wird sich ein Weg auftun. Ihr Deutschen seid nicht gerade geduldig, was?«

Lara lachte. Da hat er wohl recht. Vor allem ich nicht.

»Falls es mit Aaron klappt, würde das eine enorme Entlastung für mich bedeuten. Dann hätte ich mehr Zeit für ein gemeinsames Projekt.«

Lara umarmte ihn fest. »Das wäre schön, daran habe ich auch schon gedacht. Irgendein Ziel, auf das wir beide hinarbeiten können. Ein Hilfsprojekt beispielsweise, oder mit Kabo zusammen seine Nachfolgeplanung in die Hand nehmen. Wer weiß, was sich daraus ergeben könnte.«

Cliff gab ihr einen Kuss auf die Stirn. »Hm, du hast dir ja schon viele Gedanken gemacht, aber am besten halten wir uns im Moment noch alle Optionen offen.«

»Es wäre wichtig, dass wir in die gleiche Richtung schauen. Viele Beziehungen scheitern, weil beide ihren eigenen Weg gehen und sich immer weiter voneinander entfernen.«

»Das wollen wir beide nicht.« Cliff strich Lara sanft über den Kopf. »Wir werden einen gemeinsamen Weg finden und in ein paar Jahren werden wir Kinder haben. Aber darüber sprechen wir ein anderes Mal. Sorry, aber jetzt bin ich einfach nur noch furchtbar müde.«

Lara zuckte zusammen. Immer wenn das Gespräch auf Kinder kam, fühlte es sich an, als würden Rasierklingen ihr Herz in tausend Stücke zerfetzen. Je mehr sie spürte, wie wichtig Cliff eine eigene Familie war, desto schwerer fiel es ihr, reinen Tisch zu machen. Aber je länger sie die Wahrheit verschwieg, desto schwieriger wurde es für sie. Manchmal fühlte sie sich wie eine Lügnerin. Informationen zurückzuhalten, kommt einer Lüge nahe, hatte ihre Mutter früher immer gesagt.

Cliff hob Lara sanft vom Stuhl und trug sie Richtung Schlafzimmer. Sie spürte seine kräftigen Oberarme und roch den frischen Grapefruitduft seines Duschgels. Ihr Herz raste und das aufkeimende Verlangen drängte die belastenden Gedanken in den Hintergrund. Es zählte nur das Jetzt.

9

MAUN – DRITTE WOCHE JULI

Lara und Riley saßen in einem Café unter dem Schutz eines üppigen Sonnenschirms. Das Vogelgezwitscher wurde von der erdigen Duftnote feuchter Erde begleitet. Die beiden hatten in den vergangenen zwei Wochen hin und wieder exklusive Momente miteinander verbracht. Lara sah in Riley eine beeindruckende, selbstbewusste Frau, verehrte ihre starke Präsenz und ihre unaufgeregte Haltung.

»Es tut mir leid, dass es nicht genug Platz in der Maschine für alle gab«, sagte Lara. »Sicher wärst du auch gerne mit Kabo und den anderen auf Entdeckungsreise ins Okavango-Delta geflogen.«

»Keine Sorge«, erwiderte Riley mit einem breiten Lächeln. »Ich habe seit Ewigkeiten keinen halben Tag mehr für mich gehabt. Kommt mir gerade recht.«

»Umso besser. Ich freue mich, dass du dir Zeit für einen Kaffee mit mir nimmst.«

»Es ist ein Paradies hier.« Riley breitete ihre Arme

aus. »Ich kann gut nachvollziehen, warum du nach Afrika ausgewandert bist!«

»Hm, manchmal zweifle ich, ob es die richtige Entscheidung war.«

Riley sah Lara erstaunt über ihre Sonnenbrille hinweg an. »Wirklich?«

»Nicht, dass ich es hier nicht fantastisch finde. Aber ich habe meinen Platz noch nicht gefunden.«

»Hast du etwas Bestimmtes im Kopf?«

Lara zuckte mit den Schultern. »Es ist eher eine diffuse Vorstellung. Als Juristin hier zu arbeiten, kann ich vergessen. Meine Anwaltslizenz ist nicht gültig, außerdem ist es für eine Ausländerin schwierig, gute Jobs zu bekommen. In Maun sowieso, aber selbst in der Hauptstadt Gaborone wäre es nicht einfach. Einheimische haben Vorrang, was ich grundsätzlich gut finde.«

»Hm, ich verstehe«, sagte Riley und lehnte sich zurück. »Was ist mit Tourismus? Du bist eine hervorragende Reiseplanerin. Kabo ist in einem fortgeschrittenen Alter. Wie plant er seine Nachfolge?«

Lara hielt gedankenverloren ihre Kaffeetasse mit beiden Händen. Hm, spannend, dass sie auf den gleichen Gedanken kommt wie ich. Aber Kabo hält die Zügel fest in der Hand und alle sagen, dass er noch lange nicht bereit ist, sein Lebenswerk loszulassen.

»Nur so eine Idee. Du hast sicherlich schon selbst daran gedacht.«

»Ja, tatsächlich, aber ich bin Juristin und weder Pilotin noch Fachfrau für Tourismus.«

»Pilotin werden kannst du immer noch, das habe ich ja auch geschafft!«, meinte Riley mit einem Lachen. »Außerdem erinnerst du mich an Davids Mutter. Ihr seid beide proaktiv und habt ein gutes Gespür für Menschen. Sie leitet die Alaska Bush Pilots sehr erfolgreich, seit ihr Vater die Führung abgegeben hat.«

»Oh, wie nett von dir!« Mit Tanja verglichen zu werden, fühlte sich wie eine Auszeichnung an. »Allerdings«, Lara runzelte die Stirn, »bin ich mir nicht sicher, ob das mein Weg wäre. Cliff meint, ich sollte einfach geduldig sein, dann würde sich schon zur rechten Zeit eine Tür öffnen.«

»Das ist eine gesunde Einstellung. Die fällt uns Westlern allerdings häufig schwer, nicht wahr? Wir haben diese Vorstellung, dass wir alles aktiv beschleunigen können. Aber Gras …«

»… wächst nicht schneller, nur weil man daran zieht.«

»Genau!«

Beide brachen in erlösendes Lachen aus.

Lara inspirierte das Gespräch mit Riley. »Ich finde euren Weg beeindruckend: Ihr teilt euch die Arbeit und die Fürsorge für Olivia. Von außen sieht es aus, als würde eine Hand perfekt in die andere passen. Toll!«

»Danke«, erwiderte Riley nachdenklich. »Aber auch bei uns läuft nicht immer alles glatt.«

Lara schwieg. Sie hatte das Gefühl, dass Riley zögerte, ihr mehr zu erzählen. Diese atmete einmal tief durch.

»David wünscht sich ein weiteres Kind von mir, aber ich, äh, habe Schwierigkeiten damit.«

»Warum? Du scheinst die ideale Mutter zu sein.« Lara trank den letzten Schluck aus ihrer Kaffeetasse. »Es ist herzerwärmend, wie du mit Olivia umgehst.«

»Danke, daran liegt es nicht. Ich liebe Kinder.

Aber«, Rileys Schultern sackten nach unten. »Wir haben Olivia fast verloren, noch vor ihrem ersten Geburtstag. Ein Tumor in ihrer Bauchhöhle … Sie hätte daran sterben können.«

»Oh, das ist ja entsetzlich.« Sie konnte sich ausmalen, wie schlimm das für David und Riley gewesen sein musste. Ihr Magen zog sich zusammen.

»Ja, das war es. Und ich mache mir noch immer Vorwürfe, dass ich die Schwere ihrer Krankheit nicht rechtzeitig erkannt habe.«

»Ich bin sicher, du hast alles getan …«

Riley winkte ab. »Danke, das höre ich oft. Aber ich fühle es nicht. Ich habe unglaubliche Angst davor, so etwas noch einmal durchleben zu müssen. Vielleicht hatte Olivias Krankheit genetische Ursachen und es besteht ein reales Risiko, dass es bei einem zweiten Kind erneut passiert. Der Arzt konnte das leider nicht gänzlich ausschließen.«

»Hm, das verstehe ich.« Plötzlich füllten sich Laras Augen mit Tränen. Verlegen griff sie nach einem Taschentuch. »Sorry.«

Riley beugte sich vor und legte ihre Hand auf Laras. »Was ist denn los? Ich wollte dich nicht mit meiner Geschichte belasten.«

Lara wischte sich Tränen von der Wange. »Nein, nein, das ist es nicht. Mir ist nur klar geworden, dass wir beide uns Kinder wünschen. Aber wir können beide nicht, und das verbindet uns. Bei dir liegt die Ursache in einem psychischen Trauma, bei mir ist es körperlich bedingt. Seit dem Unfall mit dem Flusspferd bin ich unfruchtbar.« Verwundert stellte Lara fest, wie leicht sie mit anderen darüber reden konnte. Nur mit

Cliff war es kompliziert. Schließlich betraf ihn die Diagnose persönlich.

Riley weitete die Augen und drückte Laras Hand fester. »Puh, das tut mir so leid. Mir fehlen die Worte.«

Rileys Mitgefühl tat Lara gut. »Außer meinen Eltern weißt nur du davon.«

»Oh, und Cliff?«

»Ich habe noch nicht den passenden Moment gefunden, um es ihm zu sagen. Es fällt mir schwer. Er würde sich nämlich die Schuld daran geben. Cliff fühlt sich immer noch für das Drama von damals verantwortlich.«

»Hm, verstehe.« Riley blickte nachdenklich den Wolken nach, die langsam über sie hinwegzogen und die Sonne verdeckten. Der Kellner brachte noch zwei Cappuccinos.

»Vielleicht stehen wir uns selbst im Weg«, sagte Riley schließlich.

»Wie meinst du das?«

»Du möchtest mit Cliff Kinder haben, ich möchte meine Familie mit David vergrößern. Beides ist möglich, wenn wir uns den Herausforderungen stellen.«

Lara nickte. »Darüber habe ich schon oft nachgedacht. Aber was, wenn Cliff eigene Kinder will? Nicht alle Männer können sich eine Adoption vorstellen.«

Riley blickte Lara eindringlich an. »Er liebt dich über alles, das haben David und ich sofort gesehen. Ihr werdet einen Weg finden, eure Träume zu verwirklichen!«

Lara schluckte. Vielleicht hat sie recht, und ich habe unbegründet Angst vor seiner Reaktion.

Außerdem würde sie ihm früher oder später von ihrer Unfruchtbarkeit erzählen müssen. »Danke, Riley. Deine Worte kommen zum richtigen Zeitpunkt. Und du, wie geht es bei euch weiter?«

Riley hob lächelnd ihren Cappuccino. »Indem ich mit David darüber spreche. Mir ist gerade klar geworden, wie heilsam das ist. Ich versuche zu oft, meine Sorgen mit mir allein auszumachen. Dann drehe ich mich aber nur im Kreis.«

Lara nickte. »Wir sollten öfter alleine zusammen Kaffee trinken.«

»Das wäre wunderbar«, erwiderte Riley lächelnd. »Es fühlt sich surreal an, mit dir in einem Café in Afrika zu sitzen und mich rundum wohlzufühlen. Eigentlich sollte ich jetzt in Alaska fliegen, dort ist gerade Hochsaison.«

»Ich habe mich auch schon gefragt, wieso die Buschpiloten in Gold Lake gerade jetzt auf euch verzichten können.«

Riley kratzte sich an der Schläfe. »Ich vermute, dass die anderen gespürt haben, dass David und ich eine schwierige Zeit durchmachen. Hinzu kommt, dass wir von Mitte April bis Mitte Juni von Bergsteigern überflutet wurden und jeden Tag geflogen sind.« Sie lehnte sich zurück und verschränkte ihre Arme hinter ihrem Nacken. »Danach waren David und ich vollkommen erschöpft, die Nerven dünn wie Papier. Der Erfolg der Alaska Bush Pilots in den letzten Jahren ist zwar bemerkenswert, aber«, Riley fuhr sich mit einer Hand durch das Haar, »er zehrt auch an uns. Wie auch immer, unsere Familie hatte wohl den Eindruck, dass wir eine Pause von allem gebrauchen könnten.«

»Toll, wenn euer Umfeld das wahrnimmt.« Lara stellte es sich schön vor, so liebevolle und aufmerksame Menschen um sich zu haben.

»Ja, außerdem steht Olivias Einschulung in ein paar Wochen an, da wollten wir die letzte Gelegenheit für eine ausgedehnte Reise nutzen, was immer schon ein Traum von David und mir war.« Riley drehte gedankenverloren den Zuckerbeutel in den Fingern. »Botswana stand dabei ganz oben auf unserer Liste, weil unsere Eltern so davon geschwärmt haben. Ihre Erzählungen von Löwen, Elefanten und Giraffen haben Olivia so beeindruckt, dass sie unbedingt mit uns nach Afrika wollte.«

»Gut, dass ihr die Gelegenheit ergriffen habt! Ich denke, ihr hättet das ewig bereut.«

»Ja, wir sind dem Team dafür sehr dankbar. Davids Großvater Mike hat sich bereit erklärt, voll für uns einzuspringen, obwohl er sich eigentlich schon aus dem Geschäft zurückgezogen hat. Matt Wilson, ein anderer Pilot, der jetzt mit seiner Frau Hanna in Deutschland lebt, ist ebenfalls spontan eingesprungen. Die beiden verbringen nun ihre Sommerferien am Gold Lake. Sie genießt Spaziergänge mit den Hunden, während er für uns in die Lüfte steigt.«

»Wow, das ist wirklich toll!«

»In der Tat. Ich denke, in diesem Punkt sind sich die Menschen in Alaska und Afrika ähnlich. Die Gemeinschaft spielt eine wichtige Rolle und man hilft sich gerne gegenseitig aus.«

»Das habe ich auch schon bemerkt«, erwiderte Lara nachdenklich. »In der Anwaltskanzlei in Köln war das anders. Das Gemeinschaftsgefühl wurde immer mehr von narzisstischer Selbstoptimierung und einem übertriebenen Wahn nach Individualisierung ausgehöhlt.«

Sie war froh, diesem Hamsterrad entkommen zu sein. Der Rest würde sich schon finden, war sich Lara sicher. Kurz darauf verabschiedeten sie sich mit einer herzlichen Umarmung. Lara stieg ins Auto und steuerte auf Cliffs Arztpraxis zu.

Ralf folgte Linus in Kabos Arbeitszimmer. Die Hitze des Spätnachmittags war erdrückend. Er nahm eine Flasche Wasser, trank begierig einige Schlucke und stellte sich vor die geöffneten Fenster. Die einströmende Luft war zwar nicht kühler, aber immerhin weniger stickig. Währenddessen entfaltete Linus auf Kabos Konferenztisch eine Landkarte. Endlich konnten sie ihre Wanderung planen. Ralfs anfängliche Skepsis gegenüber dem Abenteuer hatte sich in sprudelnde Vorfreude gewandelt. Kabo war in den letzten Tagen zu beschäftigt gewesen, und sie kannten weder die genaue Route noch ihren Führer für die zweite abenteuerliche Woche in Botswana. Kabo markierte mit einem Bleistift ein Kreuz auf der Karte. Linus lehnte sich vor und starrte gebannt auf die Stelle. Ralf war gespannt darauf, endlich ihr Ziel zu erfahren.

»Wir fliegen gemeinsam hierhin, nahe einem Dorf im Niemandsland. Das ist der Ausgangspunkt für die Wanderung. Eure Mutter und ich sind damals vom selben Ort gestartet. Wir sind allerdings nicht geflogen, sondern mit einem alten Jeep dorthin gefahren. Eine stundenlange, mühsame Reise durch den Busch.« Kabo zeichnete ein zweites Kreuz auf die Karte – das Ende der Wanderung. Dann verband er die beiden Kreuze mit einer geschwungenen Linie. »Ungefähr hundert Kilometer in sechs Tagen. Das Gelände ist überwiegend unzugänglich und eine durchschnittliche Tagesetappe erfordert eine Wanderzeit von fünf bis sechs Stunden.«

»Das schaffen wir locker«, verkündete Linus begeistert. »Wenn unsere Mutter das geschafft hat, kriegen wir das auch hin.«

Ralf stellte fest, dass Afrika Linus guttat. Er war jeden Morgen vor ihm wach und drängte darauf, das Hotelzimmer zu verlassen, um ja nichts zu verpassen.

»Unterschätzt eure Mutter nicht, sie war damals sehr fit«, konterte Kabo. »Bedenkt auch, dass ihr Zelte und Nahrung mit euch tragen müsst. Dazu die Hitze, das ist eine große Herausforderung. Aufbruch vom Camp ist jeweils bei Tagesanbruch.«

»Das Wichtigste hast du uns noch nicht gesagt«, merkte Ralf an. »Hast du einen guten Guide für uns gefunden?«

Kabo wischte sich Schweißtropfen von der Stirn. »Ich werde eure Begleitung sein.«

»Wow, großartig!« Linus klatschte in die Hände.

»Eure Mutter hat mir viel bedeutet. Das ist für mich auch eine Chance, unsere Geschichte aufzuarbeiten und abzuschließen. Daher habe ich mir die nächste Woche freigeschaufelt.«

»Das ist wirklich schön, es könnte nicht besser sein! Wir folgen den Spuren unserer verstorbenen Mutter und werden von ihrem damaligen Guide begleitet. Fantastisch!« Ralf schüttelte Kabo freudig die Hand. Gleichzeitig war seine Neugier befeuert. Was war zwischen den beiden gewesen? Er konnte sehen, dass es Linus genauso ging.

»Wir starten übermorgen. Einer meiner Piloten wird uns hinfliegen. Die erste Etappe ist kurz, gerade richtig, um uns im Busch einzuleben. Die Nacht verbringen wir dann im Dorf, danach geht es richtig in die Wildnis.«

»Klingt gut«, meinte Ralf. Plötzlich wurde ihm unwohl beim Gedanken, mehrere Tage in der Wildnis zu verbringen. Seine vorsichtige Natur meldete sich abrupt zurück.

»Hast du eine Feuerwaffe dabei, Kabo? Schließlich gibt es dort draußen Löwen, Geparden, Hyänen und andere Raubtiere.«

Kabo lachte. »Die machen mir keine Sorgen, wir werden uns unauffällig verhalten. Aber trotzdem werde ich einen Revolver mitnehmen.«

»Warum, wenn du keine Angst vor wilden Tieren hast?«, fragte Linus überrascht.

»Wilderer, meine größte Sorge sind Wilderer. In der Gegend wurden in den letzten Jahren immer wieder Nashörner illegal erlegt.«

»Ich dachte, die Behörden in Botswana gehen da rigoros vor«, erwiderte Ralf.

»Das stimmt. Die Polizei hat die Erlaubnis, auf Wilderer zu schießen. Aber sie erwidern auch das Feuer, schrecken vor nichts zurück und riskieren sogar ihr eigenes Leben.«

Ralf wurde mulmig bei dem Gedanken an eine Schießerei mitten im Nirgendwo.

»Keine Sorge, es ist ja nicht so, dass sie an jeder Ecke stehen. Mit größter Wahrscheinlichkeit werden wir niemanden zu Gesicht bekommen.«

Ralf fühlte sich durch Kabos Worte nicht beruhigt. Die wilden Tiere sind mir Abenteuer genug, bösartige Menschen sind definitiv zu viel! Er wandte sich an Linus. »Ich bin mir nicht mehr sicher, ob das eine gute Idee ist. Wir könnten einfach in eine Safari-Lodge fliegen, da sehen wir alle Tiere Afrikas auch.«

»Ach, Ralf. Sei nicht so. Kaum kündigt sich ein wenig Abenteuer an, willst du aufgeben!«

»Ich werde Vater und muss für meine Familie da sein.« Bei dem Gedanken an Lucia und das Baby wurde Ralf warm ums Herz. Sein größter Traum würde bald in Erfüllung gehen, da durfte er nichts riskieren.

»Das weiß ich doch. Aber Kabo kennt die Gegend seit seiner Kindheit. Er wird uns sicher durchbringen und du wirst dich dein Leben lang daran erinnern! Davon kannst du deinen Kindern und Enkelkindern erzählen.«

Kabo faltete die Karte zusammen. »Linus hat recht, du musst dir keine Sorgen machen. Ich werde euch sicher zum Ziel eurer Wanderung führen. Ein Dorf im Nirgendwo mit einem Landestreifen. Einer meiner Piloten wird uns dort abholen.«

»Das bezweifle ich nicht, aber wir müssen das Schicksal nicht herausfordern.« Ralf vertraute Kabo, aber die innere Stimme, die ihn vor dem Abenteuer warnte, konnte er nicht abschalten. Auf seine Intuition hatte er sich in der Vergangenheit immer verlassen können. Gleichzeitig konnte er seinem Bruder den Wunsch nicht abschlagen. Er hatte endlich der Reise zugestimmt, um auf den Spuren ihrer Mutter zu wandern. Außerdem hasste er die Rolle des Ängstlichen und Peniblen, die ihm Linus immer wieder zuschob.

»Also gut.« Ralf atmete tief durch. »Ich zweifle nicht daran, dass es unvergesslich wird, und freue mich darauf, unserer Mutter auf diese Weise näherzukommen.«

Linus klopfte ihm auf die Schulter. »Cool. Dein letztes Abenteuer. Danach darfst du in Ruhe den Kinderwagen am Chiemsee entlang schieben.«

»Ja, ja, mach dich nur lustig. Es wäre gut, wenn du auch mal Verantwortung für jemand anderen als dich selbst übernimmst. Du kannst nicht immer ein Kind bleiben!«

Linus zog die Augenbrauen hoch. »Oho, jetzt übertreibst du aber! Es gibt auch andere Lebensentwürfe als Frau und Kind im Eigenheim und Arbeit von neun bis fünf.«

Ralf hob beschwichtigend die Hände. »Schon gut, schon gut, mach, was dir richtig erscheint.«

Linus schnaubte und wandte sich verärgert ab.

Kabo sah die beiden ernst an. »Klärt unbedingt eure Differenzen, bevor wir loswandern. In der Wildnis haben wir keine Energie für Familienstreitereien. Da müssen wir funktionieren und zusammenhalten.«

»Schon klar«, antwortete Ralf. »Das werden wir auch. Alles kein Problem, Diskussionen gibt es in den besten Familien.«

Als sie Kabos Büro verließen, schossen Ralf Bilder

der schwangeren Lucia durch den Kopf. Er vermisste sie und hatte das nagende Gefühl, dass er bei ihr sein sollte. Nicht Tausende von Kilometern von ihr entfernt in Afrika.

> Die Furcht vor der Gefahr ist schrecklicher als die Gefahr selbst. Wir leiden oft mehr im Kopf als in der Realität.
>
> — SENECA

10

WILDNIS BOTSWANA – TAG 1

Zwei Sonnenaufgänge später schleppte Lara Kabos schweren Trekkingrucksack zu einem Buschflugzeug auf dem Gelände der African Bush Pilots. Die junge Pilotin Cindy griff danach und packte ihn behände in den voluminösen Frachtraum des Fliegers. Lara genoss die freudig-aufgeregte Stimmung vor mehrtägigen Touren in die unberührte Wildnis Botswanas. Wieder waren Touristen bereit, die Faszination Afrikas kennenzulernen.

Linus und Ralf verabschiedeten sich von Riley und David. Olivia schwenkte stolz eine kleine Alaska-Flagge. Die Sonne erklomm den Horizont und das Thermometer stieg unaufhaltsam. Die Luft war rau und trocken. Kabo trat als Letzter zur Gruppe. Cindy signalisierte mit einem Daumen nach oben, dass das Flugzeug betankt und preflight überprüft war – alles ready for takeoff.

»Seid ihr bereit?« Kabos gute Laune war fast greifbar. »Habt ihr noch Bedenken? Die Wanderung wird kein Honigschlecken!«

Mit einem schelmischen Grinsen trat Linus ein paar Kieselsteine zur Seite.

Ralf hob das Kinn. »Aber sicher, wir sind startklar!« Seine Stimme klang so fest, als wolle er keinen Zweifel zulassen.

Lara fühlte, wie Kabo sich trotz anfänglicher Vorbehalte auf die Wanderung mit Linus und Ralf freute. Gestern Abend hatte sie ihn beim Durchwühlen einer Kiste voller alter Fotos erwischt. Darin war auch ein aus Ebenholz gefertigter Löwe gewesen, ein Geschenk von Sandra, wie Kabo ihr erklärte. In seinen Augen glitzerten Erinnerungen an vergangene Zeiten, als er den Löwen in seinen Händen drehte und von allen Seiten betrachtete. Die Wanderung mit Sandras Söhnen war zweifelsohne auch für ihn eine Reise in die Vergangenheit.

»Passt gut auf euch auf«, sagte Riley und umarmte die drei Männer vor dem Einsteigen.

Olivia schmiegte sich an Linus' Oberschenkel. »Musst du wirklich gehen? Dann kann ich ja nicht mehr mit dir spielen!«

Mit einem liebevollen Lächeln hob Linus sie hoch und sah ihr tief in die Augen. »Wenn ich zurück bin, spielen wir zusammen und essen ein Stück Kuchen. Nur wir zwei!«

Diese Aussicht schien Olivia zu besänftigen. Sie ließ von ihm ab und wedelte wie verrückt mit ihrer Flagge. Kabo nahm vorne Platz, Linus und Ralf auf der hinteren Bank des viersitzigen Flugzeugs. Cindy startete die Maschine. Der Motor heulte auf und ließ die Luft vibrieren. Lara hielt sich die Ohren zu. Als Ralf winkte, bemerkte sie Unsicherheit in seinem Gesichtsausdruck. Als würden diffuse Ängste die Vorfreude auf unvergessliche Erlebnisse überschatten. Ein Chaos an Gefühlen übermannte Lara, sobald das Flugzeug langsam Richtung Startbahn rollte. Sie wünschte sich nichts sehnlicher, als ebenfalls in die Savanne aufzubrechen. Gleichzeitig spürte sie ein beklommenes Gefühl, das sie an ihren Überlebenskampf in der Wildnis nach dem Hippo-Unfall erinnerte. Gänsehaut breitete sich trotz der Hitze auf ihren Armen aus. Sie dachte an Cliffs Verzweiflung und seine Schuldgefühle. Cliff! Erst jetzt bemerkte sie, dass er es wieder nicht geschafft hatte. Er wollte doch beim Abflug der drei dabei sein! Cliff spürte in den letzten Tagen, genauso wie sie auch, wie wichtig Kabo diese Reise in die Vergangenheit war. Sie seufzte, während das Buschflugzeug abhob und nordwärts zum Ausgangspunkt der Wanderung flog. Es schrumpfte schnell zu einem winzigen Punkt am afrikanischen Horizont. Kaum größer als eine Mücke.

Olivia nahm Laras Hand und sagte bestimmt: »Du hast versprochen, dass wir zusammen im Afrikabuch blättern.«

Lara küsste Olivia auf die Stirn. Wo immer dieses Mädchen aus Alaska auftaucht, es verbreitet gute Laune! »Einverstanden, ein Versprechen ist ein Versprechen.«

»Das sagt Mama auch immer«, erwiderte Olivia und hüpfte vor Freude.

Hand in Hand schlenderten die beiden zurück ins Bürogebäude, während David und Riley zum Supermarkt fuhren.

Ralf sah durch das Objektiv seiner Kamera, während er Fotos vom sich abhebenden Buschflugzeug schoss. Cindy hatte ihnen beim Ausladen geholfen, musste aber sofort wieder los, die nächsten Touristen warteten schon. Nachdem er ein paar gute Motive im Kasten hatte, sah Ralf sich um. Die Start- und Landebahn war teilweise zugewachsen. Es schien ihm, als wäre hier seit einer Ewigkeit niemand mehr gelandet. Schnell verblasste das ohrenbetäubende Röhren des Motors und das Flugzeug verschwand am Horizont. Jetzt gab es kein Zurück mehr und langsam wurde Ralf bewusst, dass sie nun auf sich allein gestellt waren. Allein in der Wildnis von Botswana, umgeben von wilden Tieren und grandioser Steppenlandschaft. Das Funkeln in Linus' Augen erinnerte ihn an seine Mutter, wenn sie freudig aufgeregt war. Voll jugendlichem Elan und kaum zu bremsen. Kabo verstaute seinen Revolver in einem leicht zugänglichen Fach seines Rucksacks. Sofort dachte Ralf an gnadenlose Wilderer und blutrünstige Hyänen. Doch Ralf zeigte seine Ängste nicht, er wollte sich nicht schon wieder von Linus als Feigling abstempeln lassen. Ächzend hob er seinen Rucksack vom Boden und schnallte ihn sich um.

»Uff, der ist verdammt schwer. Und dazu noch diese Hitze!«

»Du hast sicherlich wieder zu viel eingepackt.« Linus schwang seinen Rucksack lässig auf den Rücken. »Kabo hat uns doch mehrmals darauf hingewiesen, nur das absolut Notwendige mitzunehmen.«

»Was absolut notwendig war, werden wir am Ende der Wanderung wissen. Vielleicht bist du mir unterwegs dankbar, dass ich an alles gedacht habe!«

»Zum Beispiel?«

»Notfallvorräte, Blasenpflaster, genügend Seife und Zahnpasta …«

Linus grinste hämisch. »Wie du meinst, wir werden sehen. Allerdings frage ich mich, ob du mit diesem schweren Gepäck überhaupt eine ganze Tagesetappe schaffst, ohne unter der Last zusammenzubrechen.«

»Das ist nicht dein Problem.« Diese Befürchtung hatte Ralf auch schon gehabt, wollte sich aber keine Blöße geben.

»Aber es wird mein Problem, wenn wir nicht schnell genug vorankommen.«

Kabo schüttelte lachend den Kopf. »Oh Mann, das wird noch was mit euch Streithähnen. Los jetzt, wir haben knapp drei Stunden bis ins Dorf und die Sonne steht bereits hoch.«

Er warf einen kurzen Blick auf sein Navigationssystem und machte sich zielstrebig auf den Weg.

»Was passiert eigentlich, wenn das GPS ausfällt? Sind wir dann in der Wildnis verloren?«, fragte Ralf.

»Nein«, antwortete Kabo ruhig. »Dann richten wir uns nach den Sternen oder nach der Ausrichtung der Termitenhügel. So haben eure Mutter und ich es früher gemacht.«

»Termitenhügel?«

»Die Spitze zeigt immer nach Norden. Warum das so ist, kann niemand so genau sagen. Es gibt verschiedene Theorien: die vorherrschende Windrichtung, Magnetfelder oder der Einfallswinkel der Sonne.«

Ralf folgte Kabo durch die Savanne. Mit jedem Schritt fühlte er sich in der ungewohnten Umgebung etwas sicherer. Sie wanderten über eine endlos erscheinende Trockensavanne mit hüfthohen Büschen und Sträuchern. Rechts von ihnen die aufsteigende Sonne, links ein sanfter Hügel. Der Boden war uneben, aber trocken und hart. Ideale Bedingungen. Wenn nur die Hitze und das schwere Gepäck nicht wären!

Nach einer Stunde ließ Kabo seinen Rucksack im Schatten eines Akazienbaums fallen und wischte sich den Schweiß von der Stirn. Ralf setzte sich ächzend samt Rucksack in den Schatten. Seine Schultern schmerzten und das verschwitzte Shirt rieb unangenehm auf seiner Haut.

Linus blieb stehen und spähte nach wilden Tieren. »Ich bin erstaunt, dass wir außer Vögeln noch nichts gesehen haben.«

»Warte ab«, sagte Kabo. »Damals haben eure Mutter und ich fast alles gesehen, was Afrika zu bieten hat. Spannend wird es, wenn wir zu den ersten Wasserlöchern kommen. In diesem Jahr ist die Dürre besonders heftig, da werden viele Tiere zu finden sein.«

»Der Klimawandel macht sich hier auch bemerkbar, oder?«, fragte Ralf und setzte seine Wasserflasche an.

»Die Trockenheit und die Dürre werden immer extremer. Wenn es dann mal regnet, kommt es oft zu Überschwemmungen, weil der harte Boden das Wasser nicht aufnehmen kann. Es ist zum Verzweifeln.« Kabo schnallte sich den Rucksack wieder an und lief los. »Nächste Pause in einer Stunde!«

Linus grinste, als er Ralf beim Aufstehen half. Die Last des Gepäcks war ihm deutlich anzusehen, auch wenn er das nie zugegeben hätte.

Nach einem halbstündigen Marsch verharrte Kabo neben einem Busch und zeigte auf eine Gruppe Zebras, die regungslos auf sie starrte. Als ob sie überlegten, was sie von den ungebetenen Gästen halten sollten. Weiter hinten entdeckte Linus die majestätischen Silhouetten von drei Giraffen. Sein Herzschlag beschleunigte sich – wie wunderbar! Ralf holte vorsichtig seine Kamera hervor. In diesem außergewöhnlichen Moment schien auch er die Strapazen der Wanderung zu vergessen.

»Nicht weit von hier gibt es eine Wasserstelle. Mit hoher Wahrscheinlichkeit entdecken wir in der Umgebung noch mehr Wildtiere«, sagte Kabo.

»Könnten auch Raubtiere in der Nähe sein?«, erkundigte sich Ralf.

»Auch sie benötigen Wasser. Zudem finden sie dort reichlich Beute«, erklärte Kabo.

»Hoffentlich sehen sie uns nicht als Beute an«, erwiderte Ralf.

»Keine Sorge, Menschen stehen normalerweise nicht auf dem Speiseplan von Raubtieren. Angriffe sind äußerst selten.«

»Lass uns hoffen, dass du recht hast«, sagte Ralf. Seine Hände zitterten, als er die Kamera wieder in seinem Rucksack verstaute.

»Natürlich hat Kabo recht«, sagte Linus, der sich

über Ralfs Bedenken amüsierte. »Glaubst du, unsere Mutter hätte im Zelt übernachtet, wenn es zu riskant gewesen wäre?«

»Eure Mutter war eine echte Abenteurerin«, erwiderte Kabo lächelnd.

»Erzähl uns von ihr. Wie war es, mit ihr unterwegs zu sein?« Linus wollte unbedingt mehr über die unbekannte Seite seiner Mutter erfahren.

»Sandra war unkompliziert, enthusiastisch und bemerkenswert zäh. Sie hat nie gejammert, nicht einmal, als ihre wunden Füße voller Blasen waren.«

»Wie hast du sie kennengelernt?«, fragte Ralf.

»Sie war Reiseleiterin und ich war damals Safari-Guide. Wir haben für europäische Gäste gemeinsam einige Zeltsafaris organisiert. So kamen wir uns näher«, erzählte Kabo.

»Wie nah?« Linus spürte, dass Kabo nun offener war.

»So nah, dass sie auswandern und in Botswana leben wollte. Unser Plan war, gemeinsam ein Reisebüro aufzubauen.« Kabo starrte mit leerem Blick in die Ferne. »Sie ging nach unserer Wanderung zurück nach Deutschland, um alles vorzubereiten. Aber sie ist nie zurückgekehrt.« Kabo blickte vor sich auf den Boden. »Eines Tages bekam ich einen Brief von ihr. Sie hätte nicht den Mut, hier neu anzufangen. Danach habe ich nie mehr von ihr gehört. Auf meine Briefe und Anrufe habe ich keine Antwort bekommen.«

»Vielleicht hatte sie Angst. Nach Botswana auszuwandern, klingt schon abenteuerlich, besonders zu dieser Zeit«, meinte Linus.

»Eure Mutter war eine mutige Frau, aber ja, das

waren andere Umstände damals. Ich habe ihr die Entscheidung nie übel genommen, sosehr sie mich auch schmerzte. Bis heute kann ich es allerdings nicht verstehen. Wir waren so glücklich zusammen. So unfassbar glücklich.«

»Warum bist du dann nicht nach Deutschland geflogen?«, fragte Linus.

»Ich gehöre hierher und werde immer in Botswana bleiben. Alles andere ist für mich unvorstellbar«, erklärte Kabo bestimmt. Seine Augen glänzten.

Linus wurde immer klarer, wie wichtig seine Mutter für Kabo gewesen war.

»Ich weiß, warum sie nicht zurückgekehrt ist«, sagte Ralf plötzlich.

Kabo und Linus blickten ihn überrascht an.

»Sie hat in ihren Tagebüchern ausführlich darüber geschrieben. Zwei Monate nach ihrer Rückkehr ging der Reiseveranstalter pleite und sie verlor ihren Job. Sie zweifelte an ihrem Plan, ihr fehlte die Sicherheit.«

»Das war sicherlich ein Rückschlag, aber wir hätten trotzdem einen Weg gefunden. Ihre Arbeitslosigkeit war doch kein Grund, alles aufzugeben, was wir gemeinsam hatten«, erwiderte Kabo.

»Auf einer ausgelassenen Geburtstagsparty einer Freundin lernte sie unseren Vater kennen«, fuhr Ralf leise fort. »In dieser Nacht wurde sie schwanger und das Unglück nahm seinen Lauf. Ein Mix aus Alkohol, Verzweiflung und dem Wunsch nach Nähe besiegelten ihr und unser Schicksal. In einem späteren Eintrag bezeichnet sie diesen Vorfall als den größten Fehler ihres Lebens.«

»Oh.« Stechender Schmerz zeichnete sich auf

Kabos Gesicht ab. Er wankte, und Linus machte sich innerlich bereit, ihm sofort zu helfen.

»Ich vermute, sie hat sich aus Scham nie mehr bei dir gemeldet, Kabo. Dass sie eure Liebe in dieser Nacht verraten hat, konnte sie sich selbst nie verzeihen«, sagte Ralf.

»So ist das Leben nun einmal.« Kabo raffte sich wieder auf. »Es sollte einfach nicht sein. Aber ich werde sie trotzdem immer lieben. Sie war die Frau meines Lebens!«

»Ich glaube, sie fühlte das genauso. Das geht aus den Tagebüchern hervor, wenn man auch zwischen den Zeilen liest«, sagte Ralf.

Linus' Augen wurden feucht und er wandte sich ab. Die Geschichte berührte ihn zutiefst. Wie wäre das Leben seiner Mutter verlaufen, wenn sie ihren Job nicht verloren hätte? Wenn sie seinen Vater nie kennengelernt hätte? Wäre sie in Botswana glücklicher gewesen? Vielleicht. Andererseits hätten er und Ralf dann nie das Licht der Welt erblickt. Kann man das eine gegen das andere aufwiegen? Letztendlich ist es, wie es ist. Man kann im Nachhinein zwar Fehler sehen und Entwicklungen verstehen, aber zwei unterschiedliche Lebenswege lassen sich nie miteinander vergleichen. Wir haben nur das eine Leben und müssen die Konsequenzen unserer Entscheidungen tragen. Was kann ich daraus lernen? Linus grübelte. Im Licht der Geschichte seiner Mutter suchte er nach Erkenntnissen und spürte, dass er es anders machen wollte. Mama hat sich von den Ereignissen dieser Zeit ihren Lebensweg diktieren lassen. Das durfte ihm nicht passieren, er schuldete es ihr und sich selbst, sein Leben in die Hand zu nehmen und seine Träume zu verwirklichen. Doch langsam wurde ihm bewusst, dass er drauf und dran war, die Fehler seiner Mutter zu wiederholen. Er war auf dem falschen Weg. Das Lotterleben tat ihm nicht gut. Seine Schulden machten ihn unglücklich, die Abende im Casino langweilten ihn. Aber was war sein Weg? Wofür brannte er? Welche Träume warteten darauf, erfüllt zu werden? Auch wenn er die Antworten auf diese Fragen noch nicht kannte, spürte Linus viel Energie und unbändige Lebenslust. Er hatte keine Ahnung, in welche Richtung er mit seinem Leben gehen wollte. Aber er musste etwas ändern.

Kabos Stimme riss ihn aus seinen Gedanken. »Ich habe immer gehofft, dass Sandra eines Tages hier auftauchen würde«, sagte er und fuhr sich über seine Haarstoppel. »Aber jetzt seid ihr ja hier, und das bedeutet mir viel. Lasst uns weitergehen!«

Linus verdrängte seine kreisenden Gedanken und warf einen letzten Blick auf die Zebras und Giraffen in der Ferne. Sie standen immer noch da wie angewurzelt. Sie schienen darüber zu rätseln, ob die drei Menschen eine Bedrohung darstellten oder ob sie Freunde waren. Angriff, Flucht oder Schockstarre sind die drei Reaktionsmuster wilder Tiere auf Bedrohungen. Genau wie bei den Menschen auch.

Das von Kabo vorausgesagte Wasserloch war fast ausgetrocknet. Noch ein paar trockene, heiße Tage und diese Wasserquelle wäre erschöpft. Eine Gruppe Elefanten und zwei Nashörner standen im Schlamm. Glücklicherweise in sicherer Entfernung, wie Kabo betonte, denn Nashörner seien äußerst gefährlich, wenn sie sich bedroht fühlten.

Ralf machte ein paar Fotos, dann zogen sie weiter. Ein paar Minuten später kamen sie zu einer kleinen Siedlung. Sie bestand aus einfachen Lehmhütten mit Strohdächern. Ralf freute sich darauf, den schweren Rucksack abzulegen und sich zu waschen. Auch Kabo und Linus beschleunigten ihre Schritte merklich. Die erste Etappe war fast erfolgreich absolviert!

Am Eingang des Dorfes kam ihnen eine Schar lachender Kinder entgegen. Ralf hatte den Eindruck, als hätten sie mit Ungeduld auf die Neuankömmlinge gewartet. Ein Junge von stattlicher Statur, der über alle anderen der Gruppe hinausragte, geleitete sie zu einer rustikalen Lehmhütte mit nur einem großen Raum.

»Das ist das Gästehaus«, sagte Kabo. »Hier werden wir die Nacht verbringen.«

Erleichtert betrat Ralf die Hütte und stellte seinen Rucksack auf eine der Holzpritschen. Die Einrichtung war spartanisch: Neben den schlichten Betten gab es einen abgenutzten Tisch, flankiert von drei Stühlen. Auf ihm stand eine handgetöpferte Vase mit einem Strauß getrockneter Wildblumen. Schlicht, aber einladend! Genau das hatte er erwartet. Ralf setzte sich an den Tisch und trank ein paar große Schlucke aus seiner Flasche.

»Genießt diesen Luxus«, bemerkte Kabo scherzhaft. »Ihr werdet euch nach dieser Hütte sehnen, wenn ihr jeden Abend in ein kleines Zelt schlüpft, das ihr zuvor selbst aufbauen musstet.«

»Gut, dass du uns daran erinnerst. Sonst hätten wir diese Unterkunft womöglich zu wenig gewürdigt.« Lachend verließ Linus die Hütte und verteilte High Fives unter den Kindern.

Als die Dämmerung hereinbrach, versammelten sich viele Dorfbewohner zum gemeinsamen Mahl vor der Hütte des Dorfältesten. Über einem offenen Feuer brutzelte Rinder- und Geflügelfleisch, während in einem großen Suppentopf Kartoffeln, Karotten und Lauch vor sich hin köchelten. Ralf fühlte sich geborgen und war beeindruckt von den herzlichen und fröhlichen Menschen. Er war überrascht, wie gut die Jüngeren von ihnen Englisch sprachen. Auch besaßen viele Einwohner Smartphones. Ralfs Vorstellungen von Botswana und seiner Bevölkerung erwiesen sich bereits als überholt. Die Menschen hier lebten zwar traditionell, doch der Einzug der modernen Technik war unverkennbar. Ralf beobachtete die lachenden Kinder beim Ballspiel im Licht der untergehenden Sonne. Schon bald höre ich mein eigenes Kind lachen! Die Strapazen des ersten Tages waren vergessen, zurück blieben nur tiefgreifende Erinnerungen. Einer der Jungen forderte Linus und Ralf auf, mitzuspielen. Wenig später jagten sie, lachend und völlig außer Atem, mit den Dorfkindern dem Ball nach. Linus war der bessere Fußballer und stand während des Spiels im Mittelpunkt. Alle schossen den Ball zu ihm und bei jedem Jubel wurde er kreischend umarmt. Mit Kindern kann er wirklich gut. Er ist ja selbst noch eins! Eine halbe Stunde später setzte sich Ralf, völlig erschöpft und durchgeschwitzt, zu Kabo ans Feuer.

»Ihr seid ziemlich verschwenderisch mit euren Kräften«, bemerkte er lachend. »Diese Energie könnte euch morgen fehlen. Die Etappe ist fast doppelt so lang.«

»Mach dir um uns keine Sorgen, alter Mann. Wir sind noch jung und packen das«, sagte Linus, der sich hinzusetzte. »Die Kids hier sind großartig, wow!«

»Da stimme ich dir zu«, sagte Ralf. »Ich kann es kaum erwarten, mit meinem eigenen Nachwuchs zu spielen.« Eine Welle des Glücks durchflutete ihn, als er an Lucia und das gemeinsame Kind dachte, das sie in ihrem Bauch trug. »Ich bin so froh, dass ich Lucias Wunsch nach einem letzten Versuch nachgegeben habe. Wahnsinn, dass es trotz der Diagnose doch noch geklappt hat!«

»Diagnose?« Kabo legte ein Stück Holz nach.

»Lucia hatte mehrere Fehlgeburten. Bei mir wurde eine seltene Chromosomenanomalie festgestellt, weshalb es zu mehreren Schwangerschaftsabbrüchen kam. Der Arzt hat uns keine Hoffnung gemacht und sogleich von Adoption oder Samenspende gesprochen. Aber das war für mich keine Option. Wenn es auf natürlichem Weg nicht klappt, dann soll es nicht sein. Ich habe unser Schicksal akzeptiert und hätte mir auch ein Leben ohne Kinder vorstellen können. Lucia tat sich damit schwerer, darum hat sie auch darauf bestanden, es nochmal zu versuchen.«

»Großartig, ich freue mich für euch«, sagte Kabo.

»Danke, jetzt bin ich umso glücklicher. Es ist ein Wunder!«

»Ja, ein Wunder«, sagte Linus leise, während er ins Feuer starrte.

Wieso freut Linus sich nicht für mich? Manchmal verstehe ich ihn echt nicht! Wenn ich daran denke, was ich für ihn nach dem Tod unserer Mutter alles getan habe!

»Da bist du ja!« Kabos Stimme riss Ralf aus seiner negativen Gedankenspirale. Sie standen auf und begrüßten den Dorfältesten. Der alte, hagere Mann mit dem zerfurchten Gesicht begrüßte sie herzlich. Ralf sah ihm in die großen, geheimnisvollen schwarzen Augen. Sein wacher Blick und die Würde, die er im hohen Alter ausstrahlte, bewegten ihn zutiefst. Der Alte forderte die Gäste dazu auf, als Erste ihre Teller zu füllen.

Gesättigt vom üppigen Abendessen ließ Ralf sich vor dem prasselnden Dorffeuer nieder. Er dachte an seine

Mutter, die nicht mehr unter ihnen weilte. Wie gern hätte er ihren radikalen Sinneswandel verstanden und warum sie Deutschland dem Leben in Botswana vorgezogen hatte. Sie hätte Vater doch trotz allem verlassen können. In seiner Erinnerung war seine Mutter eine entschlossene, mutige Frau. Jemand, der keine Angst vor dem Unbekannten hatte und Entscheidungen aus dem Bauch heraus traf. Wie nach dem heftigen Streit mit seinem Vater, wo sie die Koffer gepackt und mit ihren beiden Jungen spontan für zwei Wochen an die italienische Mittelmeerküste gereist war. Mit einem kaputten Zelt und lediglich dem Allernötigsten. Es war dennoch der schönste Urlaub seines Lebens gewesen. Was hatte sie nur dazu gebracht, alles zu überdenken?

»Alles in Ordnung bei dir?«, erkundigte sich Kabo. »Du bist oft in Gedanken versunken, was?«

»Oh, Entschuldigung, ja, alles gut. Ich habe grad an Mama gedacht. Sie hat ein Leben lang von Afrika geschwärmt.«

»Ihre Augen leuchteten vom Sonnenaufgang bis zum Untergang und jede Faser ihres Körpers verriet, dass sie hier glücklich war.« Kabo legte mehr Holz ins Feuer. »Die Frage, warum sie nicht zurückgekehrt ist, wird mich bis zu meinem Tod begleiten.«

»Linus und ich, kein Job, kein Geld. Wahrscheinlich alles zusammen. Es hat einfach nicht gepasst.« Ralf blickte Kabo in die Augen. »Hast du nie geheiratet oder keine längere Beziehung geführt?«, tastete er sich unsicher vor. Kabo rieb schweigend seine Hände. »Das geht mich nichts an, du musst …«

»Nein, nein, alles gut. Ich hatte im Laufe der Jahre immer mal wieder eine Freundin. Aber keine Beziehung war so tief wie die mit deiner Mutter. Die Messlatte lag nach ihr wohl zu hoch, keine Frau konnte da mithalten. Vielleicht war das im Nachhinein ein Fehler«, sagte Kabo leise. »Wie auch immer, es ist, wie es ist.«

Ralf nickte. Ja, es ist, wie es ist. Man kann den Lauf der Dinge nicht ändern.

Der Dorfälteste setzte sich zu ihnen und legte seinen Stock neben sich. »Habt ihr noch Wünsche für euren Aufenthalt hier?«

Kabo schüttelte den Kopf. »Danke, alles gut.«

»Eure Mutter war eine großartige Frau.« Die wachen Augen des alten Mannes reflektierten das Feuer. »Ich erinnere mich gut an sie.«

»Wirklich?« Ralf war überrascht. »Ich, ähm, nun, das liegt ja doch schon eine Weile zurück.«

»Es gibt Begegnungen, die schneiden sich tief ins Herz und verweilen ewig. Es gibt Menschen, die gravieren sich unverrückbar in das Gedächtnis. Deine Mutter war eine solche Persönlichkeit. Mit ihrer Begeisterung für meine Heimat hat sie mir ins Bewusstsein gerufen, wie glücklich wir hier leben. Unsere Landschaft, unsere Tiere, unsere Traditionen – man neigt oft dazu, all das als selbstverständlich zu betrachten.«

Ein junger Mann servierte elegant frischen Rooibostee und süße Maiskekse. Ralf bemerkte, dass ihm in diesem Augenblick nichts fehlte. Er war ganz im Hier und Jetzt, eins mit den Menschen um sich.

Linus, der sich angeregt mit zwei jungen Frauen unterhalten hatte, gesellte sich mit einer Flasche Bier vergnügt zu ihnen. »Einfach großartig hier. Das knisternde Feuer, der sternenklare Himmel, die herzlichen Menschen. Ich werde definitiv zurückkehren!«

»Es freut mich, dass es dir hier gefällt. Du bist jederzeit willkommen«, entgegnete der Alte lächelnd. »Aber ich muss euch warnen. Immer wieder tauchen in dieser Gegend Wilderer auf. Sie haben es auf die Nashörner abgesehen. Für das Horn werden auf dem Schwarzmarkt astronomische Summen bezahlt. Das daraus produzierte Pulver ist teurer als Gold!« Im Gesicht des Alten zeichnete sich Unverständnis und Sorge ab, seine Stirn runzelte sich. »Diese Leute sind rücksichtslos und gefährlich. Bleibt bloß fern von ihnen. Vor einigen Monaten wurden bei einem Schusswechsel zwei Polizisten und ein Dorfführer schwer verletzt.«

»Oh.« Ralf schluckte. »Ist unsere Wanderung also zu riskant?«

»Wir werden wachsam sein«, erwiderte Kabo gelassen. »Ich kenne das Land wie meine Westentasche, wir nehmen die sicheren Pfade.«

»Die enorme Trockenheit bereitet uns auch Sorgen.« Der alte Mann hob mahnend den Zeigefinger. »Entfacht im Busch kein offenes Feuer. Ein Funken genügt und die gesamte Savanne steht in Flammen! Wenn man bedenkt, dass es bis zur Regenzeit noch viele Wochen dauert, ist alles viel zu dürr.«

Kabo blieb ruhig. »Wir werden vorsichtig sein. Ein Buschfeuer ist das Letzte, was wir riskieren möchten.«

Angst verhärtete Ralfs Inneres und er machte sich Vorwürfe, weil er Lucia und seinem ungeborenen Kind gegenüber verantwortungslos handelte. Linus hingegen trank gelassen sein Bier leer. Ralf tat sein Bestes, um seine Gefühle zu verbergen.

»Die Wassernot setzt auch den Großkatzen zu, macht sie unberechenbar und aggressiv«, fuhr der alte Mann fort. »Sie verlieren ihre natürliche Furcht vor uns und nähern sich dem Dorf.« Dann blickte er lächelnd zu Kabo. »Ach, was erzähle ich da? Du bist hier groß geworden und kennst dich mit den Gefahren im Busch bestens aus.«

»Trotzdem, danke, dass du mich über die aktuelle Lage informierst. Sicher ist sicher«, erwiderte Kabo.

»Wir werden das schon meistern.« Linus öffnete eine neue Bierflasche und prostete den anderen zu.

»Das denke ich auch.« Kabo stand gähnend auf. »Bei Sonnenaufgang geht es los. Zeit fürs Bett!«

Als er nach seiner Jacke griff, rutschte sein Satellitentelefon aus einer Tasche und fiel klirrend auf eine Steinplatte. »Verdammt!«

Ralf zuckte zusammen. Meine Güte! Unsere Lebensversicherung, unsere einzige Verbindung zur Außenwelt im Busch! Wenn was passiert, sind wir in der Wildnis jetzt ganz auf uns allein gestellt. Super!

Kabo schaltete das Gerät ein und starrte mit gerunzelter Stirn auf das zerkratzte Display. Nach einigen Sekunden entspannte sich seine Mimik, als das Gerät normal hochfuhr. »Nochmal Glück gehabt!«

Linus und Kabo schnarchten bereits, als Ralf sich auf den Rücken drehte. Sein Geist war voll von wirbelnden Gedanken. Er sah seine Mutter in einem neuen Licht, ganz anders als er sie als Kind wahrgenommen hatte. Sie führte ein Leben, von dem er bis vor wenigen Wochen keine Ahnung gehabt hatte. Er hatte kürzlich gelesen, dass Kinder oft eine verzerrte Sicht auf ihre Eltern haben. Sie sehen sie hauptsächlich als Versorger, nicht als Menschen mit eigenen Ängsten, Hoffnungen und Wünschen. Seine Mutter hatte ihre eigenen Träume zurückgestellt, um für Linus und ihn zu sorgen. Wie oft war sie wohl in Gedanken in Afrika gewesen, während sie ihrer eintönigen, schlecht bezahlten Arbeit in der Verwaltung nachging, um Geld für das Nötigste zu verdienen? Alles hing an ihr, Vater war ein Säufer, der sich als Opfer seiner selbstgeschaffenen Umstände sah. Die besten Jahre als Familie erlebten sie nach Vaters tödlichem Autounfall. Es mangelte ihnen weder an Liebe noch an irgendetwas anderem, auch wenn sie ein sehr einfaches Leben führten. Schon gar nicht an ihrem Vater. Diese Erkenntnis machte Ralf traurig, ja fassungslos. Umso mehr fühlte er jetzt eine tiefe Dankbarkeit für alles, was seine Mutter ihm ihr ganzes Leben gegeben hatte. Er war auch dankbar dafür, dass er jetzt in einer schlichten Lehmhütte auf einer Holzpritsche mitten im Busch Botswanas lag. Sie musste auf vieles verzichtet haben, um das Geld für diese Reise zusammenzusparen. Es war ein Wunder, dass sie das mit ihrem Einkommen geschafft hatte! Manchmal glaubte Ralf, sie spüren zu können. Beobachtet sie uns, begleitet sie uns bei jedem

Schritt? Was würde sie sich für Linus und mich wünschen?

Ralf gähnte, drehte sich auf die Seite und fiel in einen tiefen Schlaf.

Lara warf genervt einen Blick auf die Uhr, legte sich ins Bett und blätterte in einem Fachmagazin für Rechtsanwälte, das sie an ihr früheres Leben in Köln erinnerte. Der Duft von dampfendem Vanille-Rooibostee vermischte sich mit dem Geruch der Holzmöbel im Schlafzimmer. Cliff war mal wieder zu spät. Seine herausragende Arbeit und die daraus resultierende Mundpropaganda führten dazu, dass immer mehr Patienten bei ihm anklopften. Seitdem Lara ihm offenbart hatte, dass sie mit ihrem Berufsleben unzufrieden war, waren schon einige Tage vergangen. Immer war er zu müde gewesen, um das Gespräch zu vertiefen. Nimmt er mich etwa nicht ernst?! Oder bin ich zu ungeduldig? Ich weiß ja, wie überlastet er ist und wie wichtig seine Arbeit für die Menschen hier ist. Ihr Smartphone kündigte den Eingang einer neuen Nachricht an.

Es tut mir leid, Liebling, aber ich werde es vor Mitternacht nicht schaffen. Ein Autounfall und zwei Kinder mit Malaria. Geh schon mal ohne mich schlafen, ich werde mich dann später an dich kuscheln. In Liebe, Cliff

• • •

Enttäuscht legte Lara ihr Smartphone weg, schaltete die Nachttischlampe aus und versuchte, einzuschlafen. Nach einer Viertelstunde setzte sie sich wieder auf und blätterte gedankenverloren in dem Magazin weiter. So kann es definitiv nicht weitergehen! Sie spürte, dass sie sich etwas vormachte, wenn sie stets Gründe dafür suchte, warum sie ihre Bedürfnisse hintenanstellen musste.

11

WILDNIS BOTSWANA – TAG 2

Als die Sonne am nächsten Morgen noch tief am Horizont hing, durchquerten die drei Wanderer bereits eine Stunde lang die ausgedehnte Savanne. Die morgendliche Kühle war einer angenehmen Wärme gewichen. Ihre Jacken hatten sie längst an die Rucksäcke gebunden und sie marschierten in T-Shirts. Linus war bis in die Fingerspitzen motiviert und zutiefst fasziniert von der gewaltigen Natur und dem Duft von Abenteuer, der sie begleitete. Er schritt fast schwerelos durch die Savanne und sog die würzige Luft tief in seine Lungen. Direkt hinter dem Dorf hatten sie schon eine Herde Kudus und ein paar Zebras entdeckt. Kabo hielt immer wieder an und wies auf wilde Tiere hin. Zwei Giraffen, Affen und eine Gruppe Elefanten – und das alles schon in der ersten Stunde! Eine sanfte Brise streifte Linus' nackte Unterarme und der Himmel erstrahlte in den Rottönen des Sonnenaufgangs. Alle seine Sinne waren wach und er war mit sich im

Einklang, wie er es lange nicht mehr gefühlt hatte. Vielleicht sogar noch nie? Ob Mama damals das Gleiche empfunden hat? Kein Wunder, dass sie nach Botswana auswandern wollte!

Plötzlich hielt Kabo inne und holte sein Fernglas hervor. »Verdammte Schweine!«, flüsterte er wütend. »Kommt, das müssen wir uns ansehen.« Kabo bog nach rechts ab und bewegte sich schnell auf sein Ziel zu, Ralf und Linus folgten ihm. Kurz darauf erkannten die Brüder, worüber Kabo sich aufregte. Sie näherten sich einem toten Elefantenbullen. Aasgeier flatterten auf, als sie näher kamen. Linus war bedrückt, weil dem majestätischen Tier die Stoßzähne fehlten. Den Spuren zufolge waren sie abgesägt worden.

»Das ist höchstens zwölf Stunden her, vermutlich gestern bei Einbruch der Dunkelheit. Ein Bulle, mindestens fünfundzwanzig Jahre alt. Kaltblütig ermordet!«, rief Kabo und wies auf die Einschussstelle, bevor er die Umgebung nervös nach Spuren absuchte. »Vielleicht haben sie keine Nashörner gefunden und sind deswegen auf das Elfenbein von Elefanten umgestiegen. Diese verfluchten Idioten!«

Kabo wirkte auf Linus vollkommen angespannt und auf der Hut. Er fühlte Betroffenheit und Mitgefühl und blickte traurig auf das mächtige Tier. Waren die Wilderer noch in der Nähe? Angst spürte Linus keine, Kabo war ja dabei, aber die Euphorie der ersten Morgenstunde war schlagartig verschwunden.

»Scheiße, lasst uns weitergehen«, sagte Ralf. »Was, wenn die wieder auftauchen? Ihr habt gehört, was der Dorfälteste gesagt hat. Diese Typen sind gefährlich!«

»Keine Sorge, die sind längst weitergezogen«, erwiderte Kabo. »Außerdem würden sie einen Bogen um uns machen, sobald sie uns sehen. Die suchen keine Probleme, sie wollen ihr schmutziges Geschäft diskret und ungestört erledigen.«

»Trotzdem, mir ist da nicht wohl«, entgegnete Ralf. »Es macht mich traurig, dass ein so anmutiges Tier aus reiner Profitgier sein Leben lassen musste.«

Ralf drückte genau das aus, was Linus ebenfalls fühlte. Vor ihm lag ein gigantisches Tier, das mindestens fünf Tonnen wog und sein Leben wegen seiner Stoßzähne verloren hatte. Diese rücksichtslosen Wilderer! Wut, Trauer, Angst überfluteten ihn. »Es ist nur eine Frage der Zeit, bis die Hyänen und vielleicht sogar Raubkatzen hier auftauchen. Ein geschenktes Festmahl bleibt in der Savanne nicht lange unbemerkt.« Kabo drehte sich um. »Lasst uns weitergehen!«

Mit einem Schaudern blickte Linus ein letztes Mal auf den grauen Dickhäuter zurück, um dessen Kopf unzählige Fleischfliegen brummten. Dann folgte er Kabo und Ralf mit hängenden Schultern.

Ein paar Stunden später erreichte die drückende, staubtrockene Hitze ihren Höhepunkt. Sie war so trocken, dass Linus das beklemmende Gefühl hatte, er könnte nicht mehr atmen. Gierig trank er während einer kurzen Pause aus seiner Flasche, wobei er sich verschluckte und das Wasser hustend ausspuckte.

»Du benimmst dich, als könnten wir unsere Wasserflaschen jeden Abend auffüllen«, knurrte Ralf, während er sich den Schweiß vom Gesicht wischte.

»Behalt deine weisen Ratschläge für dich, Besserwisser!«

Linus konnte es absolut nicht leiden, wenn Ralf ihn beobachtete und die Rolle des großen Bruders einnahm. Er war schließlich erwachsen und brauchte keine Zurechtweisungen oder Befehle. Als ob ich in dieser Hitze nicht schon genug Probleme hätte! Doch egal, wie sehr er sich dagegen zur Wehr setzte, er schien die Rolle des jüngeren Bruders nicht abschütteln zu können.

»Es wäre mir ja egal, wenn es nicht auch Konsequenzen für Kabo und mich hätte. Unser Wasser ist rationiert und wertvoll, also trinke überlegt und verschütte nichts im Sand!«, legte Ralf nach.

»Idiot«, murmelte Linus, während er seine Wasserflasche im Rucksack verstaute.

»Oh nein, bitte, nicht schon wieder!«, seufzte Kabo und schüttelte genervt den Kopf. »Könnt ihr zwei nicht mal einen Tag ohne Streit auskommen?«

»Also ich könnte sehr gut ohne die ständigen Belehrungen meines Bruders leben. Er begreift einfach nicht, dass er mich nicht mehr bemuttern muss!«

»Was ganz offensichtlich nicht stimmt.« Ralf schnaubte.

»Genug, wir gehen weiter. Noch eine Stunde, dann suchen wir uns einen schattigen Platz und schlagen unser Lager auf. Es wird zu heiß.« Kabo hob seinen Rucksack vom sandigen Boden und lief los.

Ralf schüttelte den Kopf, murmelte etwas Unverständliches und folgte ihm. Linus ließ ihn ein paar

Meter gehen, bevor er sich anschloss. Er erinnerte sich an ein Gespräch mit Lucia kurz vor Weihnachten. Er hatte sich bei ihr darüber beschwert, dass Ralf ständig glaubte, besser zu wissen, was gut für ihn sei. Er fühlt sich immer noch für dich verantwortlich, hatte sie gemeint. Wegen unserer gemeinsamen Geschichte sei die Rolle tief in ihm verankert, und er könne sie nicht einfach ablegen. Ist das mein Problem? Wird das also für immer so bleiben? Linus kickte wütend ein paar Steine vor sich her. Dann atmete er tief die heiße Luft ein und konzentrierte sich auf den Weg vor ihm. Heute war er bereits zweimal fast gestürzt, weil er Löcher von Erdferkeln übersehen hatte. Die fußballgroßen Höhleneingänge waren überall im Sand. Aber bisher hatte er noch keines der nachtaktiven Tiere zu Gesicht bekommen. Seine Stimmung hellte sich auf, als in der Ferne zwei Giraffen ihren Weg kreuzten. Hey, ich bin in Afrika! Ich habe keine Zeit, mich über Ralf zu ärgern. Er grinste breit und das Glücksgefühl des großen Abenteuers ließ ihn die Hitze und den trockenen Hals vergessen.

Endlich deutete Kabo auf eine leicht erhobene Ansammlung von Bäumen, einige hundert Meter zu ihrer Rechten. Er lief entschlossen auf sie zu. Linus atmete erleichtert auf, eine weitere Tageswanderung war geschafft. Seine Schultern schmerzten unter der Last seines Rucksacks und sein linker Außenrist machte Probleme. Wie gut, dass Ralf Blasenpflaster mitgenommen hat. Auf halbem Weg hielt Kabo unerwartet inne und hob die Hand. Linus schaute verwirrt umher, konnte aber nichts Ungewöhnliches entdecken. Erst als Kabo auf einen Busch rechts von ihnen wies, bemerkte er das Nashorn. Es war etwa dreißig Meter von ihnen entfernt und starrte in ihre Richtung. Mehrere Minuten standen sie in ehrfürchtiger Stille vor dem majestätischen Tier. Dann griff Linus nach seinem Smartphone. Das wird ein fantastisches Bild, doch ich muss näher heran. Er machte drei Schritte auf das Nashorn zu, als Kabo ihn warnte.

»Halt sofort an, Nashörner sind unberechenbar und verdammt gefährlich!«

Linus fotografierte unbeirrt weiter, aber für das perfekte Portrait war das Objektiv seines Handys nicht ausreichend. Wow, was für ein beeindruckendes Wesen!

Das Tier hob seinen Kopf, sein Horn ragte majestätisch in den Himmel. Dann drehte es den Kopf – kurz schien es das Interesse an den Eindringlingen zu verlieren. Linus ging drei Schritte vorwärts und schoss eine weitere Serie Fotos. Großartig, was für ein Geschöpf! Er war wie in Trance, verloren in dem Moment, den er und das Nashorn miteinander teilten.

»Bist du verrückt geworden? Komm sofort zurück, wir sind hier nicht im Zoo!«, schrie Kabo.

»Nur noch einen Augenblick«, entgegnete Linus und ging in die Knie, um eine andere Perspektive einzunehmen. Jeder Muskel in seinem Körper war angespannt, das Adrenalin pumpte und er war ganz in seinem Element. Auf solche Begegnungen hatte er gehofft.

»Hörst du nicht, was Kabo sagt? Bring dich doch gleich um!«, schrie Ralf.

Linus ignorierte die Rufe, sein Blick war konzentriert nach vorne gerichtet. Plötzlich fühlte er die starke Hand seines Bruders auf der Schulter. Er versuchte, sie abzuschütteln, aber Ralf hielt hartnäckig fest.

»Lass mich los!«

»Du kommst jetzt sofort zurück, du Idiot!«

Das Nashorn blickte äußerlich unbeeindruckt auf das Drama, das sich vor ihm abspielte. Linus schüttelte sich, stand auf und versuchte erneut, sein Mobiltelefon auf das Tier zu richten.

»Ein letztes Foto!« Ralf schlug ihm auf den Arm, woraufhin Linus ihn unsanft wegdrängte.

»Das gibt's doch nicht, ihr habt komplett den Verstand verloren!«, zischte Kabo, der zu ihnen stieß. »Wir ziehen uns jetzt alle drei ganz langsam zurück. Kein Widerspruch, sonst könnt ihr euch einen neuen Guide suchen!«

»Na gut, na gut«, erwiderte Linus genervt. Ein Wunder, dass das Nashorn nicht schon längst das Weite gesucht hat bei dem Radau, den die beiden hier veranstalten. Ich dachte, bei Tierbeobachtungen sollte man sich so leise wie möglich verhalten! Linus wandte sich um und schaute seinem Bruder direkt in die Augen. Ralf war kreidebleich. Erst jetzt wurde Linus bewusst, wie sehr die Situation seinen Bruder belastete. Vielleicht sollte ich jetzt besser den Rückzug antreten! Das Nashorn zeigte immer noch keinerlei Reaktion und Linus ging vorsichtig rückwärts. Er stolperte über einen Felsbrocken und landete unsanft auf dem Boden. Ausgerechnet jetzt, wie doof! Ralf und Kabo starrten mit aufgerissenen Augen über ihn hinweg. Linus drehte den Kopf, schrie erschrocken auf und sprang panisch auf die Beine. Er konnte im ersten Moment nicht fassen, was er sah. Die Szene kam ihm vollkommen surreal vor. Zwei Tonnen graue Masse donnerten auf sie zu. Das Nashorn hielt den Kopf geduckt in Angriffsposition. Scheiße, was nun?! Aus dem Augenwinkel sah Linus, wie Ralf flüchtete. Er selbst blieb wie eingefroren stehen. Kabo ruderte wild mit den Armen und schrie, doch er konnte die Worte nicht verstehen. Alles lief wie in Zeitlupe ab. Der aufgewirbelte Staub, der graue Koloss, das einschüchternde Horn. Linus starrte fasziniert auf das Nashorn, ohne Angst zu empfinden. Als würde ihn das alles nichts angehen. Noch zwanzig Meter bis zur Kollision, höchstens drei Sekunden zu leben. Er wusste, dass das Nashorn es auf ihn abgesehen hatte. Trotzdem rührte er sich nicht vom Fleck, stand wie hypnotisiert da. Kabo stürmte mit erhobenen Händen und laut schreiend auf ihn zu. Gegenangriff! Doch zu ungleichen Bedingungen. Überraschend stoppte das Nashorn und schüttelte seinen massiven Kopf. Es wirkte unschlüssig, ob es den Angriff fortsetzen oder abbrechen sollte. Kabo stand breitbeinig und mit erhobenen Armen vor dem Tier. Was für ein Bild! Es war vollkommen still. Linus bemerkte, dass Ralf es bis zu einem Akazienbaum geschafft hatte und sie von dort gebannt beobachtete. Kabo rührte sich nicht vom Fleck. Endlich, nach einer gefühlten Ewigkeit, zog das Nashorn sich gemächlich zurück. Dann beschleunigte es seinen Schritt und wirbelte eine Wolke Staub auf. Es verschwand hinter den Büschen, seine schweren Schritte und das Knacken von Ästen waren noch eine Weile zu hören. Kabo ließ sich erschöpft auf den Boden fallen und war völlig außer sich.

Linus fand allmählich in die Realität zurück und legte Kabo die Hand auf die Schulter. »Danke. Tut mir leid, das war echt dumm von mir.«

»Das war vollkommen unnötig«, zischte Kabo mit düsterer Miene.

»Es tut mir leid, ich wollte …«

»Du hast uns mit deinem leichtsinnigen Verhalten alle in Gefahr gebracht!« Kabo stand auf und wischte sich den Staub von den Hosen.

»Ich, ähm, ich war so fasziniert von seinem Anblick, dass ich die Gefahr ausgeblendet habe.« Ralf kam mit hochrotem Kopf auf sie zu. Autsch, das wird eine Standpauke geben. Langsam wurde Linus bewusst, dass diese Begegnung auch tödlich hätte enden können. Nur dank Kabos Erfahrung und seinem beherzten Eingreifen waren sie unverletzt.

»Typisch! Sicherheitsregeln gelten wohl nur für die anderen, du Arsch!«, schrie Ralf und baute sich direkt vor ihm auf. »Was hast du dir dabei nur gedacht?«

Linus wurde heiß und kalt gleichzeitig. »Ehrlich gesagt, habe ich nicht wirklich nachgedacht …«

»Warum sollte mich das auch verwundern? Du verhältst dich noch immer wie ein Kind. Werde endlich erwachsen!«

»Es tut mir leid, den Fehler mache ich nie wieder.«

»So leicht wirst du nicht davonkommen! Mit einer einfachen Entschuldigung ist das nicht getan!«

Linus wollte seinen Bruder wegschubsen. Es war kaum zu ertragen, wieder in die Rolle des kleinen

Bruders gedrängt zu werden. Auch wenn Ralf dieses Mal vollkommen im Recht war. Statt aufzubegehren, wich er einen Schritt zurück.

»Es wird nicht wieder passieren, ich verspreche es. Es tut mir aufrichtig leid.«

»Das hoffe ich doch!«, brüllte Ralf. Sein Gesicht war rot vor Wut und er fuchtelte mit dem Zeigefinger herum.

Linus drehte sich ab. Bleib cool, Bruder. Natürlich war mein Verhalten falsch, aber muss ich nun demütig zu Kreuze kriechen?

Kabo wies auf eine leicht erhöhte Baumgruppe. »Genug jetzt, seien wir einfach froh, dass nichts passiert ist! Wir machen eine kurze Trinkpause im Schatten der Bäume und dann schlagen wir wie geplant die Zelte auf.«

Ralf nickte stumm, griff nach seinem Rucksack und ging voraus. Er ballte seine Hände zu Fäusten. Ein Bild, das Linus aus seiner Kindheit bekannt vorkam. Puh, es wird eine Weile dauern, bis er mir das verzeiht. Linus atmete mehrmals tief ein und aus und folgte den anderen. Erst jetzt bemerkte er, wie stechend heiß es war. Die Sonne stand im Zenit.

Nachdem sie ihr Nachtlager aufgeschlagen hatten, verbrachten sie den restlichen Nachmittag lesend im Schatten. Zum Abendessen wärmte Kabo eine Beutelsuppe auf und verteilte Trockenfleisch. Allmählich kehrte eine versöhnlichere Stimmung ein. Linus bat nochmals um Entschuldigung und Kabo reichte ihm die Hand. Ralf folgte seinem Beispiel. Er war erleichtert.

»Zumindest haben wir jetzt eine spannende Geschichte für Andrea und Lucia«, bemerkte Linus. »Der Fokus sollte jedoch auf Kabos heldenhafter Aktion liegen, nicht auf meiner bescheuerten Annäherung an ein wildes Tier, um ein besseres Foto zu bekommen. Sonst sehe ich aus wie der größte Trottel.«

»Beides gehört dazu, denke ich«, entgegnete Ralf trocken. »Das hast du dir selbst zuzuschreiben.«

Kabo schüttelte lachend den Kopf, während er Wasser auf dem Gaskocher erhitzte.

Linus bewunderte Kabos Gelassenheit. Er strahlte Kompetenz, Autorität und Wärme aus. Eine seltene Kombination. Und er war mutig und entschlossen, wenn es darauf ankam.

Als Ralf kurz hinter den Büschen verschwand, setzte sich Linus zu Kabo. »Du hast riskiert, dass das Nashorn dich anstelle von mir aufspießt. Danke, das war verdammt mutig von dir!«

»Keine Ursache.« Kabo nahm den Topf mit dem heißen Wasser vom Kocher. »Als Guide fragst du dich täglich, wie deine Gäste heute versuchen werden, dich umzubringen. Gehört zum Geschäft.«

Sie lachten und Kabo reichte Linus eine Tasse Kaffee. Die Dunkelheit war bereits hereingebrochen. Nur die tanzenden Sterne am Firmament spendeten ein wenig Licht in der Savanne. Bald würde der Mond aufgehen und die gesamte Landschaft in ein warmweißes Licht tauchen. Die Büsche raschelten im leichten Wind und es roch nach Lagerfeuer. Während die anderen in ihre Schlafsäcke krochen, holte Linus heimlich den Flachmann aus seinem Rucksack und verbarg ihn unter seiner Jacke. Er setzte sich ein paar Meter entfernt hin und trank gierig drei Schlucke. Puh, das tut gut nach einem so aufregenden Tag! Er wollte noch einen Schluck nehmen, hielt sich aber zurück. Stopp, der Schnaps muss bis Ende der Woche reichen. Verdammt, ich hätte zwei, oder noch besser, drei Flaschen mitnehmen sollen. Linus packte den Flachmann unauffällig in den Rucksack, verschränkte die Arme hinter den Kopf und legte sich auf den Rücken. Die atemberaubende Schönheit des afrikanischen Sternenhimmels berührte ihn zutiefst. Verglichen mit der unendlichen Weite kam er sich klein und unbedeutend vor. Das Zirpen der Grillen und das Trompeten der Elefanten in der Ferne waren der perfekte Soundtrack zu diesem Schauspiel.

12

WILDNIS BOTSWANA – TAG 3

In der Dämmerung bauten Linus und Ralf nach Kabos Anleitung ihre Zelte ab und brachen kurz danach auf. Ralf litt am meisten unter der sengenden Hitze und war froh über die kühlen Morgenstunden. Er hatte leichte Kopfschmerzen und einen Sonnenbrand auf der Nase, obwohl er sich mehrmals täglich gewissenhaft eincremte. Er folgte Kabo und Linus durch die endlos scheinende Savanne, wobei er sorgfältig darauf achtete, nicht in eines der zahlreichen Erdferkellöcher zu treten. Als die Sonne sich über den Horizont erhob und die Landschaft in ein Meer aus rotgoldenen Farben tauchte, hielten sie inne. Nur eine eiskalte Seele könnte einen solchen Sonnenaufgang ignorieren. Ralf war tief berührt von der Magie und starrte mit offenem Mund in den Himmel. Linus schien derart von der natürlichen Schönheit des Schauspiels eingenommen, dass er sogar seine Fotokamera vergaß. In diesem Moment fühlte sich die gemeinsame Reise trotz der Gefahren richtig an und er war seinem Bruder nahe wie selten zuvor. Nach einer Weile setzte Kabo seinen Weg fort und lief direkt in die strahlende Sonne.

Stunden später wanderten sie entlang eines langgezogenen felsigen Hügels, eine bemerkenswerte Erscheinung in der ansonsten flachen Weite des Okavango-Deltas.

»Was ist das denn?« Ralf blieb vor zwei Büschen stehen und lugte durch sie zum Fuße des Felsens. Er trat näher, um besser sehen zu können, was sich im dunklen Schatten verbarg. »Eine Höhle?«

Kabo kniete sich auf den Boden und leuchtete mit einer Taschenlampe in das Loch. »Ein ideales Versteck für wilde Tiere. Geschützter, eher kleiner Eingang, aber innen sicher geräumig. Hyänen nutzen solche Verstecke gern.«

Sie knieten nun alle drei vor dem Eingang, während ihre Augen dem Lichtkegel der Taschenlampe folgten.

»Hoffentlich ist da kein Löwe drin oder so!« Ralf war die dunkle Höhle nicht geheuer und es roch aus ihr aufdringlich nach Tierexkrementen. »Puh, widerlich, lasst uns weitergehen.«

Ein lautes, undefinierbares Rascheln jagte Ralf einen eiskalten Schauer über den Rücken. Panisch sprang er auf und machte drei Schritte zurück. Linus war augenblicklich mit weit aufgerissenen Augen neben ihm.

»Ach, ihr zwei großen Abenteurer lasst euch von ein paar Fledermäusen erschrecken?« Kabo lachte hämisch, stand langsam auf und wischte sich den Staub von den Knien. »Was macht ihr, falls mal eine Raubkatze auf euch zukommt?«

»Lasst uns weitergehen«, erwiderte Ralf, der keine Lust auf diese Diskussion hatte. Seine ständige Angst würde er schon eines Tages in den Griff bekommen.

Kabo lief am rötlichen Hügel entlang und grinste noch minutenlang, dazu schüttelte er immer wieder den Kopf. Als könnte er nicht fassen, dass er mit zwei derart blutigen Greenhorns unterwegs war. Ralf war unendlich froh, ihn dabeizuhaben. Afrikas exotische Wildnis war manchmal auch bedrohlich. Allein würden sie die Wanderung kaum überleben. Nach einer Viertelstunde hielten alle drei wie auf ein unsichtbares Kommando inne.

»Habt ihr das auch gehört?« Kabo drehte sich zu Linus und Ralf um.

Ralf nickte, lauschte angestrengt in die Stille. »Ein Schuss?«

»Ich bin nicht sicher«, antwortete Linus ruhig. »Wer sollte hier feuern und warum?«

Dic unausgesprochene Antwort lag schwer in der Luft, Ralf wischte sich Schweißtropfen von der Stirn. Verdammt, wenn es tatsächlich Wilderer sein sollten, dann müssten wir einen weiten Bogen um sie machen. Am besten warten wir hier in der Deckung!

»Noch hundert Meter bis zum Ende der Felsformation, dann können wir um die Ecke schauen. Lasst uns langsam weitergehen«, schlug Kabo mit zusammengezogenen Brauen vor.

»Vielleicht wäre es klüger, hier zu warten. Ich habe keine Lust, dass die Wilderer uns bemerken«, warf Ralf ein.

»Wenn es überhaupt Wilderer sind«, entgegnete Linus. »Vielleicht benötigt auch jemand unsere Hilfe.«

In diesem Augenblick ertönte ein zweiter Knall. Jetzt war allen klar, dass jemand geschossen hatte. Irgendwo hinter dem Hügel, nicht weit von ihnen.

Mit dem Finger auf den Lippen schlich Kabo weiter den Hügel entlang. An dessen Ende bewegte er sich geduckt vorwärts. Die Anspannung war förmlich greifbar. Ralf nahm nur seinen schnelleren Atem wahr. Er ahnte, dass hinter dem Fels Gefahr lauerte. Kabo steuerte auf einen Beobachtungspunkt zu, von dem aus sie die andere Seite überblicken konnten. Er stellte sich auf die Zehenspitzen, reckte den Kopf und sondierte das Gelände. Plötzlich verharrte er, um dann in sich zusammenzusinken.

»Tatsächlich, Wilderer«, stieß Kabo schwer atmend hervor. »Ich glaube, es sind vier Männer in einem Jeep. Sie haben ein Nashorn erlegt und enthornen es.«

»Unser Nashorn?«, hakte Linus nach.

»Das kann ich von hier aus nicht sagen. Ich schätze, sie sind knapp zweihundert Meter entfernt.«

»Glück gehabt«, murmelte Ralf und nahm behutsam das Fernglas. Er positionierte sich hinter einem Felsen und justierte zitternd die Fokussierung.

»Sag, was du siehst«, forderte Linus flüsternd.

»Das Gleiche wie Kabo. Vier Männer und ein totes Nashorn. Zwei der Männer sind bewaffnet. Einer bearbeitet gerade das Horn mit einer Kreissäge. Einer raucht Zigarre, vielleicht der Anführer. Diese Typen machen mir Angst«, fügte Ralf mit bleichem Gesicht hinzu, während er Kabo das Fernglas reichte. »Und nun?« Das war genau die Situation, vor der er sich gefürchtet hatte. Sie waren in der Nähe von skrupellosen Jägern und eine Begegnung könnte tödlich enden. Bevor er sich duckte, machte Ralf noch rasch ein Foto.

»Wir bleiben in Deckung. Ich gehe davon aus, dass sie den gleichen Rückweg nehmen werden. Das bedeutet, wir sind hier sicher.« Kabo streckte sich und überwachte das Geschehen durch das Fernglas. »Oh, ich kenne den Anführer! Wir sind zusammen aufgewachsen, ein Nachbarsjunge. Der war schon als Kind schwierig.«

»Willst du ihn zur Rede stellen?«, fragte Linus.

»Nein, viel zu riskant. Obwohl er mir eigentlich noch einen Gefallen schuldig ist. Als wir beide fünfzehn Jahre alt waren, habe ich ihn vor dem Schulverweis gerettet.«

»Wie das?« Jetzt griff Linus nach dem Fernglas.

»Er ist ins Büro des Schuldirektors eingebrochen und ich war sein Alibi. Wir Jungs hielten damals gegen die Obrigkeiten immer zusammen.« Kabo blickte zu Linus. »Sei vorsichtig, sie dürfen uns keinesfalls entdecken. Nur weil er mir etwas schuldet, heißt das nicht, dass wir vor ihnen sicher sind. Die Kerle sind skrupellos!«

Linus beobachtete die Szene vorsichtig mit dem Fernglas. Plötzlich erstarrte er und ließ sich fallen. »Einer hat mit dem Finger in unsere Richtung gezeigt. Hat er mich etwa gesehen?!«

»Vielleicht hat das Fernglas in der Sonne geblitzt«, sagte Kabo. »Niemand bewegt sich! Wir warten ab.«

»Was machen wir, wenn sie zu uns kommen?« Ralfs Knie wurden weich. Er dachte an das tote Nashorn, die Zigarre des Anführers und die beiden Gewehre.

»Noch ist es nicht so weit. Vielleicht haben wir Glück«, antwortete Kabo, sichtlich bemüht, Ruhe auszustrahlen.

Die Luft war heiß, kein Lüftchen wehte, absolute Stille. Sekunden vergingen. Eine Minute. Ralf atmete erleichtert auf. Das Brummen eines startenden Motors drang an seine Ohren. Verdammt, was bedeutet das?! Fahren sie weg oder prüfen sie, ob hinter dem Hügel etwas ist?

Kabo richtete sich auf und spähte vorsichtig über den Felsen. »Wir sind geliefert, sie fahren direkt auf uns zu!«

Ralf fuhr vor Schreck zusammen, Adrenalin strömte durch seine Adern.

Im Licht der Morgensonne steuerte Lara ihren Wagen zur Arztpraxis. Cliff trank einen doppelten Espresso auf dem Beifahrersitz und es roch nach dem Brötchen, das er gerade gegessen hatte. Nach einer turbulenten Nacht mit zwei akuten Notfällen hatte sie Cliff dazu bewegen können, den neuen Tag langsamer anzugehen. Dennoch waren die Schatten der Anstrengung unter seinen Augen unverkennbar. Besorgt blickte sie auf die Uhr. Es war zehn, zwei Stunden später als üblich. In ihren Gedanken türmte sich der Berg von Aufgaben und Konsultationen, der auf Cliff wartete.

Sanft legte Lara ihre Hand auf sein Knie. »So kann das nicht weitergehen, Liebling. Es bringt nichts, wenn du dich bis zur totalen Erschöpfung aufopferst.«

»Was soll ich denn machen? Die Menschen, die mich brauchen, im Stich lassen?«

Sie konnte Cliffs Sorge nachvollziehen, doch war es offensichtlich, dass er lernen musste, auch an sich selbst zu denken. Die Arbeit würde nicht weniger werden. Im Gegenteil.

»Wie sieht es eigentlich mit Aaron aus? Hat er sich entschieden?«

»Wir hatten gestern ein gutes Gespräch. Einerseits würde er gerne mit mir zusammenarbeiten, andererseits ist er in Johannesburg verwurzelt. Seine ganze Familie lebt dort.« Cliff starrte müde aus dem Fenster.

»Du kannst nicht ewig auf ihn warten. Wie lange gibst du ihm noch?«

»Bis Ende dieser Woche. Falls es nicht klappt, muss ich weitersuchen.«

»Gut.« Lara atmete auf, weil er endlich die Dringlichkeit der Lage erkannte. »Ach übrigens, Kabos Nachfolgeplanung will mir einfach nicht aus dem Kopf.« Sie wusste, dass jetzt der richtige Moment war. In wenigen Minuten würde seine Arbeit wieder seine ganze Aufmerksamkeit fordern. »Wie wäre es, wenn wir das Flugtaxi-Unternehmen übernehmen und es mit deiner Praxis verknüpfen? Es gibt in Alaska und Australien fliegende Ärzte, die abgelegene Dörfer versorgen. Vielleicht könnten wir auch Ärzte aus Deutschland gewinnen, die für ein paar Monate mit uns zusammenarbeiten? Ich habe tausend Ideen, wie wir das angehen könnten!« Lara sah Cliff hoffnungsvoll an. »Was hältst du davon?«

Er schüttelte nachdenklich den Kopf. »Du lässt nicht locker, was? Die Idee ist gut, aber um ein Flugtaxi-Unternehmen zu führen, muss man schon was vom Fliegen verstehen.« Er hielt kurz inne. »Und Kabo möchte einen Piloten als Nachfolger, falls er sich überhaupt zurückzieht.«

»Ich könnte mich da reinknien, vielleicht sogar Pilotin werden wie Riley. Mit deiner Unterstützung und Kabo als Mentor kann ich das schaffen! Wir können uns ja für den Übergabeprozess ein paar Jahre Zeit lassen, es drängt ja nicht.« Bei der Vorstellung fühlte Lara Energie und Entschlossenheit.

Als sie vor der Praxis anhielten, warteten schon die ersten Patienten vor dem Eingang. Cliffs Assistentin trat auf die Veranda und winkte ihn energisch zu sich.

»Du überforderst mich gerade, Lara. Du willst Pilotin werden? Hier in Afrika? Lass uns ein anderes Mal darüber sprechen. Sorry, ich muss jetzt los.« Cliff küsste sie flüchtig auf die Wange, stieg aus dem Wagen und verschwand in seiner Praxis.

Lara starrte auf das verstaubte Armaturenbrett. Ihre Euphorie war wie eine Seifenblase geplatzt und sie fühlte eine Welle der Enttäuschung. Dazu kam der belastende Gedanke, dass sie Cliff endlich von ihrer Unfruchtbarkeit erzählen musste. Ich darf das nicht länger aufschieben. Doch wann? Für gute Gespräche bräuchten sie Zeit und Ruhe. Beides hatten sie schon lange nicht mehr gehabt. Sie fühlte sich plötzlich kraftlos und versank erschöpft im Sitz. Nach ein paar Minuten sammelte sie sich, startete den Motor und fuhr zum Flughafen. Bei den Buschpiloten gab es mehr Arbeit als üblich, seit Kabo mit Linus und Ralf auf Wanderung war.

Mit großen Augen beobachtete Kabo, wie der Jeep der Wilderer unaufhaltsam näher rückte. Eine Staubwolke tanzte hinter dem Fahrzeug wie eine gespenstische Silhouette. Linus wurde panisch.

»Ihr sucht Schutz in der Höhle. Ich halte sie eine Weile auf. Los, sofort!«, befahl Kabo keuchend.

»Und du?!«, entgegnete Linus entsetzt. »Du glaubst doch nicht etwa, dass wir dich mit diesen Mistkerlen alleine lassen!«

»Ich werde mit dem Anführer reden. Das kriege ich hin, macht euch um mich keine Sorgen. Verschwindet jetzt, und zwar sofort!«

»Nein, wir helfen …«

»Komm schon, Linus! Kabo weiß, was er tut!« Ralf ergriff Linus' Hand und zog ihn resolut weg.

Linus folgte ihm nur widerwillig. Es zerriss ihm das Herz, ihren neugewonnenen Freund zurückzulassen. Wir können ihn doch nicht diesen Verbrechern überlassen! Linus fühlte sich scheußlich – ihre Flucht kam ihm in diesem Moment wie ein Verrat vor. Gemeinsam rannten sie den Weg zurück, den sie gekommen waren. Drei Minuten später beugte er sich mit schmerzverzerrtem Gesicht nach vorne und wurde langsamer. »Nicht so schnell, ich kann nicht mehr. Seitenstechen!«

»Und ob du noch kannst!« Ralf packte erneut Linus' Handgelenk und zerrte ihn weiter.

Linus drückte seinen Daumen in die schmerzende Seite und streckte sich, um besser atmen zu können. »Verdammter Mist!« Er beschleunigte seinen Schritt, konnte aber nicht mehr richtig rennen. Erschöpft stolperte er über eine Wurzel und fiel der Länge nach hin. Seine Wange und sein Knöchel schmerzten vom harten Aufprall auf den steinigen Sand. Ralf sah ihn mit einem kalten, fordernden Blick an.

»Komm jetzt hoch und weiter, noch etwa dreihundert Meter!«

Fluchend rappelte sich Linus auf. Der Schmerz in seinem Knöchel raubte ihm fast die Besinnung. Ächzend humpelte er vorwärts. Ralf packte ihn keuchend unter der Schulter und zerrte ihn weiter.

»Langsamer, verdammt noch mal«, stammelte Linus.

»Keine Zeit! Es geht um Leben und Tod!«

»Bullshit, Kabo kennt den Kerl ja!«

In diesem Moment stolperte auch Ralf. Fluchend fiel Linus auf seinen Bruder. Das darf doch nicht wahr sein! Der Schmerz in seinem Knöchel war unerträglich, am liebsten hätte er laut aufgeschrien und sich auf dem Boden gewälzt. Ralf stieß ihn ruppig von sich runter, stand auf und reichte Linus die Hand.

»Wir hätten besser bei Kabo bleiben und ihm helfen sollen. Das hier ist ein Desaster!« Linus blieb stehen. »Ich gehe keinen Schritt weiter!«

Als sich die Brüder in stummer Verzweiflung anstarrten, ertönte ein Schuss. Laut und durchdringend. Linus humpelte wieder weiter. Jetzt wusste er, was zu tun war. Die Worte seines Bruders hallten in seinem Kopf und übertönten den Schmerz in Knöchel und Wange. Es geht wirklich um Leben und Tod. Leben und Tod, verdammt noch mal! Keuchend und ächzend schleppten sich die beiden, so schnell es ging, zum Eingang der Höhle, krochen auf allen vieren rein und warfen sich im Halbdunkel auf den Boden. Die Fledermäuse schreckten auf und flogen wild durcheinander. Linus hielt sich entsetzt die Hände vor das Gesicht, die Situation war komplett aus dem Ruder gelaufen. Es dauerte, bis sich die Fledermäuse beruhigt hatten und wieder im hintersten Teil der Höhe dicht aneinandergedrängt am Gestein hingen.

»Gruselig! Lange halte ich es hier drin nicht aus.« Linus stand der Schrecken ins Gesicht geschrieben. Dann hielt er sich mit schmerzverzerrtem Gesicht seinen Knöchel und rang nach Luft, als wäre er gerade einen Marathon gelaufen.

»Hier sind wir sicher«, flüsterte Ralf, der immer wieder Staub ausspuckte.

»Das wird sich zeigen.« Linus lehnte sich erschöpft an die Höhlenwand. »Was ist gerade passiert? Hat Kabo geschossen?«

»Dann wäre mehr als ein Schuss gefallen.«

»Du willst doch nicht sagen, dass …« Beim Gedanken, dass Kabo etwas zugestoßen war, wurde Linus übel. Ohne ihn waren sie in der erbarmungslosen Savanne verloren.

»Keine Ahnung, wir warten ab. Tun können wir ohnehin nichts mehr. Hoffen wir, dass Kabo bald hier auftaucht und Entwarnung gibt.«

Linus schwieg. Sein Gefühl sagte ihm etwas anderes. In seiner Vorstellung sah er Kabos blutüberströmtes Gesicht vor sich, leblos am Boden liegend. Nein, verdammt, nein! Das darf nicht sein. Linus schlug sich die Hände vor den Kopf. Ruhig, schön ruhig bleiben! Klar denken. Abwarten. Es wird schon gut werden. Er sehnte sich nach Andrea, nach seiner Wohnung, nach seinen Schülern. Verfluchtes Afrika, das habe ich jetzt davon!

»Was, wenn sie unsere Spuren hinter dem Felsen entdecken und uns bis zur Höhle verfolgen?«, warf Ralf in die beklemmende Stille ein.

»Kaum, der Sand ist dafür zu hart.« Linus merkte, dass er mit seinen Worten in erster Linie versuchte, sich selbst zu beruhigen.

»Das hoffe ich mal. Im Gegensatz zu Kabo sind wir unbewaffnet. Komplett ausgeliefert!«

»Das brauchst du mir nicht unter die Nase zu reiben. Das weiß ich verdammt noch mal selbst!«, zischte Linus, so leise es ging.

Viel war im Halbdunkel der Höhle nicht zu erkennen. Vielleicht besser so! Wer weiß, ob da nicht auch noch eine Schlange haust. Oder eine giftige Spinne! Am liebsten wäre Linus aufgesprungen und hätte ihr Versteck fluchtartig verlassen. Atmen, einfach nur atmen! Es wird gut, alles wird wieder gut. Ich werde bald mit Andrea im Chiemsee baden und mit den Kindern Fußball spielen. Ralf und ich sind zu jung zum Sterben. So gnadenlos kann das Schicksal nicht sein. Nicht jetzt, nicht hier, nicht zehntausend Kilometer von zu Hause weg!

»Was denkst du?«, fragte Ralf.

»Dass wir wie zwei Hasen in der Höhle auf den

Fuchs warten. Wir können hier nicht einfach sitzenbleiben, wir müssen handeln. Hier sind wir gefangen!«

»Stimmt, aber draußen haben wir keine Deckung. Wie ein Elefant in der offenen Savanne. Das können wir nicht riskieren. Diese Höhle ist unsere beste Option!«

»Was war das?«

Linus und Ralf hielten den Atem an und spitzten die Ohren. Motorengeräusche? Sekunden später war beiden klar, dass sich ein Fahrzeug näherte. Linus' Herzschlag hämmerte bis zum Hals. Haben sie unsere Fußspuren doch bemerkt, oder hat Kabo unser Versteck verraten? Was tun wir jetzt? Linus presste sich so weit wie möglich gegen den harten Fels. Ralf folgte seinem Beispiel. In der Höhle war es totenstill. Das Fahrzeug kam näher, Ralf schloss seine Augen. Linus starrte hinaus, um Einzelheiten zu erkennen. Plötzlich blitzte die Karosserie des Jeeps auf, Sekundenbruchteile später sah er die Wilderer darin. Linus hielt den Atem an, seine Hände zitterten. Wenn der Jeep jetzt anhält, sind wir erledigt! Sekunden vergingen wie Ewigkeiten. Der Wagen fuhr an der Höhle vorbei. Ralf blickte Linus fragend an. Entwarnung? Nein, dafür ist es noch zu früh. Abwarten. Abwarten und beten. Der Motorenlärm wurde leiser, dann verstummte er völlig. Puh, sie sind weg! Endgültig?

»Wir bleiben hier noch mindestens eine Stunde sitzen. Je länger wir warten, desto sicherer können wir sein, dass sie weit weg sind«, schlug Ralf vor.

»Aber was ist mit Kabo? Was, wenn er verletzt ist und dringend unsere Hilfe braucht?«

Ralf antwortete nicht.

»Wir können ihn doch nicht einfach sterben lassen da draußen. In der glühenden Hitze. Bei Löwen und Geiern!« Die Vorstellung verstärkte die Übelkeit. Linus unterdrückte ein Würgen.

»Sei ruhig. Natürlich nicht. Aber wenn wir die Höhle zu früh verlassen, nützt das Kabo auch nichts. Außerdem wissen wir gar nicht, was mit ihm passiert ist. Vielleicht war das nur ein Warnschuss. Vielleicht taucht er gleich putzmunter hier auf. Es könnte auch sein, dass er verletzt ist und die Wilderer ihn mitgenommen haben.« Ralf ergriff Linus' Hand und drückte so fest zu, dass es schmerzte. »Wir wissen gar nichts, verstehst du? Wir müssen ruhig bleiben und einen kühlen Kopf bewahren.«

»Und den hast natürlich nur du, stimmt's?« Linus schüttelte Ralfs Hand ab. »Das war schon immer so. Der große Bruder bestimmt, was für beide gut ist.«

»Bitte, komm mir nicht mit dieser Nummer! Jetzt ist wirklich nicht der Moment dafür. Abgesehen davon, habe ich dir oft aus der Klemme geholfen. Schon vergessen?«

Linus wandte seinen Kopf ab. In einem Punkt hat er recht: Ein Streit wäre in der Situation vollkommen falsch. Er nahm einen Schluck Wasser und stellte mit Schrecken fest, dass seine Flasche fast leer war.

»Hast du das auch gehört?«, fragte Ralf nach einigen Minuten beklemmender Stille in der Höhle.

Linus zuckte zusammen und lauschte angespannt. Kommen sie zurück? Bitte, bitte nicht!

Lara lenkte ihren Wagen vor Kabos Betriebsgebäude. Mit donnerndem Lärm eroberte ein Buschflugzeug den Himmel, eine Duftwolke aus verbranntem Treibstoff schwebte in der Luft. Sie stellte ihren Wagen im Schatten ab, atmete tief ein und ging zum Eingang. In diesem Augenblick trat Riley aus dem Gebäude.

»Oh, Überraschung, ich hätte nicht gedacht, dich heute Morgen hier anzutreffen«, entfuhr es Lara.

»Ich habe gestern Olivias Spielkarten liegen gelassen. Sie hat deswegen einen riesigen Aufstand gemacht. Hätte sie die Karten gehabt, wären sie ihr sicherlich egal gewesen. Ach, Kinder«, sagte Riley, ein herzhaftes Lachen in der Stimme. »Und du? Du wirkst abwesend. Belastet dich etwas?«

»Ach, es ist nichts. Mach dir keine Gedanken.«

»Jetzt sprich schon.« Rileys mitfühlender Blick ließ Laras Fassade bröckeln. Frust zeichnete sich auf ihrem Gesicht ab. »Ich fürchte, mein Vorschlag kam bei Cliff nicht besonders gut an.«

Wie ein Dammbruch floss nun die ganze Enttäuschung aus ihr heraus. Lara war so voller Hoffnung, so begeistert von ihrer Idee und so enttäuscht über Cliffs nüchterne Reaktion.

Riley nahm sie tröstend in den Arm. »Schhh, vielleicht braucht er einfach Zeit. Er ist gerade so von seiner Arbeit eingenommen, dass kein Raum für neue Ideen bleibt.«

»Vielleicht hat er aber auch eine andere Vorstellung von unserer gemeinsamen Zukunft. Ich soll die Mutter seiner Kinder werden und für unser Zuhause sorgen. Vielleicht wünscht er sich gar keine starke Frau mit eigenen Plänen!«

»Ich kann mir nicht vorstellen, dass Cliff so ist. David und ich finden beide, dass er sehr fortschrittlich denkt.«

»Bist du dir da sicher? Immerhin sind wir hier in Afrika. Die Menschen sind hier noch genauso patriarchalisch wie in Deutschland vor dreißig Jahren.«

Riley lachte laut auf. »Ach komm, jetzt übertreibst du. Cliff ist weltoffen und würde alles für dich tun.«

»Ja, wenn er mal Zeit hat. Also nie!«

»Das wird sich wieder ändern, glaub mir. Jeder kann sehen, wie sehr er dich liebt.«

Lara seufzte, Rileys Umarmung und ihre Worte spendeten Trost. Wenn sie nur hierbleiben würde, sie ist die beste Freundin, die ich mir vorstellen kann. »Danke, du hast recht. Cliff hilft den Menschen hier, das ist seine Mission. Wie egoistisch von mir, immer an mich zu denken.«

Riley löste die Umarmung und sah Lara durchdringend an. »Ha, jetzt gehst du ins andere Extrem. Du und deine Bedürfnisse sind genauso wichtig. Du musst dich nicht zurückstellen, gib ihm nur etwas Zeit.«

Lara nickte. Ihr fehlte einfach die Geduld. Typisch Deutschland, würde Kabo sagen. Wie geht es ihm mit den Brüdern wohl da draußen? Hoffentlich meldet er sich bald!

»Ich muss los, sonst flippt die Kleine total aus«, sagte Riley und winkte mit den Spielkarten.

»Das wollen wir nicht, der arme David!«, erwiderte Lara lachend. »Danke, Riley. Das hat gutgetan, ich verbringe gern Zeit mit dir.«

»Ich auch.«

»Ach übrigens«, Lara blieb im Türrahmen stehen,

»in den letzten Tagen hatte ich den Eindruck, dass du mit David mehr herumturtelst. Ist da was im Busch?«

»Was im Busch?«, wiederholte Riley sichtlich amüsiert.

»Vielleicht ein Geschwisterchen für Olivia?«

Ein Schatten huschte über Rileys Gesicht und sie starrte auf eine Cessna, die gerade startete.

»Entschuldigung, wie dumm von mir, das Thema so nebenbei anzusprechen. Da ist wohl meine Neugierde mit mir durchgegangen.« Verdammt, da war ich wieder mal zu voreilig!

»Kein Problem«, antwortete Riley mit einem zaghaften Lächeln. »Ich fühle, dass sich in mir etwas verändert, aber momentan möchte ich mir alle Optionen offenlassen.«

»Genau, lass dir Zeit.«

»Aber ja, du hast richtig beobachtet. Afrika tut David und mir wirklich gut.«

Lara sah Riley nach, wie sie ins Auto stieg und zügig davonfuhr. Mit neuem Optimismus und Tatendrang betrat sie das Büro der Buschpiloten.

13

WILDNIS BOTSWANA – TAG 3

Der Geruch von Tierexkrementen durchdrang penetrant die Höhle. Ralf lauschte angespannt, war mit allen Sinnen präsent. Angst ließ seinen Puls bis in den Hals schlagen, die Sorge um Kabo zerfraß ihn von innen. Linus wollte etwas sagen, aber Ralf hob abwehrend die Hand. Da war doch was! Er bewegte sich langsam vorwärts, um das Geschehen draußen klarer zu erfassen. Ruhe. Totenruhe. Trotzdem habe ich etwas gehört, oder halluziniere ich schon?

»Und?« Linus' Stimme hinter ihm war kaum mehr als ein Hauch.

»Ich bin mir nicht sicher. Es war kein Motorengeräusch. Keine Ahnung, was es war.«

»Vielleicht eine Sinnestäuschung. Wir sind dehydriert, stehen unter Stress. Da ist so was möglich.«

»Nein.«

Die Atmosphäre in der kleinen Höhle war beklemmend. Zur Todesangst und den Schmerzen kam die

Ungewissheit in Bezug auf Kabos Schicksal. Ein Energiefeld aus Emotionen.

»Hast du es jetzt auch gehört?« Ralf blickte fragend zu Linus.

»Ja. Ein Rascheln?«

»Mehr ein Zischen, ein Knistern?«

»Knistern? Ein, ähm, ein Feuer? Du meinst nicht wirklich … nein, das kann nicht sein!« Linus wich blass in die Höhle zurück.

»Und wenn doch?«

Linus lauschte angespannt. »Verflucht, vielleicht hast du recht. Wir müssen hier raus.«

»Nein, die Wilderer sind erst vor fünfzehn Minuten hier vorbeigekommen. Wir müssen abwarten.«

»Abwarten? Und wenn es wirklich ein Buschfeuer ist? Dann kommen wir hier nicht mehr raus und werden in der Höhle gegrillt. Ich sehe mal nach.«

Ruhig bleiben, einen kühlen Kopf bewahren! Rasend schnell wog Ralf die Optionen gegeneinander ab. »Einverstanden, aber sei vorsichtig. Falls sie noch in der Nähe sind, dürfen sie dich nicht sehen! Kapiert?«

Ralf gefiel die Vorstellung nicht, unter Hitzequalen im fernen Afrika zu sterben. Es würde Wochen dauern, bis Lucia von seinem Tod erführe. Bis dahin würde sie sich riesige Sorgen machen, was garantiert nicht gut für das Baby wäre. Er wäre verantwortlich dafür, dass sie sich als alleinerziehende Mutter durchschlagen und das Baby ohne Vater aufwachsen muss.

Linus kroch auf allen vieren aus der Höhle, blickte um sich und stand auf. Jeder Muskel war gespannt wie eine Bogensehne. Langsam entfernte er sich ein paar Meter vom Höhleneingang. Sekunden verstrichen,

Ralf konnte das quälende Schweigen seines Bruders kaum ertragen.

»Sag schon, was siehst du?«

»Wir müssen hier raus. Jetzt sofort!« Linus kam zurück, schnappte seinen Rucksack und stürmte aus der Höhle.

Ralf hatte keine Zeit, ihn aufzuhalten. »Stopp!«, schrie er noch, aber es war zu spät. Er griff nach seinem Rucksack und eilte Linus nach. Vor dem Eingang schaute er nervös um sich. Was er sah, ließ sein Herz kurz erstarren.

»Wir müssen sofort hier weg!«, schrie Linus. »Jetzt! Das Feuer bewegt sich in rasender Geschwindigkeit auf uns zu!«

Ralf rannte sofort los, das Feuer ließ ihnen nur eine Fluchtmöglichkeit. Nach wenigen Metern musste er auf Linus warten, der nur mühsam vorwärts humpelte. Sie waren viel zu langsam! Das vertrocknete Gras und die Büsche, die wochenlang keinen Tropfen Regen gesehen hatten, brannten wie Zunder. Die Savanne stand lichterloh in Flammen. Wir haben nur eine Chance! Wir müssen sofort auf den Hügel. Vielleicht sind wir dort oben sicher. Aber wie? Linus ist verletzt! Ralf zeigte zum Felsen. Linus blickte mit großen Augen zum tobenden Feuer. Dann nickte er. Entweder auf den Felsen klettern oder in den Flammen sterben. So einfach war das.

Mit unerschütterlicher Entschlossenheit kletterte Ralf voran und trotzte der Versuchung, das schwere Gepäck abzuwerfen. Die Vorstellung, ohne Ausrüstung alleine in der Wildnis Afrikas zu sein, verursachte Panik. Wir schaffen das! Ein Drittel haben wir schon.

»Ich kann nicht mehr«, schrie Linus hinter ihm. Er scheiterte an einer Felsklippe, weil er sich mit seinem verletzten Knöchel nicht abstoßen konnte. »Ich spüre schon die Hitze der Flammen!«

Ralf eilte ein paar Meter hinunter und griff nach seiner Hand. »Wir schaffen das! Eins, zwei, drei!« Mit all seiner Kraft und unbeugsamem Willen versuchte er, seinen Bruder über die Kante zu ziehen. Linus stöhnte und ächzte, schrie laut auf, als er sich mit dem verletzten Fuß abstieß.

Ralf mobilisierte alle Kräfte, das Feuer war nur noch wenige Meter entfernt. Linus schaffte es nicht. Es gibt nur noch eine Möglichkeit! »Wirf deinen Rucksack ab, Linus!«

»Wie bitte?«

»Das ist deine einzige Chance, mit dem verfluchten Rucksack schaffen wir es nicht! Beeil dich, jede Sekunde zählt!«

Linus streifte den Rucksack ab und ließ ihn die Felsen hinunterrollen. Ralf mobilisierte all seine Kraft und umklammerte Linus' Hand mit eisernem Griff. Der Schweiß an ihren Händen machte die Sache nicht einfacher. Jetzt muss es klappen! Ralf sah seinem Bruder tief in die Augen. Das war ihre letzte Chance! Schwarzer Rauch wehte zu ihnen herüber. Linus hustete.

»Eins, zwei, drei!«, schrie Ralf.

Beide sammelten ihre gesamte Energie. Es gab keinen Plan B. Entweder kam Linus über die Klippe, oder die lodernden Flammen würden ihn töten. Beide schrien aus Leibeskräften, Linus belastete seinen verletzten Knöchel und wuchtete sich mit letzter Kraft und Ralfs Hilfe über das Hindernis. Geschafft! Zum Durchatmen blieb allerdings keine Zeit. Ralf drängte weiter. Wir müssen hoch, ganz oben ist unsere Chance am größten! Zum Glück flachte der Hügel nach oben hin etwas ab. Es war schwer, aber auch Linus robbte Meter um Meter nach oben. Keiner von beiden blickte zurück. Ihr Fokus lag auf dem Gipfel. Noch dreißig Meter. Linus kam fast genauso schnell voran wie Ralf. Das abgeworfene Gepäck kompensierte den verletzten Fuß. Noch zwanzig Meter. Ralf stöhnte und keuchte, seine Hände hatten kaum noch Kraft. Zehn Meter. Fünf. Sie erreichten fast gleichzeitig den höchsten Punkt und warfen sich, schwer atmend, auf den Rücken. Mehr konnten sie nicht tun, ihre Möglichkeiten waren erschöpft. Jetzt blieb ihnen nur noch, abzuwarten und zu hoffen. Hoffen und beten. Seltsamerweise fand Ralf diesen Gedanken beruhigend. Er war erleichtert, dass es nichts mehr zu tun gab und keine Entscheidungen mehr getroffen werden mussten.

»Danke, Bruder. Ohne dich würde ich jetzt schmoren wie ein Grillhähnchen.«

Ralf musste beinahe über Linus' makabren Humor lachen. Die kurze Erleichterung über die geglückte Flucht vor den Flammen wich quälenden Gedanken um das Schicksal Kabos und mündete rasch in pure Verzweiflung. Ihre Situation war grotesk. Aus ihrem Abenteuer in Afrika mit eindrucksvollen Tierbeobachtungen und magischen Sonnenuntergängen war ein Überlebenskampf geworden. Der Begriff Abenteuer bekam eine völlig neue Bedeutung. Ralf setzte sich auf und blickte über die Savanne. Auf beiden Seiten des Hügels tobte das Buschfeuer. Es knisterte, knackte und zischte, und es war heiß. Verdammt heiß, von oben und unten. Höllisch heiß. Sie hatten einen Teil ihrer Ausrüstung verloren, nur noch ein paar Schlucke Wasser übrig, Linus war verletzt und Kabo samt seiner Waffe verschollen. Ihre Situation hätte aussichtsloser nicht sein können.

Als die Sonne tief und rotglühend am Himmel hing, begriff Linus, dass sie auf dem felsigen Hügel ihr Nachtlager aufschlagen würden. Die Hoffnung, vor Einbruch der Dunkelheit Kabo zu finden, hatte sich im Laufe des Nachmittags in dichtem Rauch aufgelöst. Feuerherde entfachten immer wieder an immer anderen Orten, begünstigt durch den Tanz ständig wechselnder Winde.

»Ich mache aus meinem Schlafsack eine Decke, dann spendet sie uns beiden Wärme«, erklärte Ralf, der die verbliebene Ausrüstung ordnete. »Wir haben noch Proviant für mindestens zwei Tage und Kochutensilien. Vielleicht ist doch noch nicht alles verloren.«

»Kabos Satellitentelefon wäre jetzt gut. Wenn wir nur wüssten, was mit ihm passiert ist«, murmelte Linus. »Ich vermute, die Wilderer haben ihn mitgenommen.«

»Hoffen wir, dass du recht hast.«

»Oder glaubst du, dass sie ihn kaltblütig abgeknallt haben? Immerhin kannte Kabo den Anführer! Die Sorge um ihn macht mich halb wahnsinnig.«

»Geht mir genauso, aber wir können im Moment nichts für ihn tun. Wir müssen uns jetzt auf das eigene Überleben konzentrieren.« Ralf packte seinen Rucksack weiter aus.

Linus sah, wie sich zermürbende Gedanken in Ralfs gefalteter Stirn spiegelten. Das wühlte ihn zusätzlich auf und langsam wurde ihm die wahre Gefahr ihrer Lage bewusst. Das kann doch einfach nicht sein! Wenn uns das Feuer nicht kriegt, dann sicher die Wilderer oder die Raubkatzen!

»Wie kommen wir hier nur wieder raus?!«, sagte Linus beinahe vorwurfsvoll. »Du hast doch sonst immer einen Plan!«

»Sicherlich nicht mit Selbstmitleid und Panik – wir müssen einen kühlen Kopf bewahren. Dann werden wir auch einen Weg finden!«

»Ist ja deine große Stärke, war es immer schon.« Linus konnte sich seinen zynischen Unterton nicht verkneifen, obwohl ihm klar war, dass Ralf auch nichts für ihre prekäre Situation konnte. »Und, was sagt er, dein kühler Kopf?«

»Wir verbringen die Nacht hier und flüchten morgen über den Fluss.« Ralf zeigte auf den sich weit in der Ferne schlängelnden Okavango. »Das Feuer ist, soweit ich das von hier aus beurteilen kann, nicht über den Fluss gesprungen. Das ist unsere Chance!«

»Du meinst, wir schwimmen durch den Fluss? Gute Idee, dann haben die Krokodile leichte Beute.«

»Hast du eine bessere Idee?«, knurrte Ralf.

Nach einer Weile schüttelte Linus stumm den Kopf. Er hat recht, das könnte funktionieren. Mit etwas Glück kommen wir heil rüber und suchen dann ein Dorf, eine Safari-Lodge oder eine Straße. »Denkst du, die suchen uns?«

»Da bin ich mir sicher. Sobald sie von dem Buschfeuer erfahren, werden sie uns suchen.«

»Es wird nicht einfach sein, mit all dem Rauch.«

»Auf der anderen Seite des Flusses ist es besser. Wir schaffen das!«

»Ja, wir schaffen das«, sagte Linus leise und wenig überzeugt. »Und Kabo? Wir können doch nicht einfach ohne ihn abhauen.«

Ralf schluckte leer und schien innerlich mit sich zu ringen. Nach einer schier endlosen Pause atmete er tief durch. »Um ihn kümmern wir uns, sobald wir hier raus sind. Du hast sicher recht: Die Wilderer werden ihn abgeführt haben.«

Ralfs entschlossener Blick gab Linus einen Hauch von Halt. In brenzligen Situationen konnte man sich stets auf ihn verlassen. Das war schon früher so gewesen. Warum sollte es diesmal anders sein? Linus setzte sich auf einen Stein, schaute seinem Bruder nachdenklich beim Ausbreiten der verbliebenen Ausrüstung zu und massierte seinen geschwollenen Knöchel. Ein kühlender Verband wäre jetzt großartig!

Der Sonnenuntergang bot den Brüdern ein unfassbares Schauspiel. Der Rauch des Feuers und der rötlich gefärbte Horizont verschmolzen miteinander und formten ein Gesamtbild von atemberaubender, gleichzeitig bedrohlicher Schönheit. Wie aus einer anderen Welt. Kaum hatte die Sonne ihre Reise hinter den Horizont vollendet, wurde es empfindlich kalt und Linus schlüpfte unter Ralfs Schlafsackdecke. Als es dunkel wurde, lagen sie stumm nebeneinander, Rücken an Rücken. Die körperliche Nähe war für Linus unangenehm, gleichzeitig schätzte er die Wärme. In der Nacht wachte er immer wieder auf und blickte zu den Sternen, die blinkend, kalt und teilnahmslos auf ihn herabschauten. Ab und an verhüllten Rauchschleier, ähnlich einem Herbstnebel, den Blick auf das unendliche Firmament. Linus fühlte sich klein, unbedeutend und hilflos – den Naturgewalten ausgeliefert. Beide husteten immer wieder trocken, der Rauch machte sich auch in ihren Lungen breit. Linus verdrängte den Gedanken an eine drohende Rauchvergiftung und sprach sich immer wieder selbst Mut zu. Sobald wir den Fluss überquert haben, kann uns das Feuer nichts mehr anhaben. Wir kommen hier lebend raus! Dann fiel er wieder in einen oberflächlichen Schlaf.

Zur selben Zeit hörte Lara in Maun die Tür. Schlaftrunken zündete sie das kleine Licht auf dem Nachttisch an und rieb sich die Augen. Cliff setzte sich neben sie und küsste sie sanft auf den Nacken. Nach dem langen stressigen Arbeitstag roch er. Nicht unangenehm, aber doch reif für eine Dusche vor dem Schlaf.

»Hast du schon geschlafen?«, flüsterte er.

»Es ist nach Mitternacht, was denkst du?«, erwiderte sie und versuchte dabei nicht zu vorwurfsvoll zu klingen. Aber er sollte schon spüren, dass sie mit seiner Nachtarbeit nicht ganz einverstanden war.

»Sorry, Liebling. Aber du weißt schon, Notfälle, Bürokram, das Übliche halt.«

Sie blickte in sein müdes Gesicht und fühlte augenblicklich mit. »Ich mach dir einen Tee. Möchtest du noch was essen?«

»Das wäre schön, was Kleines vielleicht. Aber du musst nicht mitten in der Nacht aufstehen, nur weil ich …«

»Schon gut, mach ich gern.«

Er zog sich aus und nahm ein Frottiertuch aus dem Schrank. »Hast du vom Buschfeuer gehört?«

»Buschfeuer? Nein, wo genau?«

»Im Norden wurde im Radio gesagt. Wird wohl nicht allzu schlimm sein.«

»Im Norden?« Laras Nackenhaare stellten sich auf.

»Mach dir keine Sorgen wegen unserer Wanderer. Kabo weiß, was zu tun ist. Außerdem haben die Löscharbeiten bereits begonnen und die Region dort oben ist riesig. Wahrscheinlich kriegen die davon gar nichts mit.«

Cliffs Vermutungen besänftigten Lara, trotzdem blieb ein ungutes Gefühl. Darum werde ich mich gleich morgen früh kümmern! Sie kochte Wasser auf, nahm Cliffs Lieblingstasse mit dem Löwen aus dem Schrank und füllte das Tee-Ei mit einer Handvoll grünen Blättern. Dann belegte sie Cliff zwei Brötchen.

»Großartig, vielen Dank!« Cliff setzte sich frisch

geduscht zu ihr an den Küchentisch. »Ich habe gute Nachrichten. Rate mal.«

»Ach, dafür bin ich zu müde. Sag einfach.«

»Aaron hat mir heute definitiv zugesagt. Er ist voll motiviert und reist bereits übermorgen an.«

»Wow, toll!« Lara lehnte sich nach vorne und küsste Cliff auf die Stirn, während er ausgehungert eines der Brötchen verschlang. »Puh, ich bin so froh darüber. Endlich Entlastung!«

»Allerdings«, sagte er zwischen zwei Bissen. »Ich hoffe, dass die Nachtarbeit damit bald vorbei ist.«

»Das wäre schön, ich würde gern mehr Zeit mit dir verbringen.«

Cliff legte seine Hand auf ihre. »Nichts lieber als das. Ab jetzt wird alles gut.«

Ist jetzt etwa der passende Moment, auf den ich so lange gewartet habe? Lara räusperte sich, brachte aber kein Wort über die Lippen. Die Angst vor seiner Reaktion schnürte ihr die Kehle zu. Für ihn würde eine Welt zusammenbrechen, wenn er von ihrer Unfruchtbarkeit erführe.

»Was ist?« Cliff blickte sie fragend an.

»Ach, nichts. Es ist nur, ich, ähm, wenn Aaron dich entlastet, könnten wir vielleicht noch einmal über unsere gemeinsame Vision sprechen. Das Projekt African Bush Pilots, weißt du? Ich habe die Geschäftsidee in den letzten Tagen konkretisiert und einen Businessplan erstellt, den wir Kabo zeigen könnten. Vielleicht schaust du dir den übers Wochenende mal mit mir an?«

Cliff runzelte die Stirn, er stand auf und trank den Grüntee an der Küchentheke. »Du gibst einfach nicht auf, was? Kaum habe ich die Aussicht auf etwas Entlastung, willst du mir schon das nächste Projekt aufhalsen?« Er stellte seine Tasse ab und ging aus der Küche. »Ich bin todmüde.«

Lara hätte vor Wut in die Tischkante beißen können. Sie hatte Verständnis dafür, dass er müde war und sich jetzt nicht damit beschäftigen wollte. Es war die grundsätzliche Ablehnung, die sie verletzte. Warum spürt er nicht, wie wichtig das für mich wäre?! Ich habe mein Leben in Köln aufgegeben, damit wir zusammen sein können. Kann er verdammt noch mal auch einen Schritt machen? Aus der Verletzung keimten Wut und Enttäuschung. Missmutig folgte sie ihm ins Schlafzimmer und legte sich neben ihn. Das Herz pochte ihr bis in den Hals. Bald spürte sie seine Hand auf ihrem nackten Bauch. Er streichelte sie zärtlich und drückte seine Erregung gegen ihr Becken. Wie bitte? Ich dachte, der ist todmüde?! Lara wandte sich brüsk von ihm ab und rutschte bis zur Bettkante. Das war deutlich. Cliff ließ von ihr ab und drehte sich seufzend auf die andere Seite. Fünf Minuten später hörte sie sein leises Schnarchen. Wieder einmal hatten sie nicht über ihre gemeinsame Zukunft gesprochen. Seit Monaten fehlte die Zeit für das Wesentliche. Lara fühlte, wie sie sich langsam voneinander entfernten. Cliff war in der Tretmühle seines Praxisalltags gefangen und sie sah sich mehr und mehr als Anhängsel ihres Partners ohne Zukunftsperspektiven. Sie ging ans Fenster und ließ sich von einer leichten Brise übers Gesicht streichen. Ihr fiel das Buschfeuer wieder ein. Sie blickte nordwärts. Doch da war nichts, alles sah aus wie sonst auch. Manchmal kam ihr die Beziehung mit Cliff vor wie ein Schwelbrand. Unter der Oberfläche breitete sich das Feuer leise aus und es war nur eine Frage der Zeit, bis es an die Oberfläche dringen, aufflammen und alles verschlingen würde. Lara suchte das Himmelszelt nach Sternschnuppen ab. Vielleicht klappt das ja mit dem Wünschen! Fünf erfolglose Minuten später legte sie sich ins Bett und versuchte, Schlaf zu finden.

Ralfs Nacht war unruhig. Er fühlte sich in keiner Schlafposition wohl, weil der Boden so uneben war. Also pendelte er zwischen Phasen des Dämmerschlafs und Augenblicken, in denen er hellwach seine gesamte Umgebung mit scharfen Sinnen erfasste. In seinem Geist spielte er immer wieder seinen Fluchtplan durch. Es musste schnell gehen, sofern das mit Linus' Knöchel überhaupt moglich war. Vom Hügel runter, durch die verkohlte Savanne, an Feuerherden vorbei bis hinüber zum anderen Ufer des Flusses. Er erinnerte sich an einen Dokumentarfilm über Waldbrände, das Feuer war unberechenbar. Oftmals glimmt es unsichtbar unter der Erdoberfläche und kann jederzeit erneut ausbrechen. Ein Windhauch reichte aus. Meist herrscht bei Tagesanbruch Windstille, dann haben wir die beste Chance! Aber jetzt brauche ich noch ein paar Stunden Schlaf! Er schloss die Augen, atmete bewusst ruhig und sank in den Dämmerzustand zurück. Dabei fragte er sich, wie ihre Mutter mit all ihrer Afrikaerfahrung in dieser Lage reagiert hätte.

. . .

Statt hilfreicher Einfälle tauchte ein anderes, schemenhaftes Bild abrupt auf. Er sah seine sterbende Mutter vor sich. Wie andere Jugendliche auch, war er hauptsächlich mit sich selbst beschäftigt. Mit bebenden Händen saß er neben ihrem Krankenhausbett. Es roch nach Desinfektionsmitteln, der Raum wirkte kühl und leblos auf ihn. Auf ihren Wunsch hin war er allein mit ihr. Der Krebs hatte sie innerlich ausgehöhlt und sie war nur noch ein Schatten ihrer selbst. Dennoch hoffte Ralf bis zu ihrem letzten Atemzug, dass sie sich erholen würde. Er wollte damals nicht glauben, wie gnadenlos und unerbittlich das Schicksal sein konnte. Sie hatten mit Vaters Alkoholproblemen und seinem Unfalltod doch schon mehr als genug durchgemacht.

»Du musst mir schwören, dass du auf Linus aufpasst. Du bist der Ältere von euch beiden und hast ein gutes Gespür für das Richtige«, sagte seine Mutter mit geschlossenen Augen und brüchiger Stimme.

»Du darfst nicht sterben!« Tränen der Verzweiflung rollten über Ralfs Wangen. »Was machen wir ohne dich? Wo werden wir wohnen?«

Ihr Griff um seine Hand wurde stärker. »Ihr schafft das. Ihr werdet mit Kindern zusammenleben, die auch ihre Eltern verloren haben.«

»Ein Waisenhaus? Wir kommen in ein verdammtes Heim?!« Ralf wischte sich die Tränen aus den Augen und wurde zornig. »Ich will da nicht hin!«

Seine Mutter öffnete langsam ihre Augen. Selbst das schien sie unglaublich viel Kraft zu kosten. »Versprich mir jetzt bitte, dass du immer auf deinen Bruder aufpasst. Du weißt ja, wie er ist, er …«, sie atmete schwer, »er braucht jemanden, der ihm den richtigen Weg zeigt.«

»Mama, du darfst uns nicht allein lassen!«

»Versprich es mir, bitte.«

»Versprochen, aber …«

Seine Mutter holte ein letztes Mal tief Luft, dann wurde ihre Hand schlaff. Eine überwältigende Traurigkeit vermischt mit Zorn und Panik erfasste ihn. Pure Verzweiflung erschütterte ihn tief. Am liebsten hätte er seine Mutter angeschrien, sie wach gerüttelt, wäre davongelaufen, hätte mit seinen Fäusten gegen die Wand geschlagen, bis sie bluten. Aber er konnte nicht, er durfte nicht. Ralf erkannte, dass er nun Verantwortung trug, dass es nun an ihm lag. Sich davonstehlen, war keine Option, Linus wartete draußen vor der Tür. Er war viel zu jung für diese Aufgabe. Aber das Schicksal ließ ihm keine andere Wahl.

Ein beunruhigendes Rascheln neben seinem Kopf riss ihn aus seinem Dämmerzustand. Eine Maus?! Er fuhr auf und wischte sich hastig atmend den kalten Schweiß von der Stirn. Nervös blickte er umher, aber der kleine Nager hatte sich längst aus dem Staub gemacht.

»Was ist los?«, fragte Linus. Zu Ralfs Überraschung war er nicht mehr unter der gemeinsamen Decke, sondern stand, auf einem Bein balancierend, ein paar Meter neben ihm.

»Nichts, ähm, entschuldige, schlecht geträumt. Warum schläfst du nicht?«

»Ich bin unglaublich nervös und habe stechende Kopfschmerzen. Es geht mir verdammt mies.«

Kein Alkohol, schoss es Ralf durch den Kopf. Vielleicht hat er Entzugserscheinungen. Er unterdrückte den Impuls, seine Vermutung auszusprechen. Sie hatten schon genug Stress. »Leg dich trotzdem hin und versuch, dich zu entspannen, morgen müssen wir bei Kräften sein. Dann kommen wir hier raus!«

»Hoffentlich«, erwiderte Linus mürrisch.

Ralf hustete, legte sich wieder hin und legte die Handflächen zusammen. Ich brauche jetzt deine Hilfe und deine Stärke, Mama. Du hast uns nach Afrika gebracht, ohne dich wären wir nicht hier, hilf uns bitte auch wieder raus! Er schloss erneut die Augen und konnte nicht begreifen, dass ihre Leben so enden sollten. Nicht nachdem, was sie schon alles durchgemacht hatten!

14

MAUN – TAG 4

Als der neue Tag über Maun erwachte, redete die gesamte Stadt über das gewaltige Buschfeuer. Lara und Cindy standen zusammen vor der riesigen Karte in Kabos Büro und zeichneten mit einem Bleistift das Gebiet ein, in dem das Feuer wütete. Die Informationen waren noch dürftig, aber rasch wurde klar, dass das Feuer in der Nähe ihrer drei Wanderer sein musste.

»Wir müssen das gesamte Gebiet sofort aus der Luft absuchen. Das Feuer scheint sich rasend schnell auszubreiten«, sagte Lara entschlossen.

»Das wird eine Herausforderung«, erwiderte Cindy. »Jemand von der Regierung hat gerade angerufen und klargestellt, dass alle Buschflugzeuge für den geplanten Löscheinsatz eingesetzt werden müssen. Zudem soll das gesamte Gebiet in eine Rauchglocke eingehüllt sein. Es ist fast unmöglich, dort einzelne Personen aus der Luft zu finden.«

»Aber wir müssen ihnen doch irgendwie beistehen, sie zumindest warnen!«

»Das sollte kein Problem sein. Lass uns Kabo anrufen.« Cindy wählte die Nummer seines Satellitentelefons. Doch nach kurzem Klingeln ertönte nur eine automatische Ansage. Cindy legte auf und wählte die Nummer erneut. Auch beim dritten Mal erreichten sie Kabo nicht.

»Verdammt!«, fluchte Lara. »Was jetzt? Wir müssen handeln!«

Cindy hob beruhigend die Hände. »Mach dir keine Sorgen, Kabo hat viel Erfahrung in der Wildnis und weiß genau, was zu tun ist. Sollten die drei durch das Feuer in Bedrängnis geraten, wird er uns sofort anrufen und uns die Koordinaten mitteilen.«

Just in diesem Moment stürmte Cliff herein. »Wir brauchen alle, die in irgendeiner Form helfen können, sofort hier im Büro!«

»Soll ich auch David und Riley fragen? Wir haben mehr Flugzeuge als Piloten«, schlug Lara vor.

»Gute Idee! Cindy und ich werden in der Zwischenzeit Kabos Piloten zusammenrufen und uns mit dem Bürgermeister und der Feuerwehr abstimmen.«

Eine halbe Stunde später saßen alle am Tisch, während Cliff die Situation erläuterte. Im Hintergrund liefen die ersten Bilder der verheerenden Flammen im Fernsehen. Es schien das größte Buschfeuer der letzten Jahrzehnte zu sein. Die anhaltende Trockenheit und der Wind waren die perfekten Zutaten für die sich anbahnende Katastrophe.

»David und ich helfen gerne bei den Löschflügen

mit, wir kennen die Cessnas. Aber wir haben keine Lizenz für Botswana«, sagte Riley. Olivia saß auf ihrem Schoß und machte große Augen.

»Das spielt jetzt keine Rolle«, sagte Cliff entschieden. »Wenn ihr helfen wollt, dann ist das kein Hindernis! Seht ihr das auch so?«

Er blickte fragend in die Runde. Von den Piloten kam keinerlei Widerspruch. Offenbar waren alle froh, dass Cliff die Führung übernahm. Olivia klammerte sich an ihre Mutter und schien Lara verängstigt.

»Riley und ich wechseln uns ab, einer von uns beiden wird bei Olivia bleiben«, sagte David. »Löscheinsätze sind nicht ungefährlich und es wäre unverantwortlich, wenn wir beide gleichzeitig in der Luft sind.«

»Das verstehe ich vollkommen«, erwiderte Cliff, bevor er erläuterte, wie sich der Feuerwehrkommandant den Einsatz der Löschflüge vorstellte und welche Rolle den Buschpiloten zukam.

Lara war beeindruckt von Cliffs ruhiger Entschlossenheit. Niemand stellte seine Autorität infrage, alle hingen an seinen Lippen. Obwohl er nicht hier arbeitete, kannte er Kabos Betrieb von Kindesbeinen an.

»Ich befürchte, dass bald meine Praxis mit Patienten überflutet wird. Es wurde bereits von Brandverletzungen und Rauchvergiftungen in den Dörfern berichtet. Ich werde nicht gleichzeitig hier und dort sein können.«

»Cindy und ich übernehmen die Koordination im Büro«, sagte Lara bestimmt. Die junge Pilotin machte große Augen. »Wir zwei schaffen das und bleiben telefonisch mit Cliff in Verbindung!«

Er zögerte einen Moment, sah Lara prüfend an.

»Gut, einverstanden. Genau so machen wir es. Informiert die Verantwortlichen in Maun darüber.« Kaum hatte er den Satz beendet, klingelte sein Telefon. »Die Praxis, es geht los!«

Cliff drückte Lara kurz an sich, dann lief er mit schnellen Schritten aus Kabos Büro. Lara schluckte. Puh, wenn ich das nur hinkriege. Werden mich alle als Koordinatorin akzeptieren? Egal, es gibt kein Zurück. Sie setzte sich oben an den Tisch, griff nach Stift und Papier. Dann blickte sie angespannt in die Runde. Riley, David und die meisten Piloten nickten ihr wohlwollend zu.

Als Lara beginnen wollte, Aufgaben zu verteilen, hob Timmy, einer der erfahrensten Piloten der Crew, demonstrativ lässig seine Hand.

»Wann kommt Kabo zurück? Ich denke, es sollte jemand mit Erfahrung führen. Nichts gegen dich, aber wir befinden uns in einer Ausnahmesituation und es geht um Leben und Tod.«

Lara schluckte. Sie teilte Timmys Bedenken, musste aber in dieser heiklen Situation Zuversicht ausstrahlen. Jetzt war die Gelegenheit gekommen, sich zu beweisen. »Wir versuchen ständig, Kabo zu erreichen, leider bisher ohne Erfolg. Ich gehe jedoch davon aus, dass er bald hier sein wird.« Dann hob Lara ihr Kinn und blickte Timmy direkt in die Augen. »Mir mag die Erfahrung fehlen, aber ich kann gut organisieren und strukturieren. Zudem wird im Moment jeder Pilot dringend für Lösch- und Rettungseinsätze gebraucht.« Los geht's, Lara Becker! Jetzt kannst du endlich zeigen, was in dir steckt. »Wir sind Teil einer koordinierten Aktion, in die neben der Feuerwehr, der Polizei und befreundeten Buschpiloten auch das Militär involviert ist. Von ihm erhalten wir in der nächsten Stunde Wassersäcke, die wir an den Flugzeugen anbringen. Auffüllen werden wir sie an geeigneten Stellen im Okavango.«

»Dafür sind wir nicht alle ausreichend ausgebildet«, erwiderte Timmy kopfschüttelnd. »Das sind verdammt gefährliche Manöver. Dafür hat die Feuerwehr Spezialisten.«

»David und ich können euch instruieren. Wir kennen solche Einsätze aus Alaska. Zusammen bekommen wir das hin«, sagte Riley.

Lara war ihr für die Unterstützung unendlich dankbar. »Weitere Fragen?«

Timmy senkte wortlos den Blick. Alle anderen Piloten schüttelten den Kopf.

Lara zeichnete auf der Karte am Flipchart ein, für welche Region sie verantwortlich waren. »Besonders betroffen ist der Norden des Deltas. Bis auf Weiteres fliegt ihr hin und her und werft so viel Wasser ab wie möglich. Verpflegung während der Flugpausen gibt es hier, wir werden auch einige Matten bereitstellen, damit ihr euch zwischendurch kurz hinlegen könnt. Weitere Anweisungen folgen fortlaufend. Alles klar?« Lara sah in die Runde.

Timmy schnaubte herausfordernd, blieb aber stumm. Lara war entschlossen, sich von seinem Auftreten nicht einschüchtern zu lassen. »Gut, dann alle an die Arbeit. Passt auf euch auf!«

Als alle den Raum verlassen hatten, stützte sich Lara auf dem Tisch ab und atmete tief durch. Puh, das wäre geschafft! Adrenalin pumpte durch ihren Körper und sie fühlte sich gut. Endlich wurde sie gefordert. Sie ging in Kabos Büro, griff nach ihrem Smartphone und wählte erneut seine Satellitentelefonnummer. Während sie auf den Verbindungsaufbau wartete, blickte sie aus dem Fenster. David trug Olivia auf dem Arm, während Riley in ein Flugzeug stieg, um sich auf den Einsatz vorzubereiten. Sie winkte den beiden zu und Olivia klatschte stolz in die Hände. Lara spürte wieder den Stich in ihrem Herzen. Sie musste es Cliff sagen. Die Mailboxansage von Kabo riss sie aus ihren Gedanken. Verdammt, wieder nichts! Wieso geht er nicht ran? Die haben das Feuer doch sicher längst mitbekommen! Ein ungutes Gefühl breitete sich in ihr aus.

15

WILDNIS BOTSWANA – TAG 4

Am Nachmittag blickte Ralf über die ausgedehnte Savanne. Noch immer saßen sie auf dem Hügel fest. Das Feuer machte die geplante Flucht über den Fluss unmöglich. Die Sonne stand bereits tiefer, dennoch war die Hitze erdrückend. Zusätzlich quälte ihn der scharfe Rauch, der seine Schleimhäute austrocknete. Ralf hatte ständig Durst, doch aus seiner Wasserflasche kam kein Tropfen mehr. Weil das Feuer immer noch nicht den Fluss übersprungen hatte und sie bald dehydrieren würden, mussten sie die Flussüberquerung jetzt riskieren. Außerdem herrschte seit einer Stunde Windstille und das Feuer loderte nur noch an wenigen Stellen. Ralf machte seine Flasche mit eingebautem Filter bereit. Wenn wir es bis zum Fluss schaffen, sind wir gerettet. Aber es ist verdammt riskant, die Glutnester können jederzeit wieder aufflammen und uns einkesseln.

»Wollen wir es wagen?« Ralf wandte sich an Linus,

dessen Gesicht staubig und ausgetrocknet war. Am Morgen war Linus reizbar und unruhig gewesen, seit dem Mittag war er jedoch apathisch und in sich gekehrt. Gesprochen hatten sie kaum. Es hätte sie nur unnötig Kraft gekostet.

»Wir haben keine andere Wahl«, erklärte Linus und ballte seine Fäuste. Seine Augen funkelten, Leben kehrte in seinen Körper zurück. »Ich verdurste! Ich will nicht auf diesem verdammten Felsbrocken sterben, ohne es zumindest versucht zu haben!«

»Ich bin hin- und hergerissen. Die Unberechenbarkeit des Feuers verunsichert mich. Und dann wären da noch die Krokodile im Okavango.«

Linus schluckte leer. »Trotzdem, wir müssen es versuchen! Hier oben elendiglich zu verrecken, ist keine Option!«

»Gut, wie du meinst, vielleicht hast du ja recht. Ich habe die Brandausbrüche in den letzten Stunden beobachtet. Es scheint mir am klügsten, wenn wir dort queren, wo wir Kabo gestern zurückgelassen haben. Dort war die Feueraktivität am geringsten.«

»Sehe ich auch so, vielleicht finden wir dort auch Spuren.«

»Vielleicht.« Bei dem Gedanken an Kabo lief Ralf ein kalter Schauer über den Rücken. Hoffentlich haben ihn die Wilderer entführt und am Leben gelassen! Alles andere wollte er sich nicht vorstellen. »Ich gehe dann voraus.«

Ralf schulterte seinen Rucksack und kletterte den felsigen Abhang hinunter. Er nahm sich Zeit, testete bei jedem Tritt den Untergrund. Seine Hände brannten auf dem heißen Stein. Neben ihm fluchte Linus; selbst ohne Rucksack war das Herabklettern eine Tortur, sein Fußgelenk war dick angeschwollen. Er rutschte auf allen vieren und zog sich dabei üble Schürfwunden zu. Unten angekommen, machte sich Ralf sofort auf den Weg zum Fluss. Um ihn herum glühten kleine Feuerinseln, die er zügig umging. Linus muss sich mit seinem Knöchel selbst durchbeißen, ich kann nicht den besten Weg für uns suchen und gleichzeitig noch seine Stütze sein! Am Ende der Felsformation, wo sie sich von Kabo getrennt hatten, suchte er angespannt die Umgebung ab. Verbrannte Vegetation und verkohlte Büsche so weit das Auge reichte, aber keine Wilderer. Und auch von Kabo war nichts zu sehen. Der beißende Rauch quälte ihn bei jedem Atemzug, Kopfschmerzen hämmerten durch seinen Schädel und sein Mund fühlte sich staubtrocken an. Dann wurde ihm plötzlich schwindelig und er glaubte für einen Moment, das Bewusstsein zu verlieren. Verdammt, Ralf Sieger, reiß dich zusammen! Jetzt ist nicht der Moment, um Schwäche zu zeigen!

»Was ist das?« Linus deutete über die Savanne.

Ralfs Herzschlag schoss bis in seinen Hals. Langsam und vorsichtig näherten sie sich, mit jedem Meter wurde deutlicher, dass sich ihre schreckliche Befürchtung bewahrheitete. Kabo! Oder das, was von ihm übrig war. Ralf blieb entsetzt vor einem verbrannten Körper stehen.

Linus atmete hektisch und flach. »Ist das … Meinst du … Ist er das?«

Sein Atem stockte und Ralf wandte den Blick von der verkohlten Leiche ab. Kabos Wanderstiefel waren gerade noch zu erkennen. Es bestand kein Zweifel, dass ihr Freund tot war. Diese verfluchten Barbaren! Schlagartig war Ralf klar, warum das Feuer ausgebrochen war. Die skrupellosen Mörder wollten ihre Spuren verwischen. Geistesgegenwärtig zückte Ralf seine Kamera und fotografierte die schreckliche Szene.

»Das Satellitentelefon«, sagte Linus. »Vielleicht …«

»Das kannst du vergessen«, erwiderte Ralf barsch. »Das ist hin!«

Wind zog auf. Sofort packte er Linus am Kragen, der auf dem Boden kniete und seinen Kopf in den Händen verbarg.

»Wir müssen weiter! Jetzt sofort! Die ersten Glutnester flammen mit dem Wind auf! Hier können wir eh nichts mehr tun und der Fluss ist unsere letzte Hoffnung!« Ralf schüttelte Linus, der wie in Trance taumelte. »Hast du verstanden? Bald steht hier alles wieder in Flammen!«

Linus nickte und Ralf lief zügig zum Okavango. Er blendete alles andere aus und konzentrierte sich mit laserartigem Fokus auf sein Ziel. Nur ein paar Minuten, das schaffen wir! Sie mussten im Zickzack laufen und große Bögen um flackernde Brandherde machen. Der Wind wehte ihnen Sand in die Augen und überall zuckten neue Flammen auf. Es dauerte nicht lange, bis sie von Feuern umgeben waren.

»Wir schaffen das nicht! Lass uns umkehren«, rief Linus keuchend, sein Gesicht schmerzverzerrt. »Auf dem verdammten Hügel sind wir wenigstens sicher!«

Ralf hielt kurz inne. »Wir haben die Hälfte fast geschafft. Jetzt umzukehren, wäre ein tödlicher Fehler!«

»Ohne mich!« Linus blieb wie angewurzelt stehen.

»Mein Knöchel brennt wie Feuer, jeder Schritt ist eine Höllenqual, ich kann nicht mehr!«

Wortlos packte Ralf ihn an der Hand und zog ihn hinter sich her.

Linus wehrte sich und schüttelte die Hand ab. »Bist du blind, oder was?! Alles steht in Flammen, wir werden wie Kabo sterben!«

»Der Fluss ist unsere einzige Rettung! Du kommst jetzt mit!«

»Nein!« In Linus' Augen spiegelte sich pure Panik.

Linus' verzweifelter Gesichtsausdruck fuhr Ralf in die Glieder. So hatte er seinen Bruder noch nie erlebt. Der Ernst der Lage wurde ihm dadurch noch bewusster. Die Flammen näherten sich von allen Seiten und der Rauch wurde immer dichter. Bald würden sie nichts mehr sehen können. Jetzt oder nie. Entschlossen verpasste Ralf Linus eine kräftige Ohrfeige. »Wir haben keine Zeit für Diskussionen! Reiß dich zusammen und vertrau mir!«

Wieder zog Ralf Linus an der Hand, diesmal gab er seinen Widerstand auf. Offenbar war er wieder bei Sinnen. »Okay, ich versuche mein Bestes. Aber der Knöchel!«

Ralf wollte nicht an die steigende Gefahr denken und suchte nach Durchgängen zum Fluss. Manchmal mussten sie hundert Meter seitwärts laufen, um näher zum Okavango zu kommen. Er schüttelte Angst und Panik ab, war jetzt vollkommen aufs Überleben fokussiert. Meter für Meter kämpften sie sich einen Weg durch die Feuermauer, dem rettenden Fluss entgegen. Noch dreihundert Meter. Nur verdammte dreihundert Meter, das schaffen wir! Plötzlich schrie Linus auf und hüpfte mit panisch fuchtelnden Armen im Kreis, Sein Hemd hatte Feuer gefangen. Sofort warf Ralf sich auf seinen Bruder und erstickte die Flammen. Das ging gerade nochmal gut! Trotzdem wurde Ralf klar, dass Linus nicht mehr lange durchhalten würde. Meter für Meter kämpften sie sich vorwärts, vorbei an lodernden Flammen, die alles verschlangen, was ihnen im Weg stand. Noch zweihundert Meter! Ein brennender Busch vor ihnen sprühte Funken wie eine Silvesterrakete. Sie wichen nach links aus, wo es nur eine kleine Lücke gab. Noch hundert Meter! Ralf konnte das Blau des Wassers zwischen den Rauchschwaden klar und deutlich sehen. Plötzlich stolperte er und fiel der Länge nach hin. Seine linke Hand schlug hart auf einem Stein auf, ein stechender Schmerz durchzuckte ihn und er sah Sterne. Das war's. Jetzt sind wir endgültig verloren. Ralfs Kräfte waren erschöpft, seine Hoffnung auf Rettung verschwunden. Gerade als er sich mit seinem Schicksal abfinden wollte, packte Linus ihn unter den Armen und zog ihn wieder auf die Beine.

»Weiter!« Nun humpelte Linus entschlossen voraus.

Noch fünfzig Meter! Ralf keuchte und hustete. Mit Schrecken erkannte er, dass die Büsche und Bäume am Ufer in Flammen standen. Da war kein Durchkommen! Sie waren zu spät! Linus blieb stehen und sah sich ratlos um. Ralf versuchte es flussabwärts. Gemeinsam taumelten sie parallel dem Fluss entlang, fünfundzwanzig Meter vom rettenden Wasser entfernt. Als Ralf eine kleine Lücke sah, zögerte er keine Sekunde. Mit letzter Kraft stürzte er sich durch die Flammen, rollte die Böschung hinunter und landete im erfrischenden Wasser. Sein gepeinigter Körper schrie auf vor Freude, am liebsten hätte er sofort direkt aus dem Fluss getrunken. Frische Lebenskraft und neue Zuversicht durchströmten seinen Körper. Sekunden später tauchte Linus neben ihm unter.

Prustend kam er wieder hoch und schrie: »Wir haben es geschafft. Yes!«

Ralf füllte mit zittrigen Händen seine Wasserflasche. Gierig versuchte er, seinen Durst zu stillen, aber der Filter ließ nur wenig Wasser durch. Als sie halb leer war, riss ihm Linus die Flasche aus den Händen. Ralf blickte über den Okavango und war erstaunt, wie breit er an dieser Stelle war. Langsam fließend und offensichtlich tief. Wie kommen wir hier samt Rucksack und Kleidung heil rüber?!

»Wir müssen so schnell wie möglich rüber und aus dem Wasser!«, sagte Linus plötzlich.

»Warum so eilig? Wir sind hier erstmal sicher.«

»Sind wir nicht! Hast du die Krokodile schon vergessen?«

»Scheiße, es sind mindestens dreißig Meter bis zum anderen Ufer!«

»Es gibt keine andere Möglichkeit! Wir schwimmen in Unterhosen, den Rucksack lassen wir auf dieser Seite. Ihn befestige ich an der Wäscheleine, die sollte reichen. Dann können wir ihn von der anderen Seite her rüberziehen.«

Ralf machte große Augen. »Ist das dein Plan?!«

»Hast du einen besseren? Willst du vielleicht mit dem Rucksack schwimmen? Der geht unter wie ein Stein, wenn er mit Wasser vollgesogen ist. Na, mach schon, runter mit den Kleidern!«

»Okay, es bleibt uns wohl nichts anderes übrig.«

Beide zogen sich stumm bis auf die Unterhosen aus. Ralf knotete die Wäscheleine am Rucksack fest und wickelte sich dessen Ende mehrmals um das Handgelenk.

Linus und Ralf verharrten unsicher in ihren Unterhosen, bis zu den Hüften im kühlen Nass des Okavango. Hinter ihnen wütete ein gnadenloses Feuer, vor ihnen erstreckte sich ein dreißig Meter breiter Fluss, den sie durchqueren mussten. Beide waren geübte Schwimmer, dennoch krampfte sich Linus' Magen vor Anspannung zusammen. Er zweifelte, ob das Seil an Ralfs Rucksack lang genug war, um das andere Ufer zu erreichen. Das bedrohliche Bild eines Krokodilmauls tauchte vor seinem geistigen Auge auf. Furchteinflößende gelbliche Hakenzähne, mit denen es seine Beute leicht fassen konnte. Sie wird in die dunkle Tiefe gezogen und nach einem grausamen Erstickungstod verschlungen. Welcher Tod wäre für ihn erträglicher? Verbrennen oder gefressen werden? Verdammt, was für eine Auswahl! Gibt es wirklich keine Alternative? Flussabwärts wurde der Okavango noch breiter, flussaufwärts erblickte Linus auch keinen günstigeren Übergang. Der Rückweg wurde von den Flammen blockiert. Linus wusste, sie konnten nicht ewig hier ausharren. Das sichere Ufer war lächerliche dreißig Meter entfernt.

»Bist du bereit?«, erkundigte sich Ralf und zog prüfend an dem Seil.

»Jetzt!«, schrie Linus und stürzte sich kopfüber in die Fluten.

Nach wenigen kräftigen Schwimmzügen tauchte er prustend an die Wasseroberfläche und kraulte. In der Mitte des Flusses hielt er inne und wartete auf Ralf, der ein Stück hinter ihm kämpfte. Ralf war zwar der bessere Schwimmer, aber mit der Wäscheleine in der Hand konnte er nur kleinere Züge machen. Linus versuchte, die aufsteigende Panik zu unterdrücken. Unruhig suchte er die Umgebung ab. Jeder Baumstamm am Ufer konnte ein Krokodil sein, unter jeder Welle konnte sich eins verstecken. Er versuchte, nicht daran zu denken, und konzentrierte sich stattdessen auf das nahe Ufer. Sein Knöchel schmerzte beim Schwimmen zwar weniger als beim Gehen, aber er war derart erschöpft von den Strapazen, dass er sich kaum über Wasser halten konnte. Als Ralf auf seiner Höhe war, wechselte er zum Brustschwimmen, um einen besseren Überblick zu haben. Langsam, aber sicher kamen sie dem Ziel näher. Nur noch zehn Meter! Das schaffen wir!

»Stopp!«, schrie Ralf plötzlich.

Adrenalin durchflutete Linus' Körper und sein Verstand stand kurz vor dem Kollaps. Ein Krokodil! Mehrere? Er drehte sich zu seinem Bruder um, der das Ende des Gummiseils in die Luft hielt.

»Die verfluchte Wäscheleine ist zu kurz!«

»Dann musst du den Rucksack die letzten zehn Meter schwimmend durchs Wasser schleppen. Wir haben keine andere Wahl!«

»Einfacher gesagt als getan!« Ralf zog den Rucksack in die Fluten und strebte mit Nachdruck dem Ufer entgegen. »Verflucht, der ist schwer wie ein Zentner Blei, ich schaffe es nicht!«

»Ich komme!« Linus schwamm entschlossen zu seinem Bruder und griff mit zusammengepressten Lippen nach dem Seil. Sofort verstand er das Problem. Die Last am anderen Ende des Seils war im Wasser kaum zu halten.

»Du bist mir nur im Weg«, brüllte Ralf prustend. »Ich muss das alleine schaffen, es ist ja nicht mehr weit.«

Linus ließ los und schwamm nun zwei Meter von Ralf entfernt. Er hat recht! Schwerfällig kämpfte sich Ralf vorwärts, doch je weiter der Rucksack von der Strömung flussabwärts getrieben wurde, desto beschwerlicher wurde die Mission. Ralf klammerte sich an das Seil, aber er kam nur noch zentimeterweise voran. Seine Kraft war erschöpft, sodass er häufig unterging. So würde er es nicht ans rettende Ufer schaffen.

»Noch fünf Meter!«, schrie Linus. »Gib mir das Seil, ich übernehme jetzt!«

Gerade als er nach dem Seil greifen wollte, wurde Ralf erneut unter die Wasseroberfläche gezogen. Als er nach einigen Sekunden keuchend auftauchte, hatte er das Seil verloren.

»Ich, ich«, stammelte Ralf keuchend und schluckte dabei Wasser. »Ich musste loslassen, sonst wäre ich ertrunken.«

Für einen Moment vergaß Linus alles um sich herum. All unser Gepäck, unsere Kleidung! Jetzt haben wir nur noch unsere Unterhosen! In der Wildnis Afrikas! Während ein Buschbrand wütet und die Sonne erbarmungslos auf uns scheint! Umgeben von Krokodilen und Großkatzen! Nackt! Das darf nicht sein! Wir werden sterben!

»Schwimm ans Ufer, ich kümmere mich um den Rest!«, schrie Linus zu Ralf, der sich nur mit Mühe über der Oberfläche hielt und das Wasser aus seinen Lungen hustete. Wir dürfen unsere Ausrüstung nicht verlieren. Um keinen Preis!

Linus tauchte mit letzter Kraft ab und suchte verzweifelt nach dem Seil. Obwohl das Wasser kristallklar war, entdeckte er es nicht. Hätte das verdammte Seil doch bloß eine auffällige Farbe. Wieder tauchte er ab. Nichts. Er kam keuchend hoch und versuchte, zu erahnen, wohin die Wäscheleine mit dem Rucksack am anderen Ende trieb. Vielleicht liegt er auf dem Grund und wird von der Strömung nicht weiter davongetragen?! Linus atmete tief ein und tauchte in die vermutete Richtung ab. Endlich sah er das Ende der Wäscheleine im Wasser schweben. Aber er hatte keine Luft mehr. Verdammt! Linus tauchte erneut ab. Nichts. Nach zwei weiteren Anläufen sah er das Seil erneut. Es war nur wenige Meter entfernt. Linus sammelte all seine Kräfte und war mit vier Schwimmzügen da, packte es, wickelte das Ende dreimal um sein Handgelenk und tauchte auf. Das Seil spannte sich und schnitt in seine Haut. Aber Loslassen war keine Option. Vollkommen erschöpft schwamm Linus langsam zum Ufer. Es schien ihm, als würde er auf der Stelle bleiben. Der Rucksack am anderen Ende des Seils bot erbitterten Widerstand. Nur noch drei Meter!

Ralf hatte das Ufer erreicht und kam ihm entgegen. Linus wurde schwarz vor den Augen, er konnte die Arme nicht mehr heben. Immer wieder wurde er unter die Wasseroberfläche gezogen und bekam keine Luft. Nur ein Zug! Wieder ging er gnadenlos unter. Ich kann nicht mehr! Aber ich muss! Dumpf drangen Ralfs Schreie zu ihm. Linus zog mit der freien Hand durch das Wasser, und noch einmal. Mit all seiner verbliebenen Willenskraft hielt er das Seil fest. Wenn ich jetzt loslasse, sind wir erledigt! Nur noch zwei Meter!

Mit einem starken Ruck wurde Linus unter die Wasseroberfläche gerissen. Er hatte keine Luft, trotzdem hielt er verzweifelt das Seil fest. Ihr Leben hing daran. Loslassen bedeutete den Tod. Ich muss es schaffen! Er kämpfte sich zurück an die Oberfläche, aber zu kurz, um tief einatmen zu können. Es wurde schwarz um ihn. Als er glaubte, das Bewusstsein zu verlieren, fühlte er, wie Ralf die Kontrolle über das Seil an sich riss. Linus ließ es los, erreichte mit letzter Kraft das rettende Ufer, sackte zusammen und blieb völlig erschöpft liegen. Wasser lief aus seinem Mund. Ralf, wo ist Ralf? Stöhnend drehte er sich auf den Bauch und suchte den Okavango ab. Dreißig Meter flussabwärts stand Ralf nur noch bis zur Hüfte im Wasser und hob triumphierend das Seil in die Höhe. Der Rucksack tauchte kurz in der Mitte des Flusses auf! Was, wenn jetzt das Seil reißt? Wir müssen vorsichtig sein!

»Langsam, ganz langsam!«, schrie er.

Linus sammelte all seine Kraft, humpelte flussabwärts und ging etwas unterhalb seines Bruders wieder ins Wasser. Kurz darauf packte er die Wäscheleine und sie zogen gemeinsam daran. Selbst jetzt war das Gewicht des Rucksacks in der starken Strömung kaum zu bewältigen. Linus versuchte, den Rucksack so vorsichtig wie möglich auf ihre Seite des Flusses zu ziehen. Nervös spähte er nach Krokodilen. Die haben uns sicher schon längst bemerkt bei all dem Lärm! Dann konzentrierte er sich wieder auf den Rucksack: Er trieb zwanzig Meter weiter unten hoch – keine zwei Meter mehr vom Ufer entfernt. Ralf ließ sofort los und machte sich auf den Weg, um ihre Ausrüstung zu packen. Linus hielt das Seil weiterhin mit aller Kraft gegen die Strömung. Plötzlich war der Druck weg. Der Knoten am Rucksack hatte sich gelöst. Das darf doch nicht wahr sein! Linus blieb entsetzt stehen und wusste nicht, wie ihm geschah.

»Das verdammte Seil ist gerissen!«, schrie er.

Ralf rannte am Ufer entlang, den Blick konzentriert auf den Fluss gerichtet. Plötzlich stolperte er und fiel der Länge nach hin, direkt auf seine lädierte Hand. Ein stechender Schmerz durchzuckte ihn. Sofort rappelte er sich fluchend wieder auf und rannte weiter. Unvermittelt sprang er kopfüber ins Wasser und tauchte ab. Sekunden wurden gefühlt zu Minuten. Ralf musste kaum noch Luft haben, er riskierte auf der Suche nach dem Rucksack sein Leben. Jetzt entschied sich ihr Schicksal. Linus war wie versteinert, hielt den Atem an und platzte beinahe vor Anspannung. Tauch auf, bitte, tauch auf! Unweit von dort, wo Ralf abgetaucht war, schwammen plötzlich zwei Krokodile. Ihre gepanzerten olivbraunen Körper blitzten im Sonnenlicht, als sie sich lautlos durch das Wasser bewegten. Das auch noch! Linus kämpfte sich schreiend und humpelnd ans Ufer und überlegte fieberhaft, was er gegen die Reptilien ausrichten könnte. Es fiel ihm nichts ein, sie hatten weder eine Waffe dabei, noch waren sie körperlich in der Verfassung, sich gegen die Krokodile zu wehren. Linus wurde schmerzhaft bewusst, dass sie der Natur komplett ausgeliefert waren, sie waren ein Spielball des Schicksals. In seiner Vorstellung zerrissen die Krokodile Ralf vor seinen Augen und verschlangen gierig seine Körperteile. Fünf Meter lange, erbarmungslose Urtiere, jedes mehr als tausend Kilogramm schwer und, im Gegensatz zu ihnen, im täglichen Überlebenskampf der Wildnis erprobt – sie hatten nicht den Hauch einer Chance! Erst recht nicht im Wasser! So viel war Linus sofort klar. Eines der tödlichsten Wildtiere Afrikas würde sie also eliminieren, nachdem sie den Wilderern und der Feuerhölle entkommen waren. Wie grausam das Schicksal sein kann! Aber zu seinem Erstaunen schwammen die Tiere flussabwärts und interessierten sich nicht für ihn oder Ralf. Die monströsen Fleischfresser müssen uns doch längst bemerkt haben, oder?! Linus war verwirrt und unfähig, einen klaren Gedanken zu fassen. In diesem Moment durchbrach Ralf prustend die Wasseroberfläche und kämpfte sich zum Ufer. Den Rucksack zog er mit der rechten Hand hinter sich her. Tränen schossen Linus in die Augen, als sich die beiden Krokodile immer weiter von ihnen entfernten. Sie waren wohl auch auf der Flucht vor dem Feuer und hatten keine Zeit für leichte Beute. Geschafft! Wir sind gerettet! Er fiel in den heißen Sand und blieb vollkommen entkräftet liegen.

Als der Abend seinen Schleier über die verdorrte Landschaft legte, saßen Linus und Ralf vor dem Gaskocher, um sich ein Fertiggericht aus Nudeln, Hühnchen und Gemüse zuzubereiten. Dazu schlürften sie eine heiße Gemüsesuppe. Das tat nach dem Drama der letzten Stunden unendlich gut, die Stimmung war bei den Brüdern aber trotzdem gedämpft. Linus' Knöchel war blau geschwollen, ähnlich sah Ralfs Hand aus. Dazu gesellte sich eine bleischwere Erschöpfung und die stete Angst vor Raubkatzen. Linus fühlte sich wie Freiwild, umgeben von blutrünstigen Fleischfressern, die nur auf den passenden Moment warteten, um zuzuschlagen und sich in einer Fressorgie die Bäuche mit ihnen zu füllen. Von der anderen Seite des Flusses wehte der bissige Geruch von Rauch und verkohlter Vegetation herüber, der sie in kurzen Abständen husten ließ. Die Sonne tauchte den Horizont in dramatische Rot- und Gelbtöne. Grillen zirpten und für einen Moment schien unter dem Schutz eines gewaltigen Affenbrotbaums die Welt trotz aller Gefahren in Ordnung.

»Unvorstellbar, wenn wir auch noch deinen Rucksack verloren hätten«, bemerkte Linus. Der bloße Gedanke ließ ihn erschaudern. »Dann würden wir hier in unseren Unterhosen sitzen und frieren, ohne Proviant und ohne Wasserfilter. Das wäre unser Todesurteil gewesen!«

»Wir hätten wohl eine Nacht überlebt«, erwiderte Ralf, der sein Handgelenk sanft massierte, »und morgen werden wir hier ohnehin gefunden. Da bin ich mir sicher.«

»Wirklich? Na ja, wir werden sehen.«

»Lara und die anderen werden uns nicht im Stich lassen. Die haben bestimmt schon alles für unsere Rettung in die Wege geleitet.«

»Ich hoffe, du hast recht. Und wenn nicht, kenn ich dich gut genug, um zu wissen, dass du einen Plan B hast.«

Ralf zuckte mit den Schultern. »Dann bahnen wir uns selbst den Weg zurück zur Zivilisation.«

»Ohne Karte und Kompass?«

»Wir orientieren uns an den Termitenhügeln und halten uns westlich. Irgendwann treffen wir auf die Straße, die nach Süden Richtung Maun führt.«

Linus nickte. Ralf war wie üblich schon einen Schritt weiter. Gefunden zu werden oder bis zur Straße zu laufen, schien beides machbar. Neue Hoffnung erfüllte ihn, ein belebendes Gefühl. Wir kommen hier raus!

»Gut, dass meine Kamera wasserdicht verpackt ist«, meinte Ralf, als er zufrieden auf das Display blickte. »Die Fotos der Wilderer müssen wir unbedingt der Polizei übergeben. Diese verdammten Kerle sollen für ihre Verbrechen büßen!«

Linus schluckte. Das Bild des verbrannten Kabo blitzte vor seinem inneren Auge auf.

»Woran denkst du?«, fragte Ralf.

»Ich mache mir Vorwürfe wegen Kabo … wenn ich vorsichtiger gewesen wäre, hätten uns die Wilderer vielleicht nicht entdeckt. Jetzt ist er tot und ich fühle mich verdammt mies und an allem …«

»Stopp«, Ralf starrte Linus an, »schau mir in die Augen und hör mir genau zu: Dafür kannst du nichts, rein gar nichts! Schuld sind einzig und allein diese Verbrecher. Verstehst du mich?«

»Schon, aber …«

»Kein Aber! Du bist manchmal unmöglich, aber hier trägst du keine Schuld! Verstanden?«

Linus war Ralf unendlich dankbar für seine Worte und fühlte sich erleichtert. Lange starrte er stumm und gedankenverloren vor sich auf den Boden. Dann durchbrach er die Stille mit einem Räuspern. »Was würde Mama sagen, wenn sie von oben auf uns herabschauen könnte? Sie hatte so hart gespart, um uns diese Reise zu ermöglichen und uns damit eine Freude zu machen. Unglaublich, was daraus geworden ist.«

»Sie geht mir auch immer wieder durch den Kopf. Ich fühle mich ihr hier draußen näher als zu Hause.« Ralf rührte im Kochtopf. »Warum war es ihr so wichtig, dass wir diese Reise auch nach ihrem Tod noch machen?«

»Sie wollte uns zeigen, wofür ihr Herz geschlagen hat. Sie hat Botswana geliebt und hier die glücklichste Zeit ihres Lebens verbracht. Das wollte sie mit uns teilen. Reicht das nicht als Grund?«

»Ich frage mich, ob da nicht noch mehr ist.«

»Zum Beispiel?« Linus blickte Ralf fragend an. »Sie hat sicherlich nicht gewollt, dass Kabo stirbt und wir um unser Leben kämpfen.«

»Klar, aber vielleicht was ganz anderes.« Ralf stellte den Gaskocher ab und füllte Linus' Teller. Das einfache Nudelgericht duftete verführerisch.

»So gut hast du noch nie für mich gekocht!« Linus musste sich beherrschen, die Mahlzeit nicht wie ein Tier zu verschlingen. Er wollte jeden Bissen genießen.

Wenn ich jetzt noch den Flachmann hätte … Zwei, drei Schlucke wärmender Whisky würden das Glück des Moments vervollständigen!

»Wie sieht es eigentlich mit unseren Vorräten aus?«

Ralf wühlte im Rucksack. »Die nächsten zwei bis drei Tage werden wir nicht verhungern. Bis dahin sind wir längst raus. Beim Wasser müssen wir gut haushalten, da wir nur diese eine Flasche haben. Wir werden sie morgen noch einmal am Fluss auffüllen, danach müssen wir bis zur nächsten Wasserstelle mit einem Liter auskommen.«

»Uff, das könnte knapp werden.«

»Ja, sehr sogar.«

Die Sonne war am Horizont versunken und es wurde kühl. Die Brüder zogen alle Kleidungsstücke an, die mittlerweile wieder trocken waren. Auch diese Nacht würden sie unter einer Schlafsackdecke verbringen. Linus merkte, dass ihn diese Aussicht weniger störte als noch in der Nacht zuvor. Der gemeinsame Überlebenskampf brachte sie näher zusammen.

»Ich hätte nicht nachgeben sollen«, sagte Ralf gedankenverloren, während er die Ausrüstung ordnete. »Die ganze Wildniswanderung war eine Schnapsidee. Meine schwangere Frau sitzt zu Hause am Chiemsee und ich kämpfe Tausende von Kilometern entfernt in Afrika um mein Leben. Unglaublich unverantwortlich!«

»Was willst du damit sagen?!« Er gibt mir wieder das Gefühl, an allem schuld zu sein! Er kann einfach nicht anders! Linus spürte wieder die alte Kluft zwischen ihnen.

»Ganz einfach, ich hätte auf meine Intuition hören

und die Wanderung absagen sollen. Dann würden wir jetzt nicht hier sitzen. Und Kabo, die große Liebe unserer Mutter, würde noch leben.«

»Kannst du mir bitte sagen, was das jetzt bringen soll? Hadern und Schuldzuweisungen helfen uns jetzt nicht!«, rief Linus verärgert.

»Nein, ich gebe niemandem die Schuld. Ich hätte es einfach besser wissen müssen. Du ziehst das Unglück förmlich an und reißt alle um dich herum mit.«

Linus kochte vor Wut. Am liebsten wäre er seinem Bruder an die Gurgel gegangen. Das Letzte, was er jetzt brauchte, waren dessen überhebliche Kommentare.

»Arschloch«, flüsterte er. Laut genug, dass es Ralf hörte.

»Hey, hey, beruhige dich wieder. Aber ja, der Realität ins Auge zu sehen, war ja noch nie deine Stärke.«

»Schön, wenn du den Durchblick hast.«

»Im Gegensatz zu dir …«

Linus stand fluchend auf und kickte den Gaskocher weg. Scheppernd fiel er einige Meter entfernt vor eine Steinformation. Dann ein stechender Schmerz im Knöchel – er schrie laut auf. Wenn es etwas gab, das er nicht ausstehen konnte, dann war es Ralfs besserwisserische, selbstgerechte Art. Die trieb ihn zuverlässig an den Rand des Wahnsinns. Im Innersten wusste er, dass das nur darum so war, weil Ralfs Bemerkungen ins Schwarze trafen. Aber für Selbstreflexion war jetzt nicht der richtige Zeitpunkt. Am Leben zu bleiben, hatte Priorität. Alles andere musste warten.

»Spinnst du?! Den brauchen wir noch!« Ralf

sprang kopfschüttelnd auf und kontrollierte, ob der Gaskocher noch einwandfrei funktionierte. »Deine unkontrollierten Wutausbrüche können wir uns hier nicht leisten! Wir müssen unsere Energie fürs Überleben aufsparen. Wer weiß, ob sich in der Dunkelheit Löwen anschleichen!«

Linus rieb sich den Nacken. »Dann provozier mich nicht ständig! Du machst das doch absichtlich, oder? Dann kannst du nämlich der Besonnene und Souveräne von uns beiden sein.«

Ralf schwieg und setzte Kaffeewasser auf, während Linus genervt auf und ab humpelte.

»Komm, setz dich, ein Kaffee wird uns guttun.« Ralf reichte ihm eine Tasse. »Sorry, du hast ja recht: Hadern bringt nichts, Vorwürfe noch weniger. Wir müssen jetzt zusammenhalten, mit deinem Knöchel ist es schon schwierig genug.«

»Danke. Tut mir auch leid.« Linus setzte sich und roch am Kaffee. Göttlich! Dass sich Ralf entschuldigt, hatte er nur selten erlebt und war Balsam für seine Seele. »Den Hügel zu verlassen und den Fluss zu queren, war richtig. Genauso wie dein Vorschlag, hundert Meter vom Fluss entfernt zu übernachten. So sind wir zumindest die Krokodile los.« Linus realisierte dankbar, dass auf Ralfs Urteilsfähigkeit Verlass war. Sein Bruder schaffte es auch in Extremsituationen, klar zu denken.

»Hoffentlich.« Ralf runzelte die Stirn.

»Was willst du damit sagen?«

»In einer Doku habe ich gesehen, dass sie nachts auch an Land auf Beutezug gehen.«

Ein Schauer lief Linus über den Rücken, dann

schüttelte er den Kopf. »Hast du auch optimistische Nachrichten? Die könnten wir beide jetzt besser gebrauchen.«

»Sorry!« Plötzlich kicherte Ralf. »So eine Scheiße, eine verdammte Scheiße!«

Linus prustete lachend den heißen Kaffee aus. Immerhin haben wir den gleichen Galgenhumor!

Eine Stunde später lagen sie Rücken an Rücken unter der Schlafsackdecke. Die zweite Nacht in Botswanas Wildnis brach an. Linus war erleichtert, endlich auf der sicheren Seite des Flusses zu sein. Obwohl er von den Strapazen unsäglich erschöpft war, konnte er nicht einschlafen. Sein Puls pochte und er wälzte sich von einer Seite auf die andere.

»Weißt du noch, wie du mir damals Tipps gegeben hast, um Lucia für mich zu gewinnen?«, flüsterte Ralf.

»Meine Güte, wie kommst du jetzt darauf? Kannst also auch nicht schlafen, was?«

»Ich denke ständig an sie und unser Baby. Sie fehlt mir.« Ralf hielt seufzend inne. »Wir müssen es hier raus schaffen, Linus. Allein schon ihretwegen. Ich kann sie nicht alleine zurücklassen!«

»Natürlich! Wir haben das Schlimmste hinter uns, bald sind wir wieder zu Hause. Was habe ich dir geraten, um Lucia um den Finger zu wickeln?«

»Charme, Unterhaltung, Komplimente.«

»Ah, meine Erfolgsformel! Damit kriegst du jede,

na ja, fast jede.« Ein Lächeln huschte über Linus' Lippen.

»Du hast mir dazu unzählige Vorschläge gemacht. Einige davon habe ich tatsächlich befolgt.«

»Ach ja, was denn?«

»Rote Rosen, gehobene Abendessen in guten Restaurants, Tanzen, Kino, Spaziergänge bei Sonnenuntergang am See, sanfte Musik … womit ich Lucia aber besonders beeindruckt habe, waren die kleinen Aufmerksamkeiten: Autotür aufhalten, Briefe schreiben und so weiter.«

»Hui, ich bin beeindruckt. Hätte nicht gedacht, dass du von mir was lernen kannst.«

»Doch, und nicht nur das. Von deinem Schalk und deiner Gelassenheit würde ich mir gern eine Scheibe abschneiden. Ich bin sofort verkrampft, wenn etwas nicht nach Plan läuft.«

Ralfs Worte berührten Linus. Er hatte bis jetzt keine Ahnung gehabt, wie Ralf ihn sah. So unterschiedlich sie waren, so viel verband sie auch. »Eigentlich sind wir ein gutes Team, oder? Unglaublich, was wir schon alles durchgestanden haben. Zusammen kommen wir auch hier raus!«

»Stimmt, aber dafür brauchen wir ein paar Stunden Schlaf. Gute Nacht.«

Linus drehte sich leise auf den Rücken und starrte in die Sterne. Er dachte an Lucia und ihr ungeborenes Baby. Was, wenn Ralf die Wahrheit erfährt? Diesen Moment fürchtete er mehr als alle Gefahren Afrikas.

> Du kannst ein Kind aus der Hölle holen, aber nicht die Hölle aus dem Kind.
>
> — JESS LAIR, PSYCHOLOGE UND AUTOR

»Ruhig, ganz ruhig.« Mitten in der Nacht hörte Linus wie durch Watte die Stimme seines Bruders und spürte dessen Hand auf der Schulter.

»Was, was ist los?!« Adrenalin durchflutete seinen Körper und sein Herz setzte einen Schlag aus. Sofort war er hellwach. »Krokodile?!«

»Nein, du hattest einen Albtraum und wie wild um dich geschlagen.«

»Oh, tut mir leid.« Linus rieb sich die Augen und versuchte, seine Gedanken zu ordnen.

»Kein Problem. Wovon hast du geträumt?«

»Ich … ähm, keine Ahnung.« Linus konnte Ralf unmöglich sagen, dass die beiden sich heftig gestritten und sogar handgreiflich geworden waren, während ein schreiendes Baby lichterloh wie eine Fackel brannte. Zudem war Linus von einem wiederkehrenden Traum heimgesucht worden. Einer, der ihn seit Jahren unablässig verfolgte und auf einem traumatischen Kindheitserlebnis beruhte: Seine Mutter saß nach einem Treffen mit dem Schulleiter tränenüberströmt am Küchentisch. Wieder einmal hatte sein Verhalten für Ärger gesorgt. Jetzt drohte gar der Verweis von der Schule, wenn er sich nicht sofort besserte. Der Schulleiter empfahl mit strenger Miene die Einweisung in ein Heim für schwer erziehbare Kinder. Linus fühlte sich mutterseelenallein in einer unbarmherzigen Welt, was ihm Herz und Seele zu zerreißen drohte.

»Das ist nicht das erste Mal.« Ralfs Stimme kam wie aus einer anderen Welt. »Kannst du dich wirklich nicht erinnern?«

»Nein, wirklich nicht, lass uns weiterschlafen. Morgen wartet ein langer, harter Weg auf uns.«

Ralf wandte sich murrend ab und Linus betrachtete auf dem Rücken liegend die Sterne. Ein sprühendes Lichtermeer, gleichsam zauberhaft und angsteinflößend. Die unermessliche Weite ließ sein eigenes Dasein so unscheinbar, so winzig klein erscheinen. Dann drehte er sich schwer atmend zur Seite. Die Erinnerungen an die schlimmste Zeit seines Lebens erschienen ihm wie ein Feuerlauf durch die heiße Savanne. Er hatte sich immer schon ungerecht behandelt gefühlt. Schließlich hatte er nur nach einem Weg gesucht, mit dem Unfalltod seines Vaters klarzukommen. Wie soll ein achtjähriges Kind mit diesem Schicksalsschlag umgehen können? Wie mit den Jahren zuvor, als Vater regelmäßig betrunken nach Hause kam und im Suff tobte und Mutter bedrohte? Wie sollte der kleine Linus mit all dem zurechtkommen, wenn auch sein Umfeld mit der Situation komplett überfordert war? Die mitleidigen Blicke seiner Mitschüler waren kaum zu ertragen gewesen. Ebenso die beschämende Tatsache, dass sein Vater ein Versager war und letztlich dem Alkohol und seinem Unvermögen zum Opfer fiel. Die Szene mit dem Schulleiter lief in seinem Kopf weiter. In Endlosschleife, immer und immer wieder. Der drohende Schulverweis war aber nicht die schrecklichste Nachricht jenes Abends: Ihre Mutter hatte Ralf und ihm unter Tränen von ihrer Krebsdiagnose erzählt. Die Ärzte sahen keine Heilung, sie würde sterben. Die Welt brach für Linus damals vollends zusammen. In seiner Verzweiflung klammerte er sich an seinen großen Bruder. Ralfs Gesichtsausdruck würde er nie vergessen. Eine Fratze, vor Zorn erglüht und die Augen voller Tränen. Ralfs Frust und Verzweiflung entluden sich in roher Wut. Er stieß Linus um, der hart auf dem Küchenboden aufschlug. Das ist alles deine Schuld! Du bringst Unglück!, brüllte Ralf, schlug die Küchentür hinter sich zu und kam bis zum nächsten Tag nicht mehr aus seinem Zimmer. Die Eskalation der ohnehin elenden Situation war zu viel für Mutter gewesen, ihr wurde schwindelig und sie brach am Küchentisch zusammen. Erst als ihr Linus mit einem kalten Waschlappen die Stirn abwischte, kam sie langsam wieder zu sich. Von dem Moment an waren das nagende Gefühl von Einsamkeit und die rastlose Suche nach seinem Platz im Leben ein Teil von ihm. Eine Grundschwingung seines Daseins, die er einerseits hasste, aber doch eine Konstante war, die ihm Identität und Halt gab.

Die Luft in der afrikanischen Savanne war kühl und würzig. Linus' kondensierender Atem tanzte vor ihm. Ralfs Worte von vor beinahe zwanzig Jahre hallten in seinem Kopf nach. »Du bringst Unglück! Du bist an allem schuld!« Bin ich das wirklich? Bin ich nutzlos, ein Unglücksbote, der niemals seinen Platz in dieser Welt finden wird? Linus war Ralf nicht böse, es war ihm sehr wohl bewusst, dass auch er mit der damaligen Situation komplett überfordert war. Trotzdem prägten ihn die Geschehnisse dieser Zeit immer noch stärker, als ihm lieb war. Linus erhob sich und streifte in der Dunkelheit umher. Die Nacht war windstill und gespenstisch ruhig. Nicht einmal das Rascheln der Mäuse im Unterholz erreichte seine Ohren. Sein Blick streifte über den Fluss und es beruhigte ihn, keine züngelnden Flammen mehr zu erblicken. Nach einer Viertelstunde fröstelte es ihn und er hatte sich so weit beruhigt, dass er wieder unter die Decke kroch. An Schlaf war nicht mehr zu denken. Aber das spielte keine Rolle, in knapp zwei Stunden würde der erste Hauch der Morgendämmerung durchbrechen. Dann werden wir gerettet! Er hielt sich an dieser Hoffnung wie an einem Rettungsring fest.

Kurz vor der Morgendämmerung schreckten sie beide gleichzeitig hoch.

»Verdammt, was war das?«, fragte Linus schnell atmend.

Ralf erwiderte nichts, er schien angespannt zu lauschen. Dann noch einmal dieselben markerschütternden Laute, nur noch näher.

»Hyänen, vermutlich ein ganzes Rudel Hyänen.«

»Scheiße, die sind für Menschen so gefährlich wie Löwen.« Linus stockte. »Hat mir Kabo gesagt.«

Im Nu standen beide nebeneinander und blickten

angestrengt in die Dunkelheit. Unweit von ihnen raschelte das Gebüsch, die Aasfresser waren ganz nah. Linus griff nach einem Stock, Ralf sammelte Steine. Dann leuchteten mehrere Augenpaare auf. Linus zählte mehr als ein Dutzend.

»Das sind zu viele, wir haben keine Chance!«, sagte Ralf gepresst.

»Es ist nicht vorbei, bis es vorbei ist. Zu zweit können wir sie vielleicht einschüchtern.«

»Wie? Womit?«

Linus wusste, dass Ralf die Situation richtig einschätzte. Die Hyänen hätten ein leichtes Spiel, aber sie zögerten. Sie jaulten und kicherten, bewegten sich seitwärts und nur wenig nach vorne. Eine Hyäne wagte sich blitzartig vor, Ralf warf geistesgegenwärtig einen Stein und traf sie an der Flanke. Die Tiere wichen erschreckt zurück – der befürchtete Großangriff blieb aus. Nach einer Weile entfernte sich das Rudel von ihrem Camp. Linus atmete hörbar auf.

»Das heißt nicht, dass wir jetzt in Sicherheit sind!«, zischte Ralf. »Es zeigt nur, dass wir absolut wehrlos von wilden fleischfressenden Tieren umgeben sind. Wir müssen heute gerettet werden, sonst sehe ich schwarz. Auf so viel Glück wie diese Nacht können wir nicht noch ein zweites Mal hoffen!«

»Heute wird es klappen!« Linus versuchte, Zuversicht und Optimismus auszustrahlen. Innerlich war er der Verzweiflung nahe.

Die Brüder setzten sich stumm auf den Boden und warteten auf das erste Tageslicht. Der Horizont färbte sich allmählich zartlila.

16

MAUN / WILDNIS BOTSWANA – TAG 5

Ein heftiger Windstoß beunruhigte Ralf am frühen Morgen. Die trockene Böe fegte über die Savanne und trug beißenden, dichten Rauch von der anderen Seite des Flusses zu ihnen hinüber. Hustend griff Ralf nach seiner Flasche und trank den letzten Schluck Wasser. Der Rauch kroch in seinen Mund, seinen Rachen, er war allgegenwärtig. Sie mussten ihr Lager sofort verlassen, um nicht eine Rauchvergiftung zu bekommen. Linus war zu seiner Überraschung schon wach.

»Ich hole schnell frisches Wasser vom Fluss, du packst alles zusammen und dann brechen wir auf. Frühstück gibt's in zwei Stunden. Einverstanden?«

Linus nickte und gähnte.

Ralf nahm die Wasserflasche und eilte los. Auf dem Weg staunte er über das auf der anderen Seite wieder aufflammende Feuer. Der Wind wehte ihm ins Gesicht, schien an Stärke zuzulegen. Dreißig Meter vom Fluss entfernt spürte er sogar die Hitze der Flammen. Wenn die Funken nur nicht über das Wasser springen! Er rannte los und öffnete die Wasserflasche. Währenddessen geschah die Katastrophe: Zehn Meter vor ihm entflammte das trockene Gras. Explosionsartig breitete sich das Feuer auf ihrer Seite des Flusses aus. Shit! Ehe Ralf sich versah, stand er vor einer Feuerwand. Um ihn herum knackte und zischte es. An Wasser holen war nicht mehr zu denken. Panisch rannte er von den Flammen weg, die der Wind in seine Richtung trieb. Das ist unser Ende! Linus hatte den Rucksack trotz seiner Schmerzen im Knöchel schon aufgeschnallt und sah ihm mit aufgerissenen Augen entgegen. Gemeinsam liefen sie nun um ihr Leben. Vor ihnen eine ausgedörrte Grassavanne, hinter ihnen eine gefräßige Feuerwand. Ihre Lage war aussichtslos. Nach einer Viertelstunde blieb Linus erschöpft stehen und warf den Rucksack zu Boden. Die Flammen rasten unerbittlich näher. Das Gras und die Büsche brannten wie Zunder.

»Er ist zu schwer und mein Knöchel macht nicht mehr mit«, keuchte er. »Wir müssen den Rucksack zurücklassen.«

»Das kommt überhaupt nicht infrage!« Ralf hob ihn auf und zog ihn an. »Los jetzt, weiter.«

»Was war das?!« Linus blickte mit weit aufgerissenen Augen zum Himmel. »Motorenlärm. Ein Flugzeug!«

»Sicher ein Löschflugzeug, vielleicht hat uns der Pilot beim Überflug gesehen!« Ralf schöpfte Hoffnung. Aber sosehr er sich auch anstrengte, am rauchverhangenen Himmel war nichts zu erkennen. Der Motorenlärm wurde leiser, bis er schließlich verstummte. Mit dem letzten Ton starb auch Ralfs Hoffnung. »Wenn wir das Flugzeug nicht sehen konnten, dann war's umgekehrt genauso. Verdammter Rauch!«

»Scheiße, das Feuer!«, schrie Linus. »Wir müssen weiter!«

Ralf musste sich nicht umdrehen. Er spürte die herannahende Hitze auf seiner Haut. Das Flugzeug war nicht die ersehnte Rettung, es hatte sie nur wertvolle Zeit gekostet. »Verflucht!«

Die Savanne erschien Ralf endlos. Rechts überholte sie das sich rasend ausbreitende Feuer. Hinter ihnen war die Feuerwalze keine fünfzig Meter mehr entfernt. Bald würden sie von den Flammen eingekesselt sein. Der Rucksack drückte, Ralfs Schritte wurden schwerer. Wir müssen die Lebensmittel und den Gaskocher retten, um die nächsten beiden Tage eine Chance zu haben! Nach fünf Minuten konnte Ralf kaum noch rennen, war mit seinen Kräften am Ende, seine Oberschenkel brannten schlimmer als seine Lungen. Mund und Hals fühlten sich an, als hätten sie tagelang ohne Wasser auskommen müssen. Immer wieder verschwamm die ohnehin schon schlechte Sicht und er rieb sich kontinuierlich die gereizten Augen.

»Scheiße!« Ralf warf den Rucksack ab und ließ ihn liegen. Die Vorräte würden ihnen auch nichts nützen, wenn das Feuer sie erwischte. Die Fotos! Wenigstens die Kamera muss mit! Wenn wir überleben, schulden wir es Kabo, dass wir seine Mörder überführen! Er hängte sich den Fotoapparat über die Schulter, packte die Wasserflasche mit integriertem Filter, dann rannte er Linus hinterher, der humpelnd und stöhnend voraus war. Kaum war er neben ihm, blickte Ralf nach hinten. Was er sah, trieb ihn noch mehr an. Der Rucksack war bereits den Flammen zum Opfer gefallen. Bald würden sie wie Kabos verkohlter Körper in der verbrannten Savanne liegen! Das Adrenalin pumpte unaufhörlich und trieb ihn vorwärts. Die Beine drohten nachzugeben, der Körper wollte streiken. Doch der Wille weigerte sich, aufzugeben. Wir kämpfen bis zum Schluss! Es ist nicht vorbei, bis es vorbei ist! Linus stolperte und fiel schreiend hin. Im Vorbeilaufen packte ihn Ralf unter den Schultern und zog ihn mit letzter Kraft wieder auf die Beine. Jetzt brauchen wir ein Wunder!

In der Kommandozentrale der African Bush Pilots überschlugen sich die Ereignisse. Trotz der ununterbrochenen Löscheinsätze breitete sich das Buschfeuer unaufhaltsam aus. Auch das militärische Großaufgebot, das mit aller Kraft gegen das lodernde Inferno kämpfte, änderte nichts daran. Lara hatte die Nacht in ihrem Büro verbracht und sah mit David die Nachrichten im Fernsehen. Olivia schlummerte, von der Welt entrückt, auf einer Matratze daneben.

»Wir haben es mit dem schlimmsten Buschfeuer zu tun, das Botswana je heimgesucht hat. Dutzende von Dörfern mussten geräumt werden. Zwölf Tote und unzählige Verletzte bilden die traurige Zwischenbilanz«, verkündete die Nachrichtensprecherin mit belegter Stimme. »Wir befürchten, dass bereits tausende Tiere den Flammen zum Opfer gefallen sind.« Apokalyptische Aufnahmen aus dem Okavango-Delta zuckten über den Bildschirm.

Lara sah hinaus durch das Fenster. Den dramatisch schönen Sonnenaufgang im Osten von Maun nahm sie nicht wahr. Sie fokussierte sich stattdessen auf die ersten Rauchschwaden, die sich vom Norden her wie Nebel über die Stadt legten. Das Feuer war noch viele Kilometer entfernt, doch seine Vorboten machten sich bereits bemerkbar. Die Regierung plante eine mögliche Evakuierung.

»Hast du Neuigkeiten von Kabo?«, erkundigte sich David.

»Nein, leider immer noch nicht«, antwortete Lara mit hängenden Schultern. »Nachdem das Feuer gestern Abend nachließ, hatte ich für heute auf eine Luftsuche gehofft. Doch die wird jetzt kaum mehr möglich sein. Wir brauchen sofort eine andere Strategie! Den dreien bleibt keine Zeit mehr!«

»Quads«, schlug David vor. »Mit den kleinen Geländefahrzeugen bewegt man sich am schnellsten in der Savanne. Die sind wendiger als die großen Safari-Jeeps und einfacher zu steuern.«

»Hm, gute Idee. Das könnte klappen, wir haben ja eine ungefähre Vorstellung davon, wo die drei sich aufhalten könnten.«

»Gut. Jetzt müssen wir nur noch Freiwillige finden, die in die Savanne hineinfahren wollen. Angesichts der Feuerhölle birgt diese Rettungsaktion erhebliche Risiken.«

Cliff betrat das Büro. Schwere Augenringe zeugten

von einer durchwachten Nacht. Sein Anblick war erschreckend. Lara nahm ihn in die Arme.

»Du musst dringend schlafen, Liebling.«

»Ja, sobald das hier vorbei ist. Vorher ist daran nicht zu denken. Die Praxis ist voll und es kommen immer mehr Patienten. Rauchvergiftungen und Brandverletzungen.«

»Du bist kein Roboter, Cliff, du musst …«

»Was ich jetzt brauche, ist Kaffee und etwas zu essen. Und natürlich auch dich, Liebling.« Nach drei Schlucken Kaffee fügte er hinzu: »Es ist ein riesiges Glück, dass Aaron in der Praxis ist. Ohne ihn würde ich das nicht schaffen.«

Lara reichte Cliff ein Käsesandwich. »Wir überlegen, mit Quads nach Kabo und den Brüdern zu suchen. Ich habe ein ungutes Gefühl. Kennst du jemanden, der das tun könnte?«

Cliff blickte kauend aus dem Fenster. »Das wird schwierig, wenn nicht gar unmöglich. Alle verfügbaren Hände sind schon im Einsatz. Niemand wartet auf zusätzliche Arbeit.«

»Wir zwei könnten es versuchen«, sagte David mit funkelnden Augen zu Lara.

»Genau!« Lara ballte die Faust. »Mit zwei Quads können wir sicher drei Personen bergen.«

»Das kommt nicht infrage«, erwiderte Cliff. »Es ist viel zu gefährlich und ihr werdet hier gebraucht! Außerdem kennt ihr euch im Delta nicht aus, die Chance auf einen Glückstreffer liegt nahe bei null!«

»Alle wissen längst, was zu tun ist. Die Piloten kommen ein paar Stunden ohne uns aus«, erwiderte Lara trotzig. Sie wollte nicht untätig im Büro sitzen, wenn sie aktiv bei der Suche helfen konnte. In einem Punkt hat Cliff allerdings recht, für die Suche brauchen wir einen ortskundigen Führer.

»Ich mache mit«, sagte David. »Wer kümmert sich um Olivia?«

»Ich übernehme das.« Cindy goss Kaffee nach. »Außerdem braucht Riley gleich dringend eine Pause. Dann ist ihre Mama ja hier.«

»Auf gar keinen Fall! Das Feuer könnte euch den Rückweg abschneiden oder euch einkesseln. Dann seid ihr so gut wie tot!« Cliff schlug mit der Faust auf den Tisch. »Ihr habt keine Erfahrung mit Buschbränden in Afrika. Wenn der Wind in eure Richtung dreht, helfen auch eure Geländefahrzeuge nicht!« Cliff fixierte Lara mit seinen müden Augen. »Wenn du Arbeit brauchst, haben wir genug davon in der Praxis!«

Lara ergriff seine Hand. »Auch wenn die Chancen gering sind, ich würde es mir nie verzeihen, wenn wir es nicht wenigstens versuchen. Verstehst du das nicht?«

»Natürlich verstehe ich das. Aber es bringt nichts, wenn ihr euer Leben aufs Spiel setzt. Kabo ist ein alter Fuchs, vielleicht sitzen sie in einer sicheren Höhle und warten ab.«

»Warum benutzt er dann sein Satellitentelefon nicht?«

Cliff zuckte mit den Schultern. »Keine Ahnung, aber dafür gibt es sicher eine Erklärung.«

David wandte sich an ihn. »Ich habe vor zwei Jahren Waldbrände in Alaska erlebt. Glaub mir, ich weiß, wovon du redest. Wir werden vorsichtig sein. Versprochen!« Er stellte seinen Kaffeebecher ab. »Ich beginne sofort mit den Vorbereitungen.«

Lara nahm Cliff in die Arme. »Ich kann nicht anders. Vertrau mir, Liebling!«

»Pass wenigstens auf dich auf und denk an unsere Zukunft! Ich hätte nämlich gern noch eine mit dir.« Cliff drückte Lara fest an sich, dann verließ er kopfschüttelnd das Büro.

Ralf warf einen verzweifelten Blick zurück, die züngelnden Flammen rückten weiter unaufhaltsam heran. Wo bleibt das verdammte Wunder?! Seine Kehle war so trocken, dass sie bei jedem Atemzug schmerzte, jeder Muskel seines Körpers brannte. Er war verwirrt, atmete schnell und sein Puls raste. Neben ihm stürzte Linus erneut, er keuchte heftig und kam nur mit Ralfs Hilfe auf die Füße. In seinen Augen sah Ralf eine Mischung aus Verzweiflung, Panik und Resignation.

»Komm schon!«, schrie Ralf. »Solange wir noch stehen können, kämpfen wir! Es ist erst vorbei, wenn es vorbei ist!«

Aus dem Augenwinkel nahm Ralf eine Elefantenherde wahr. Sie war wie sie auf der verzweifelten Flucht vor dem Feuer. Mit trompetenden Rufen trampelten sie durch die Savanne. Ein älteres Tier schubste ein Junges immer wieder an. Ralf versuchte, den Tieren zu folgen, doch ohne Erfolg, sie waren zu schnell unterwegs, walzten Büsche und Sträucher einfach nieder. Vielleicht steuern die ein Wasserloch an, wir müssen ihren Spuren folgen! Linus hustete, keuchte und spuckte. Neben der Hitze machte ihnen vor allem der Rauch zu schaffen, den der Wind zu ihnen trieb. Weitere wilde Tiere liefen wie sie um ihr Leben: Gnus, Zebras, eine Gruppe Affen und sogar ein Löwenrudel. Das beunruhigte Ralf nicht, von den Raubkatzen ging jetzt keinerlei Gefahr aus. Alle Geschöpfe der Savanne waren auf der Flucht, kämpften um das nackte Überleben. Nirgendwo war Schutz oder Rettung zu sehen – das dringend benötigte Wunder blieb aus!

»Ich kann nicht mehr.« Linus blieb stehen. »Geh alleine weiter.«

Kurz verlor auch Ralf alle Hoffnung. Er hat recht, das hat alles keinen Sinn. Das Feuer wird uns so oder so kriegen. Dann dachte er an Lucia und ihr ungeborenes Kind. Ich schulde es ihnen, bis zum Schluss zu kämpfen! Ralf packte Linus' Hand und zog ihn vorwärts.

»Lass mich! Hast du nicht gehört?! Ich gebe auf!«

»Nein, wir schaffen das! Zusammen!«

Linus strich sich eine verschwitzte Strähne aus dem grauen Gesicht. »Was redest du da? Ich halte dich nur auf, mich wird niemand vermissen. Ohne mich hast du eine Chance!«

»Das werden wir noch sehen. Weiter! Sofort!« Ralfs Augen funkelten, seine Stimme ließ keinen Widerspruch zu.

Linus schüttelte den Kopf, schleppte aber seinen geschundenen Körper widerwillig weiter. Er schrie vor Schmerz, als er seinen Knöchel zu stark belastete. Die ersten Flammen schossen neben ihnen in die Höhe. Die Büsche neben ihnen brannten schon, die feurige Walze verschlang alles, was sich ihr in den Weg stellte. Zu seiner Überraschung bemerkte Ralf unvermittelt, dass die Flammen ihren Vormarsch kurz hinter ihnen stoppten. Der Wind hatte gedreht. Jetzt spürte er es auch auf seiner glühenden Haut. Eine leichte Brise aus der entgegengesetzten Richtung. Gerade stark genug, um das Feuer zu bremsen. Eine schwache Hoffnung keimte in ihm auf. Das ist unsere Chance! Das gibt uns etwas Zeit! Auch Linus hatte die geänderte Windrichtung bemerkt, Zuversicht blitzte in seinen Augen auf. Wir brauchen einen felsigen Hügel oder ein Wasserloch. Jetzt! Der Wind kann jederzeit wieder drehen.

17

MAUN / WILDNIS BOTSWANA – TAG 5

Zwei Stunden später stolperten Ralf und Linus noch immer durch die karge Landschaft. Der Duft von dürrem Gras kitzelte ihre Nasen, während die Sonne gnadenlos vom Himmel brannte. Das tobende Feuerinferno war weit hinter ihnen, aber sie trauten dem Frieden nicht.

»Ich verdurste. Wasser!«, stöhnte Linus. Seine Kehle fühlte sich an, als würde ein Skorpion darin tanzen, und Schweiß war nur noch eine blasse Erinnerung. Die Schmerzen in seinem Knöchel strahlten bis zur Hüfte. Er blieb stehen und war nicht mehr in der Lage, einen Fuß vor den anderen zu setzen.

Ralf sah ihn durchdringend an. Staub und Dreck in Gesicht und Haaren, seine Haut wirkte wie aus uraltem Leder gefertigt. Doch in seinen Augen flackerte nach wie vor ein unbeugsames Feuer. »Gejammer verschwendet nur kostbare Energie. Wir schaffen es auch ohne Wasser noch locker einen Tag!«, donnerte er.

Linus schüttelte müde den Kopf. »Du vielleicht, ich nicht!«

»Los, Bruder!« Ralf streckte ihm die Hand entgegen. »Zusammen schaffen wir das!«

»Verfluchte Hölle!« Linus' Schritte waren schwer wie die eines Elefanten. Jeder Muskel schrie nach Gnade, als hätte er soeben einen Triathlon im Himalaya absolviert.

Eine Stunde später zeigte Ralf ungläubig nach vorne. Ein paar Bäume, kreisende Geier und glitzernde Sonnenstrahlen auf einem Wasserloch. Eine Fata Morgana? »Was ist das da?!«

Linus schirmte seine Augen vor der blendenden Sonne ab. »Ein Wasserloch? Ein verdammtes Wasserloch! Ich glaub's nicht!«

Ralf sank zitternd auf die Knie. »Endlich Wasser, endlich sind wir sicher. Wir haben es geschafft.«

Die Hoffnung gab ihnen neue Kraft für das letzte Stück. Sie stützten sich gegenseitig und taumelten ihrem Ziel entgegen.

Linus kniff die Augen zusammen. »So wie's aussieht, teilen wir die Wasserstelle mit der gesamten Tierwelt Botswanas.«

Ralf entdeckte erst jetzt die Arche Noah an Tieren, die sich im Schatten der Bäume ausruhten. Kudus, Antilopen, Zebras und Elefanten – alle dicht beisammen. Er vermutete, dass Raubtiere im Verborgenen lauerten. Ein Schauer lief trotz der Hitze seinen Rücken hinunter.

»Egal! Das ist der rettende Hafen«, entschied Ralf und marschierte zielstrebig vorwärts.

Linus suchte Schutz im Schatten eines Baums, der noch nicht von wilden Tieren besetzt war, und hielt sich stöhnend seinen Knöchel. Ralf eilte mit der Flasche zum Wasserloch und scheuchte dabei eine Gruppe Zebras auf. Auf dem Rückweg trank er in gierigen Schlucken, dann reichte er Linus die halbvolle Flasche. Das Wasser war leicht trüb. Hoffentlich hat der Filter alle Bakterien erwischt! Kurz zögerte Linus, dann setzte er die Flasche an und leerte sie in wenigen Sekunden. Wir haben keine andere Wahl! Ralf ging noch dreimal zum Wasserloch, dann sackte er neben Linus zusammen. Inzwischen fühlte sich ihre Situation für Linus nicht mehr ganz so hoffnungslos an. Kaum lagen sie nebeneinander erschöpft auf dem sandigen Boden, spürten sie die Erschütterungen von schweren, stampfenden Schritten. Noch mehr flüchtende Elefanten trampelten aus der Savanne zum Wasserloch.

»Der ideale Ort für ein Picknick«, sagte Linus mit einem Seitenblick. »Mehr Tiere auf engem Raum als in jedem Zoo. Falls wir überleben, können wir zu Hause wenigstens eine unglaubliche Geschichte erzählen. Wer kann schon behaupten, mit wilden Tieren geflüchtet zu sein?«

»Scherzbold! Dir scheint es wieder gut zu gehen, was?«

»Nicht wirklich, ich verdränge nur die Gedanken an unser düsteres Schicksal.« Der heftige Durst war zwar gestillt, aber sein ganzer Körper schmerzte höllisch, was Linus schier den Verstand raubte. Er guckte nach seinem Knöchel, der dick angeschwollen und blau angelaufen war. Sieht nicht gut aus! Die soeben gewonnene leise Zuversicht löste sich in der heißen Luft der Savanne rasch auf.

Ralf tastete mit schmerzverzerrtem Gesicht sein linkes Handgelenk ab, das er kaum noch bewegen konnte. »Hör endlich auf, ständig schwarzzumalen! Vielleicht fliegt hier in fünf Minuten ein Buschflugzeug von Kabo durch und findet uns.«

»Dafür hätten wir auf dem ersten Hügel bleiben sollen. Dort wären wir am ehesten gesehen worden. Auch gab es dort keine Elefanten und Raubkatzen wie hier.« Linus schnaubte.

»Am besten hätten wir die verdammte Wanderung nie gemacht. Ich könnte jetzt auch in einer Safari-Lodge ein großartiges Essen genießen und mich mit einer kalten Dusche erfrischen! Abends würde ich Lucia am Telefon von den Bräuchen der Einheimischen erzählen und mit ihr zusammen Namen für unser Kind aussuchen!«

»Jaja, euer Kind«, flüsterte Linus. Augenblicklich war ihm klar, dass diese drei Worte ein unglaublicher Fehler waren. Wieder habe ich mich von ihm provozieren lassen! Er wendete sich stumm ab und hoffte, dass Ralf ihn nicht verstanden hatte.

Eine beklemmende Stille senkte sich zwischen die beiden Brüder. Ralfs Gedanken rasten wie ein wilder Sturm. »Jaja, euer Kind? Was meinst du damit?«

»Nichts. Vergiss es.«

Ralf war wie versteinert. Sein Herzschlag trommelte, während in seinem Kopf Chaos herrschte. Die Fehlgeburten, die vernichtende Diagnose, die Pläne für eine kinderlose Zukunft, Lucias überraschende Schwangerschaft, ihre Vertrautheit mit Linus. Da war immer schon ein unsichtbares Band zwischen den beiden gewesen, eine Verbindung, die er nicht verstand und ihn ausschloss. Der Nebel der Verdrängung lüftete sich und die unfassbare Wahrheit schien plötzlich klar und deutlich vor ihm zu liegen: War das ungeborene Kind nicht seines, sondern das seines Bruders? Wäre er zu so etwas fähig? Ralf ballte die Fäuste, bereit, Linus zu schlagen. Doch dafür fehlte ihm die Kraft. Stattdessen durchbohrte er ihn mit einem eiskalten Blick.

»Also, was willst du mir sagen?«

Linus zögerte eine Spur zu lang. »Mensch, Ralf. Nichts! Wir sind kurz vorm Verdursten – da brauchen wir keinen überflüssigen Streit!« Seine Stimme zitterte verdächtig.

»Überflüssig?!« Ralf musste die Wahrheit erfahren. »Bist du der Vater meines Babys? Ausgerechnet du, der totale Versager?«

»Ach ja, Versager?! War klar, dass du wieder auf mich herabschaust!« Linus' Stimme brach. »Immerhin habe ich das im Gegensatz zu dir hingekriegt!«

Ralf sah Linus fassungslos an, das undenkbare Geständnis sank nur langsam in sein Bewusstsein. Lucia und Linus – verbunden durch ein gemeinsames Kind, während er als blinder Narr und Ernährer herhalten sollte. Etwas in ihm brach entzwei und ließ alle Zügel los. Der Durst, das Feuer, die wilden Tiere, sie waren plötzlich unwichtig. Er sah nur noch den Verrat seines Bruders. Lodernde Wut besiegte die Vernunft, Ralf schlug auf Linus ein. Wild und hart prasselten die Schläge auf ihn, der entsetzt aufschrie. Linus' Verteidigung war zuerst zaghaft, doch plötzlich ging er in den Gegenangriff und versetzte Ralf einen Kopfstoß. Der metallische Geschmack von Blut breitete sich in seinem Mund aus und seine Lippen brannten. Dann ein harter Schlag auf das Auge. Er blinzelte, fühlte aber keinen Schmerz. Das psychische Leid war schlimmer als der körperliche Schmerz. Linus fiel zu Boden und rollte weg, als sich Ralf auf ihn stürzen wollte. Sofort war Linus wieder auf den Beinen und trat ein paar Schritte zurück. Dann hob er beschwichtigend die Hände.

»Es ist nicht, wie du denkst.« Er keuchte. »Glaub mir, ich kann dir alles erklären! Du musst mir nur zuhören!«

»Du fickst meine Frau und glaubst, dass mich interessiert, wieso du das getan hast? Arschloch! Mieses Arschloch!« Erneut stürzte sich Ralf auf Linus und schlug unkontrolliert auf ihn ein. Er traf ihn mit der Faust mitten ins Gesicht, auf den Hals, die Brust. Besinnungslos drosch Ralf auf seinen Bruder ein, bis dieser keine Gegenwehr mehr leistete und nur noch schreiend die Hände vor den Kopf hielt. Außer Atem hielt Ralf inne, hustete und fluchte. Dann ließ er von Linus ab, setzte sich in den Schatten, schlug die Hände vor den Kopf und weinte verzweifelt. Sein Leben brach krachend in sich zusammen. Hass und Wut wurden von purer Verzweiflung abgelöst. Was blieb, waren Ohnmacht und seine zerplatzten Lebensträume. Ihre lebensgefährliche Lage trat in den Hintergrund – Ralf war alles um ihn herum egal. Minutenlang blieb er erschöpft sitzen und wusste weder ein noch aus. Er bekam weder mit, dass eine Gruppe Löwen zum Wasserloch drängte, noch hörte er das leise Stöhnen seines Bruders.

Immer mehr Tiere fanden sich am Wasserloch ein. Eine surreale Szene, für die Ralf keine Augen hatte. Wie konnte er nur so die Beherrschung verlieren? Es musste an den unmenschlichen Strapazen liegen, eine andere Erklärung fiel ihm nicht ein. Linus setzte sich stöhnend auf, Blut lief aus seinem Mundwinkel.

»Ralf, bitte, lass uns das klären. Es ist ganz anders!«, rief Linus zu ihm herüber. »Wenn wir nicht zusammenhalten, haben wir keine Chance!«

Pah, du vielleicht. Mit dir will ich nichts mehr zu tun haben! Ralf schnaubte und blickte demonstrativ in die andere Richtung. Linus' Worte prallten an ihm ab wie Pingpongbälle an einer Betonwand. Er musste weg von hier. Vollkommen egal, in welche Gefahr er sich und Linus brachte. Gleichmütig entfernte sich Ralf vom Wasserloch, das mit den wilden Tieren ohnehin keine Sicherheit mehr bot. Es musste nur ein Rudel Hyänen Hunger bekommen und sie waren leichte Opfer. Egal. Hauptsache, weg von Linus. Allein sterben, wie die alten Löwen und Elefanten in Botswanas Wildnis. Das hatte was, hatte mehr Stil und Würde. Ob mich Hyänen fressen oder die Flammen verschlingen? Völlig schnuppe!

Ralf fühlte keinen Boden mehr unter seinen Füßen und fiel in eine unendliche Schlucht. Sein Lebensinhalt zerfloss wie Eis in der afrikanischen Sonne.

Lara blickte durch die Rückscheibe des Pick-ups, auf dessen Ladefläche sie die zwei Geländefahrzeuge geladen hatten. Mit ihren mächtigen Reifen und den üppigen Stoßfängern wirkten die Quads respekteinflößend. Schaffe ich das? Sie hatte keinerlei Erfahrung mit diesen Fahrzeugen. Nervös knetete sie ihre Hände. Gleichzeitig fühlte sie Energie durch ihre Adern pulsieren, ihre Sinne waren wach und fokussiert. Ich packe das, wir müssen sie einfach finden! Nelson, ein Buschpilot im Ruhestand, kannte die Gegend wie seine Westentasche und fuhr David und Lara zum Startpunkt ihrer Rettungsmission mit den Quads. Der Plan war, auf der Straße so nah wie möglich an jenes Gebiet heranzukommen, wo sie Kabo, Linus und Ralf vermuteten. Je näher sie kamen, umso gewaltiger wurden die Rauchfahnen über der Savanne. Uff, schon krass! Das Feuer wütete zu ihrer Linken im Okavango-Delta. Laras Satellitentelefon klingelte. Cindys aufgewühlte Stimme drang durch die Leitung.

»Lucia, Ralfs Frau, aus Deutschland hat mich kontaktiert. Die Berichterstattung über unser Buschfeuer hat offenbar den Weg in die deutschen Medien gefunden. Sie ist außer sich vor Sorge! Tut mir leid, ich«, Cindy schluckte, »ich brachte es nicht übers Herz, ihr zu sagen, dass wir seit Tagen den Kontakt zu den dreien verloren haben. Sie erwartet doch ein Kind, oder?«

Das auch noch! Lara ließ sich seufzend in den Sitz zurückfallen und wusste nicht weiter. Lucia hat ein Recht darauf, die Fakten zu kennen, auf der anderen Seite …

»Hörst du mich noch?«, vernahm sie Cindys Stimme.

»Ja, klar. Ich habe nur überlegt, wie wir das anpacken. Ruf sie an und sag ihr die Wahrheit. Natürlich auch, dass wir sie suchen und dass Kabo der beste Führer ist, den man sich in der Wildnis wünschen kann. Sobald wir wieder zurück sind, rufe ich sie an. Okay?«

»Ja, okay.« Cindys Stimme war brüchig wie dünnes Eis und ließ keinen Zweifel daran, dass ihr dieser Auftrag schwerfiel.

Lara wollte gerade auflegen, als sie Timmys Stimme im Hintergrund hörte. Schon war er keuchend am Telefon.

»Ich habe sie gesehen!«

»Wie? Was?« Lara zuckte zusammen.

»Bei einem Löschflug, nur ganz kurz. Bei dem verdammten Rauch sieht man kaum etwas.«

»Kabo und die Brüder?«

»Da bin ich mir nicht sicher. Ich glaube, es waren nur zwei. Das ging verdammt schnell, ich habe sie nur schemenhaft gesehen. Aber ich bin mir sicher, dass da Menschen waren!«

»Vielleicht waren es auch Dorfbewohner auf der Flucht«, sagte David.

»Immerhin haben wir einen Anhaltspunkt für die Suche. Hast du die Koordinaten, Timmy?«

Lara trug seine Angaben auf der Karte ein. »Von der Region her könnte das passen!«

»Ich kenne die Gegend, die Straße ist nicht allzu weit davon entfernt.« Nelson blickte kurz auf die Karte. Dann beschleunigte er nochmals. »Wir dürfen keine Zeit verlieren!«

»Eine Sache noch«, sagte Lara. »Könntest du uns aus der Luft bei der Suche unterstützen, Timmy?«

»Keine Chance, zu viel Rauch. Meine Sichtung war ein reiner Glückstreffer. Sorry, aber wenn sich die Sichtverhältnisse verbessern, bin ich sofort zur Stelle!«

»Okay, danke.« Lara legte auf. Dann sind David und ich die letzte Hoffnung! Immerhin können wir die Suche jetzt besser eingrenzen.

Kaum hatte sie das Telefon in die Halterung zurückgelegt, bremste Nelson abrupt ab und fluchte.

»Eine Polizeiabsperrung!«

Ein junger Polizist trat entschlossen auf sie zu. »Sie müssen wenden, nördlich von hier ist die Lage zu riskant.«

»Unsere Freunde sind da draußen, wir müssen sie retten!«, erklärte Nelson.

»Es tut mir leid, das geht nicht.« Der glänzende Helm reflektierte die Sonne, Lara musste blinzeln. Nervös knetete sie ihre Hände, eine Verzögerung konnten sie sich nicht leisten.

»Es muss gehen!«

»Wir haben klare Anweisungen und dürfen keine Ausnahmen machen.« Der Polizist zuckte mit den

Schultern und schlenderte zu seinem Kollegen am Straßenrand zurück.

»Gib Gas!«, sagte Lara bestimmt.

»Das ist nicht dein Ernst?« Nelson blickte sie mit großen Augen an.

»Doch, wir müssen es wenigstens versuchen!« Der Gedanke, Kabo und die beiden Brüder in der Savanne sich selbst überlassen zu haben, war unerträglich für Lara. Diese Schuld würde sie ein Leben lang mit sich tragen.

»Du glaubst doch nicht, dass die Polizisten hier zum Spaß stehen und uns einfach durchlassen!«

»Mach schon, ich übernehme die Verantwortung.«

David nickte mit verkniffener Miene. Seine Zustimmung bestärkte Lara darin, das Richtige zu tun.

»Unglaublich!« Nelson hämmerte mit beiden Fäusten auf das Lenkrad, schüttelte den Kopf und gab Vollgas. Die Reifen quietschten und rauchten, während die Holzabsperrung der Polizei mit einem lauten Knall zerbarst. Lara klammerte sich an den Sitz, ein beklemmendes Gefühl in ihrer Brust ließ ihr Herz höherschlagen. Im Rückspiegel sah sie, wie einer der Polizisten mit erhobenen Händen dem Wagen hinterherrannte und der andere sein Funkgerät zog.

David zog scharf die Luft ein.

»Das gibt noch Ärger, junge Frau«, sagte Nelson aufgebracht.

Aber Lara spürte, dass diese wilde Aktion ihm insgeheim gefiel und er Spaß hatte. Immer wieder blickte sie nervös nach hinten. Doch da war nichts. Offensichtlich verzichteten die Polizisten darauf, mit ihrem Fahrzeug die Verfolgung aufzunehmen. Das beruhigte sie fürs Erste.

Als sie weit genug in der Savanne waren, fuhr Nelson an den Straßenrand. »Wir sind am Ausgangspunkt, die drei sollten sich irgendwo hier in der Nähe befinden. Aber«, er sah Lara eindringlich an, »die Wahrscheinlichkeit ist dünn wie ein seidener Faden und ihr setzt draußen euer Leben aufs Spiel. Das verfluchte Feuer ist unberechenbar, es kann jederzeit die Richtung wechseln und euch umzingeln. Dann seid ihr verloren. Von den anderen Gefahren der Wildnis mal ganz abgesehen.«

»Wir müssen es versuchen.« Lara sprang aus dem Truck, entriegelte die Ladefläche und montierte mit David die Rampe. Geschickt kletterte sie hoch, nahm auf ihrem Quad Platz und rollte langsam die Rampe hinunter.

Nelson wandte sich kopfschüttelnd David zu, der Laras Manöver aufmerksam verfolgte. »Respekt für euren Mut und euren Einsatz! Aber überspannt den Bogen nicht, es hilft niemandem, wenn ihr da draußen ums Leben kommt.«

David stieg auf die Ladefläche und setzte sich auf sein Quad. »Wir werden vorsichtig sein und uns immer einen Fluchtweg offenhalten.«

»Nur damit ihr es wisst«, Nelson kratzte sich am Hinterkopf, »wenn das Feuer mir den Weg zurück nach Maun abzuschneiden droht, werde ich den Rückzug antreten. Tut mir leid, aber ich habe keine Lust, hier draußen abgefackelt zu werden.«

David nickte, dann fuhr er sein Quad gekonnt von der Ladefläche. »Haben wir eine Chance, dass wir die drei lebend finden?«, fragte er Lara.

»Hast du kalte Füße bekommen?«

»Nein, nein. Aber ich habe eine Familie. Es ist sinnlos, unser Leben für eine aussichtslose Mission zu riskieren.«

Lara ging sämtliche Szenarien durch. Aussichtslos? Bin ich zu optimistisch? Ihr Blick schweifte über die Büsche zu den Rauchschwaden am Horizont. Die Erfolgschancen sind tatsächlich gering, das Risiko dafür sehr hoch. Aber müssen wir es nicht wenigstens versuchen?! Wie könnten wir damit leben, wenn wir jetzt kehrtmachen? Ralf wird Vater! Seine Verlobte und sein Kind brauchen ihn auch!

Lara fuhr mit dem Quad neben David. »Ich respektiere es, wenn du die Aktion abbrechen willst. Dann fahre ich allein und wir bleiben über Funk in Verbindung. Wenn ich sie finde, melde ich mich.«

David warf die Arme in die Luft. »So war das nicht gemeint. Ich lasse dich sicher nicht alleine in die Schlacht ziehen!«

Er schnallte sich den Rucksack mit den Wasserflaschen und dem Erste-Hilfe-Set an, den ihm Nelson reichte. »Auf geht's, wir haben noch maximal drei Stunden Tageslicht!«

Lara setzte sich den Helm auf und fuhr los. Sie fuhr ins unberechenbare Gelände, Kabo und den Brüdern entgegen. Ihr Quad rumpelte und röhrte, Adrenalin rauschte durch Laras Adern. Ihre anfänglichen

Bedenken waren unbegründet, sie kam mit dem Geländefahrzeug auf Anhieb zurecht. David folgte ihr mit geringem Abstand.

Am Nachmittag war die Luft knochentrocken, jeder Atemzug kratzte wie Sandpapier. Die Büsche wogten in der zarten Brise, nichts deutete auf das desaströse Buschfeuer hin, das in der Nähe wütete. Ralf war mittlerweile einen knappen Kilometer vom Wasserloch entfernt und taumelte ziellos und erschöpft durchs Unterholz, als urplötzlich ein alter Löwe vor ihm auftauchte. Die verfilzte Mähne hing in Strähnen herab, ein Auge war grau, vermutlich blind. Das majestätische Tier schien ebenso verblüfft wie Ralf, verharrte regungslos und nahm Ralf mit seinem gesunden Auge ins Visier. Ralf hatte das Gefühl, als würde der König der Tiere direkt in seine Seele blicken. Instinktiv wollte er flüchten, doch er unterdrückte den Impuls. Trotz seines Alters hätte der Löwe ihn im Handumdrehen eingeholt und überwältigt. Ralf schien es, als begegnete er in Gestalt des alten Löwen seinem Schicksal. Sein innerer Widerstand versiegte und er bewegte sich nicht. Angst und Trauer verflogen wie Staub im Wind. Das war's dann wohl, ich kann nichts mehr tun. Der Löwe wog bedächtig seinen Kopf, als ob er die Situation bewerten müsste. Ralf stand dem Herrscher der Savanne gegenüber und fühlte sich in eine andere Sphäre entrückt, als würde er von oben auf die epische Begegnung blicken. Er wartete gebannt auf den vernichtenden Schlag des Löwen, doch nichts geschah. In diesen Sekunden hatte Ralf das Gefühl, dass sie sich gegenseitig respektierten, keinerlei Groll gegeneinander hegten. Er fühlte sich mit dem Löwen, mit Botswana, mit ganz Afrika verbunden. Keine Wut, nur Akzeptanz, gefangen im Hier und Jetzt. Vollkommen ruhig, befreit von Sorgen und Angst. Empfanden das Zebras und Antilopen im Angesicht des Todes bei ihren letzten Atemzügen? Radikale Gewissheit, dass alles im ewigen Kreislauf des Lebens seine Richtigkeit hat. Kein Festklammern, kein Hadern, nur das ewige Fließen der Existenz. Ralf atmete ruhig und wartete auf den nächsten Schritt des Löwen. Er schaute in das gesunde Auge des Tiers und glaubte, in das kollektive Bewusstsein der Erde, des Mondes, der Sonne und der Sterne einzutauchen. Er fühlte die ewigen Wogen des Daseins und was in diesem unendlichen Meer, in dem der Mensch so winzig ist, wirklich zählt: Liebe, bedingungslose Liebe. Eine tiefe Gelassenheit umarmte ihn. Raum und Zeit verloren ihre Bedeutung. Er wartete geduldig auf die Entscheidung des Löwen. Dann war es so weit: Majestätisch senkte die Großkatze den Kopf und trottete lautlos ins Dickicht. Ralf fand in die Gegenwart zurück. Sein Herz hämmerte wild und er keuchte heftig. Hab ich das gerade geträumt?! Seine Trance wich neuer Entschlossenheit. Ich komme hier raus! Gleichzeitig wurde ihm klar, dass die Chancen mit Linus größer waren. Allein deswegen, weil Raubkatzen sich von zwei Menschen eher abschrecken lassen als von nur einem. Außerdem hatte er am Sterbebett seiner Mutter geschworen, auf Linus aufzupassen. Ralf eilte zurück. Die unsäglichen Schmerzen in seinen

Beinen und im lädierten Handgelenk ignorierte er tapfer, genauso wie die bittere Enttäuschung durch Linus und Lucia, den wichtigsten Menschen in seinem Leben. Das alles hat jetzt keinen Platz! Der unbändige Lebenswille trieb ihn voran.

18

WILDNIS BOTSWANA – TAG 5

Seit über einer Stunde pflügten David und Lara mit ihren Quads durchs Dickicht auf der Jagd nach einer Spur. Der unberechenbare Wind trieb Rauch und Flammen zu ihnen hinüber. Lara keuchte, das Husten stach in ihrer Brust. Sie erkannte, dass ihre Chancen mit jeder Minute schrumpften. Sie mussten dem Busch entfliehen, bevor das Feuer die Straße erreichte. Ihre Augen brannten, verzweifelt nach Anzeichen der Vermissten suchend. Nichts. Es war die berühmte Suche nach der Nadel im Heuhaufen. Manchmal schenkt das Schicksal Glück, aber das hier wäre ein Sechser im Lotto. David winkte für eine kurze Pause. Schweiß rann über sein Gesicht. Sein Blick war ein offenes Buch: Resignation hatte sich eingenistet. Ihre Mission war gescheitert. Doch Lara wehrte sich gegen die bittere Erkenntnis.

»Wir suchen weiter, so lange wir können! Das schulden wir ihnen!«, schrie sie ihm zu.

»Uns läuft die Zeit davon!«

Verschwommen entdeckte Lara in der Ferne einen sanft gewellten, mit Büschen überwachsenen Hügel. Das Feuer kam ihm bedrohlich nah. In der Nähe dieser einsamen Erhebung schlängelte sich der Okavango durch die Savanne. Von dort oben haben wir einen guten Überblick über das Tal! Sie ignorierte Davids Rufe, riss das Lenkrad herum und jagte mit Höchstgeschwindigkeit auf den Hügel zu, geradewegs in die Arme der Flammen. Mit den wuchtigen Rädern ihres Quads mähte sie kleinere Büsche nieder, während sich die Staubwolke hinter ihr mit dem immer dichter werdenden Rauch vermischte.

> Leg das Ruder erst dann nieder, wenn das Boot am Ufer ist.
>
> — SPRICHWORT AUS GABUN, ZENTRALAFRIKA

Cliff sog die stickig-warme Luft im Büro der African Bush Pilots ein und schüttelte fassungslos den Kopf. Das kann einfach nicht sein! Cindys Blick bestätigte ihm, dass es tatsächlich so war. Er wurde in einen Strudel aus Zorn und Angst um Lara gerissen, der keine klaren Gedanken mehr zuließ.

»Bist du dir ganz sicher?«, hakte er trotzdem noch einmal nach.

»Ja, ich habe vor wenigen Minuten mit Nelson

gesprochen«, erwiderte Cindy. »Lara und David sind auf ihren Quads im Busch.«

»Du hättest sie um jeden Preis aufhalten müssen! Da draußen schweben sie in Lebensgefahr! Hast du die Nachrichten nicht gehört? Feuer über Feuer!«

Cindy wischte die Vorwürfe mit einer Handbewegung zur Seite. »Die beiden waren nicht von ihrer Rettungsmission abzubringen.«

Cliff ließ sich auf einen Stuhl fallen. »Es tut mir leid, ich weiß, dass es nicht deine Schuld ist. Aber die Wahrscheinlichkeit, Kabo und die Brüder zu finden, ist so gering, dass sie das enorme Risiko nicht aufwiegt!«

»Nelson kennt sich aus, er hat sie vor den Gefahren gewarnt. Ich glaube nicht, dass Lara leichtsinnig handelt, David auch nicht. Sie kennen die Lage und werden vorsichtig sein.«

»Wie dem auch sei, ich werde hier nicht tatenlos rumsitzen, ich fahre ihnen hinterher. Vielleicht kann ich sie noch rechtzeitig abfangen, bevor sie etwas Unüberlegtes tun.«

Cliff wollte aufstehen, als Cindy ihn am Handgelenk festhielt.

»Was soll das?«, fragte er verdutzt.

»Wir brauchen dich hier, Cliff! Nelson wird die beiden heil zurückbringen!«

»Kannst du mir das versprechen?«

Cindy schüttelte den Kopf. »Das kann niemand, aber ich glaube fest daran!« Sie sah Cliff eindringlich in die Augen. »Wir haben nicht genügend Ärzte. Geh in die Praxis und hilf den Leuten. Sobald ich etwas Neues erfahre, gebe ich dir Bescheid.«

Cliff fuhr sich nervös durch die Haare. »Verflucht,

Lara und ich haben uns im Streit getrennt.« Seine Stimme verlor an Kraft. »Das macht es jetzt umso schwerer, beinahe fast unerträglich.«

»Sie liebt dich, Cliff. Ein Streit ändert daran nichts.«

»Ich kann es nicht ertragen, Lara noch einmal zu verlieren.« Er schluckte. »Ich brauche sie!«

»Und sie dich. Geh jetzt, hilf den Menschen.«

Cliff umarmte Cindy kurz und eilte zum Auto. Sie hat recht, ich muss zurück in die Praxis und mich auf meine Arbeit fokussieren! Und hoffen! Er startete den Wagen und raste mit durchdrehenden Reifen davon.

Linus starrte auf das Wasserloch, das von einer Schar durstiger Zebras umringt war. Sie standen Schulter an Schulter, im Hintergrund wartete eine Gruppe Elefanten. Aufkommender Wind umspielte sein Gesicht und brachte eine düstere Vorahnung. Es war nur eine Frage der Zeit, bis das Feuer auch hier alles verzehren würde. Das Wasserloch würde ihm nicht mehr lange als Zuflucht dienen können. Die Gluthitze und der dichte Rauch würden ihm auch im Wasser ein tödliches Ende bereiten, nur langsamer und qualvoller. Hinzu kamen die Raubtiere, die ihn kaum lange dulden würden. Erschöpfung lähmte seine Gedanken und er begann zu akzeptieren, dass seine Tage gezählt waren. Wohin sollte er auch fliehen? Die bittere Erkenntnis, bald zu sterben, ohne Ralf die ganze Wahrheit über die Vaterschaft des Babys zu erzählen, war schier unerträglich. Linus betrachtete den blutroten Himmel, als er glaubte, das Flüstern seiner Mutter zu vernehmen. Er lauschte, hörte aber nur das Rascheln der Büsche und das leise Heulen des Windes. Sein Hals schmerzte, als hätte er Rasierklingen verschluckt. Der verfluchte Rauch! Er hustete und bekam kaum Luft. Drei Zebras galoppierten panisch an ihm vorbei, während zwei Giraffen unruhig zwischen dem nahenden Feuer und der Wasserstelle hin und her sahen.

Seine Gedanken wanderten erneut zu seiner Mutter. War das dein Plan? Wir sterben im Buschfeuer, damit sich unsere Seelen im Jenseits wieder vereinen? Linus schüttelte den Kopf. Letztlich sind es doch alles launische Zufälle des Schicksals! Aber warum sind andere erfolgreich, während mein Leben schon von Anfang an zum Scheitern verurteilt war? Linus nahm eine Handvoll Sand und ließ ihn durch seine Finger rieseln. Wie flüchtig doch alles ist. Sein ganzes Leben, seine Träume und Hoffnungen fielen wie der Sand durch seine Finger.

Knackende Äste hinter ihm rissen ihn aus seinen düsteren Gedanken. Er rechnete instinktiv mit dem Schlimmsten und das Blut gefror augenblicklich in seinen Adern. Ein hungriger Löwe wird mein Schicksal also endgültig besiegeln! Er kauerte sich zusammen und hob seine Hände schützend vor den Kopf.

»Steh auf! Wir kennen die Richtung, weit kann es

zur Straße nicht mehr sein. Wir können es schaffen!« Ralfs Stimme bebte.

Verblüfft wandte Linus sich um. »Du bist zurück? Lieb von dir, aber ich bin dir nur eine Bürde. Mit mir verlierst du kostbare Zeit. Geh alleine!«

»Kein Widerspruch!« Ralf packte Linus entschlossen an den Achseln und zerrte ihn hoch.

Linus taumelte, ihm wurde schwindelig. Seinen Bruder noch einmal zu sehen, freute ihn, gleichzeitig sah er keinen Sinn mehr darin, weiter zu flüchten. Linus hatte abgeschlossen. Das Trompeten einer Elefantenherde drang an sein Ohr. Sie trampelten in ihre Richtung, im Hintergrund baute sich eine flammende Wand auf. Der Wind hatte gedreht, frischte auf und brachte die tödlichen Flammen zurück. Die Erde erzitterte unter dem Ansturm der majestätischen Kolosse, die in Panik vor dem Inferno flüchteten. Das nahende Angesicht des Todes riss Linus aus seiner Lethargie. Adrenalin durchströmte ihn und er war wieder hellwach.

»Na endlich! Jetzt aber los!«, schrie Ralf, der mit riesigen Schritten davonstürmte.

Linus heftete sich an seine Fersen, entschlossen, seinen Bruder weder aufzuhalten noch aus den Augen zu verlieren. Die brennenden Schmerzen im Knöchel ließen ihn laut aufschreien, hielten ihn aber nicht zurück. Als Ralf vor einem Termitenhügel stoppte, begriff Linus. Die Insektenbauten weisen uns mit ihrer Ausrichtung den Weg. Genial! Ein Funken Hoffnung ließ seine Schritte leichter werden, verdrängte den Schmerz in seinen Füßen. Linus keuchte, hustete, fluchte und stöhnte, aber er kämpfte. Den Blick starr auf Ralfs Absätze gerichtet, mobilisierte er seine letzten Reserven. Dann geschah das Unfassbare: Ralf stolperte über eine Wurzel, fiel mit dem Kopf auf einen Stein und blieb liegen. Linus konnte nicht rechtzeitig bremsen und fiel über ihn. Er rollte sich röchelnd von Ralfs reglosem Körper, dann rüttelte er ihn verzweifelt.

»Ralf, nein, bitte! Nicht das auch noch!«

Stille. Ist er bewusstlos oder tot? Linus verzweifelte. Er legte sich hin, atmete tief, und versuchte, seine Gedanken zu ordnen. Dann fühlte er mit zittrigen Händen Ralfs Puls. Nichts. Er versuchte es noch einmal. War da etwas? Linus konzentrierte sich. Jetzt war er sich sicher, Ralf lebt! Linus schüttelte ihn, versuchte, ihn auf die Beine zu bringen.

»Wach auf, verdammt nochmal! Das Feuer ist bald da! Scheiße!« Linus packte Ralf von hinten an beiden Schultern und schleppte ihn rückwärts. Fünf Schritte, zehn Schritte, fünfzehn Schritte. Das Feuer war nur noch fünfzig Meter entfernt. Der Rauch verdichtete sich. Tut mir leid, Ralf, aber zu zweit schaffen wir es nicht! Der Gedanke zerriss ihm das Herz. Gleichzeitig war ihm klar, dass es keinen Ausweg gab. Er legte Ralf sanft auf den Boden, warf einen letzten Blick auf seinen reglosen Körper und rannte weiter Richtung Straße. Er musste wenigstens sein Leben retten.

Am späten Nachmittag war Cliff erneut im Büro der African Bush Pilots. Er war aus Sorge um Lara und David so mit den Nerven am Ende, dass Aaron ihn nach Hause geschickt hatte. In diesem Zustand war er keine Hilfe in der Praxis. Zusammen mit Riley lief er unruhig auf und ab, die knisternde Spannung in der Luft war fast greifbar. Olivia saß stumm in einer Ecke und starrte vor sich auf den Boden. Lara und David waren immer noch im Busch und ihnen blieb nur noch eine Stunde Tageslicht! Cindy erschien mit einer Kanne frischem Kaffee, doch beide winkten ab. Beruhigungsmittel würden in dieser Situation mehr helfen als Koffein. Plötzlich summte das Satellitentelefon und Cliff griff mit zitternden Händen danach. Nelson stammelte mit heiserer, von Panik erfüllter Stimme.

»Die Flammen nähern sich unaufhaltsam und bald ist der Rückweg nach Maun abgeschnitten. Sorry, ich muss von hier verschwinden. Sofort!«

»Wo sind Lara und David?«

»Keine Ahnung, sie müssten längst zurück sein. Es ist zu gefährlich hier.«

»Verdammt!« Cliff schaute Riley mit aufgerissenen Augen an. »Nelson muss ohne sie zurück!«

Riley entriss ihm das Telefon. »Hör mir gut zu, Nelson. Ich verstehe, dass du gerade in der Hölle schwitzt. Aber ich flehe dich an, auch im Namen von Olivia, gib ihnen noch fünfzehn Minuten. Sie sind bestimmt gleich da!«

»Fünfzehn Minuten?! Du hast keine Ahnung, wie es hier aussieht. In fünfzehn Minuten werde ich gegrillt. Der Wind wird immer stärker!«

Tränen liefen Rileys Wangen hinunter. »Bitte, Nelson, vielleicht haben sie die drei gefunden – deswegen dauert es länger. Bitte!«

»Ach, verflucht, Mist, ich bin zu alt für diesen

Scheiß!«, erwiderte Nelson. Dann herrschte Stille in der Leitung. Cliff befürchtete schon, dass Nelson aufgelegt hatte, als er gepresst sagte: »Also gut, ich gebe ihnen noch ein paar Minuten.«

Riley legte das Satellitentelefon behutsam auf den Tisch. »Cliff, was können wir tun?!«

»Nichts.« Ihm wurde übel bei dem Gedanken, dass er Lara dieses Mal endgültig verlieren würde.

Olivia setzte sich schluchzend auf Rileys Schoß. »Hast du mit Papa gesprochen?«

»Nein, Schätzchen. Das war Nelson.«

»Geht es Papa nicht gut?« Olivia sah Riley mit ängstlichen Augen an.

»Er, ähm, ist mit Lara unterwegs. Nelson wartet, dass sie von ihrer Suchaktion zurückkommen. Das werden sie bestimmt bald.«

»Bist du sicher?«

Die Ängste des kleinen Mädchens ließen Cliff noch mehr verzweifeln. Sie würde vielleicht ihren Vater verlieren. Aus eigener Erfahrung wusste er, wie furchtbar das wäre.

»Ich hoffe es aus tiefstem Herzen.«

»Muss Papa sterben, weil er die anderen retten wollte?«

Riley umarmte Olivia fest, Tränen strömten über ihre Wangen, und ihre Stimme zitterte. »Sprich nicht so, Schätzchen. Papa ist stark, das weißt du. Lara auch, sie packen das. Aber wir müssen ihnen ganz fest die Daumen drücken.«

»Das kann ich ganz gut!«

Olivia presste beide Daumen in ihre Fäuste, während sie sich enger an Riley schmiegte. Cliff vergrub seinen Kopf in den Händen. Seine Nerven würden die Sorgen nicht mehr lange ertragen.

Linus peilte stolpernd und humpelnd seine letzte Chance an, die Straße nach Maun. Der Himmel erstrahlte in leidenschaftlichen Rot- und Goldtönen des Sonnenuntergangs, der Rauch verlieh der Szene eine surreale Dramatik. Seine Augen waren blind für dieses Kunstwerk der Natur. Er jagte um sein Leben. Immer wieder stolperte er über Wurzeln und Steine, aber er ließ sich nicht aufhalten. Plötzlich stockte er. Eine bittere Erkenntnis durchzuckte ihn wie ein Blitzschlag. Ich werde mir das niemals vergeben! Ralf hätte alles getan, um mich zu retten. Niemals hätte er mich aufgegeben! Er hätte bis zum Letzten gekämpft, selbst in einer ausweglosen Lage. Linus war zerrissen. Auf der einen Seite die Straße und mögliche Rettung. Auf der anderen sein Bruder, dem Feuertod ausgeliefert. Durch die verzweifelten Gedanken, die gegen seine Schädeldecke hämmerten, hallte die Stimme seiner Mutter. Steh endlich deinen Mann, Linus! Hör auf, ständig das Opfer zu sein. Stell dich der Gefahr, anstatt wegzulaufen! Trag Verantwortung für dich und deinen Bruder. Er hat das sein Leben lang für dich getan und würde es immer wieder tun! Linus ließ sich verzweifelt auf die Knie sinken. Verflucht, was soll ich nur tun?! Was nützt es, wenn wir beide draufgehen?! Er wandte sich um, das Inferno kam immer näher. Es war eine Frage von wenigen Minuten, vielleicht sogar Sekunden, bis die

Flammen Ralf verschlingen würden. Er musste eine Entscheidung treffen. Jetzt!

Cliff ertrug die Warterei nicht mehr. Aaron hatte in der Praxis alle Hände voll zu tun und die Buschpiloten flogen pausenlos Löscheinsätze. Er fühlte sich nutzlos, als er aus dem Bürofenster Richtung Norden schaute, wo die Rauchwolke immer größer wurde.

»Noch eine Minute, dann fahre ich los!«

Cindy packte seine Schultern. »Das bringt gar nichts. Es reicht, dass die anderen in Gefahr sind.«

»Vielleicht kann ich helfen!«

»Nochmals, Cliff. Nelson ist ein alter Hase, er war einer unserer Top-Piloten. Er weiß, was in riskanten Situationen zu tun ist. Vertrau ihm!«

Cliff schlug die Hände über dem Kopf zusammen. »Ich halte es nicht aus, hier nur Däumchen zu drehen.«

»Dann geh zurück in die Praxis!«

»Dafür reicht meine Konzentration nicht. Lara, puh, ich könnte es mir nie vergeben, wenn …« Er schloss die Augen. Eine Welt ohne sie war für ihn unvorstellbar.

»Das verstehe ich.« Cindy führte ihn sanft zum Besprechungstisch. »Setz dich, ich mach dir einen Tee, dann sehen wir weiter. Jetzt ist nicht der Moment für kopflose Aktionen!«

Cliff ließ sich mit einem Seufzer nieder, Riley spielte mit Olivia auf dem Boden mit Karten. Das Ablenkungsmanöver funktionierte bei der Kleinen zum

Glück. Aber in Rileys Miene las er Anspannung und Angst. Keine Frage, es ging ihr wie ihm: Sie waren beide krank vor Sorge und mit den Nerven am Ende. Erinnerungen an das Drama mit Lara nach dem Unfall mit dem Hippo prasselten auf ihn ein wie Hagelschauer. Er kämpfte gegen die Verzweiflung und Panik und stand energisch auf. Sitzenbleiben ging nicht mehr.

Linus rannte zurück und packte Ralf mit letzter Kraft unter den Schultern. Funken stoben zu ihm hinüber und entfachten tausende kleine Brände um sie herum. Schritt für Schritt zerrte er Ralf durch die Savanne. Seine schmerzenden Füße und Oberschenkel rebellierten, doch sie konnten seinen Willen nicht brechen. Er fiel, fluchte, keuchte, kämpfte sich wieder hoch. Sie waren viel zu langsam. Die Feuerwalze kam näher, gnadenlos und mörderisch. Er spürte die Hitze auf seiner Haut. Es ist nicht vorbei, bis es vorbei ist! Sein Rücken schrie, seine Hände konnten die Last kaum halten. Egal, Schritt für Schritt schleppte er Ralf durch die Savanne. Die Stimme seiner Mutter hallte im Kopf: Übernimm Verantwortung! Kämpf weiter! Gib nicht auf! Linus sah Sterne, fühlte nichts mehr. Das Adrenalin peitschte durch seinen erschöpften Körper, doch es genügte nicht. Er sackte zu Boden, der bewusstlose Ralf lag auf ihm. Linus rang nach Luft, kämpfte sich erneut hoch, brach wieder zusammen. Er robbte, schluckte Staub und verletzte sich an Ästen und Steinen. Blut, Staub, Rauch und die verfluchte tödliche

Hitze. Er zerrte an Ralf, schrie, aber konnte sich nicht mehr bewegen. Wir haben verloren. Aber ich habe gekämpft und alles gegeben! Mehr ist nicht drin! Dann ließ er los, akzeptierte ihr Schicksal und sofort umfing ihn eine tiefe Ruhe. Gleich ist es vorbei. Bilder seines Lebens liefen vor ihm ab wie ein Kinofilm. Schöne Momente seiner Kindheit, als sie zu dritt waren. Seine Mutter, Ralf und er. Bald werden wir wieder vereint sein. Dieser Gedanke beruhigte ihn und er wollte ihn festhalten. Kurz bevor er das Bewusstsein verlor, fühlte er Stolz. Er hatte endlich Verantwortung übernommen. Zu spät, aber besser als nie.

> Einen Fehler zu begehen, ist menschlich. Ihn nicht zu korrigieren, das ist der wahre Fehler.
>
> — KONFUZIUS

David setzte alles auf eine Karte, als er Lara mit seinem Quad während der Fahrt den Weg abschnitt. Er musste sie endlich stoppen. Das Tageslicht schwand und die Flammen waren viel zu nahe. Quietschend bremste sie und wirbelte Staub auf. Sie waren nur noch wenige Meter vom lodernden Feuer entfernt und der Rauch machte das Atmen beinahe unmöglich.

»Wir müssen zurück, das hat keinen Sinn mehr! Wenn du nicht mitkommst, fahr ich alleine! Hörst du?!«

David hat recht! Doch Laras Bauchgefühl sträubte sich, die Wahrheit anzuerkennen. War es schlechtes Urteilsvermögen, Sturheit oder ein sechster Sinn? Sie hatte eine diffuse Ahnung, dass immer noch Hoffnung bestand.

»Lara! Wenn wir jetzt nicht umkehren, gefährden wir nicht nur uns, sondern auch Nelson. Wir fahren jetzt zurück, verdammt noch mal!«

»Okay.« Lara stellte sich auf den Sitz, machte sich so groß wie möglich und blickte sich ein letztes Mal um. Die Hitze des herannahenden Feuers brannte im Gesicht. Sie musste ihr T-Shirt vor die Nase ziehen, um atmen zu können. Sofort war auch ihr klar, dass sie schnell hier raus mussten! Sie wendete und gab Gas. Die Enttäuschung und die Verzweiflung ob der misslungenen Suchaktion zerrissen ihr beinahe das Herz. Der letzte Strohhalm der Hoffnung war gebrochen. Nur ein Wunder kann die drei jetzt noch retten.

»Na endlich!«, schrie David erleichtert, der seine Maschine sofort wendete, voll beschleunigte und zu ihr fuhr.

Bei vollem Tempo suchte sie weiter die Gegend ab. Stopp, da war doch was! Zwei leblose Körper lagen zwischen ein paar Büschen. Sie erkannte Linus und Ralf, das Feuer war nur wenige Meter von ihnen entfernt. Sie bremste so plötzlich, dass David nicht mehr reagieren konnte und mit vollem Tempo in sie reindonnerte. Der heftige Aufprall stieß Lara vom Quad und sie flog mit einem lauten Schrei vornüber in einen Dornenbusch. Ihr war, als würde sie gleichzeitig mit tausend Nadelstichen traktiert. Noch schlimmer war, dass sie sich nicht aus eigener Kraft aus den

Dornen befreien konnte, sie war in dem Busch gefangen. Ihre Schulter schmerzte stechend und der Schädel brummte so heftig, dass sie nicht klar denken konnte. Lara ächzte und stöhnte, versuchte, sich mit Händen und Füßen zu befreien. Doch je stärker sie um sich schlug, desto mehr verhedderte sie sich in den Ästen und desto unbarmherziger schlugen die Dornen in ihr Fleisch.

»Verdammt, spinnst du?«, schrie sie David an, als er mit weit aufgerissenen Augen näher kam.

»Scheiße, tut mir leid, aber du hast ohne Vorwarnung eine Vollbremsung hingelegt. Ich hatte keine Chance!«

»Hilf mir sofort hier raus!«

»Puh, wenn das nur so einfach wäre!« David brach Zweig um Zweig des Dornenbusches ab, um Lara zu befreien. »Halt gefälligst still, sonst wird alles nur noch schlimmer!«

Er arbeitete so schnell wie möglich, aber das Unterfangen brauchte Zeit. Lara versuchte derweil, ihre Gedanken zu ordnen. Linus und Ralf, leben sie noch? Statt zu helfen, liege ich in den Dornen, das darf doch einfach nicht wahr sein! Jede Minute zählt! Endlich reichte David Lara seine Hand und zog sie mit einem Ruck aus dem Busch. Als sie fluchend neben ihm stand, entfernte er die restlichen Dornenzweige von Armen und Beinen. Laras ganzer Körper schrie auf vor Schmerz, aber sie konnte Beine, Arme und Schultern bewegen.

»Verdammtes Glück, nichts verletzt!«

»Du blutest überall, lass mich mal sehen«, sagte David mit gerunzelter Stirn.

»Keine Zeit, dort drüben liegt der Grund für meine Vollbremsung!«

David drehte seinen Kopf. »Linus, Ralf? Meine Güte!«

Lara schwang sich zurück auf ihr Quad, gab Vollgas, preschte über Büsche und Steine auf die Brüder zu. Die Hitze der Flammen war unerträglich. Für die Rettung blieb kaum noch Zeit!

Linus bewunderte mit Andrea an einem warmen Sommertag auf dem Chiemsee den Sonnenuntergang. Er ruderte mit gleichmäßigen Zügen das Boot zur besten Stelle. Andrea lächelte und ihre Augen funkelten. Alles war gut, das Leben für ein paar flüchtige Momente leicht und bunt. Linus stoppte mitten auf dem See, nahm ihre Hand und zog sie zu sich, um sie sanft zu küssen. Möwen kreisten über ihnen, die Sonne tauchte hinter den Bergen unter und das letzte Tageslicht glitzerte auf dem stillen Wasser. Pure unverfälschte Magie, Linus war endlich glücklich.

Donnernder Motorenlärm und quietschende Bremsgeräusche rissen Linus aus seinen Träumen. Ralf lag regungslos neben ihm auf dem Boden. Widerwillig wandte er seinen Kopf, um zu sehen, was seine Idylle störte. Seine müden Augen sahen nur eine Staubwolke. Dann hörte er Schreie.

19

WILDNIS BOTSWANA – TAG 5

Linus ächzte vor Schmerzen, als er sich mit letzter Kraft mühsam aufrichtete. Jede Faser seines Körpers schrie in Agonie. Instinktiv zuckte er zurück, als die glühende Hitze des Feuers ihm die Luft raubte. Es hatte ihn fast erreicht, Büsche detonierten geradezu, wenn sie von den gierigen Flammen erfasst wurden. Das dürre Gras der Savanne flackerte wie ein Docht. Plötzlich konnte er durch den aufgewirbelten Staub hindurch Lara auf einem Quad erkennen, dicht dahinter war David. Träume ich, oder was? Er konnte nicht glauben, dass für sie Rettung in letzter Sekunde nahte. Das geschieht nur in Hollywood. Noch ehe Linus die Lage richtig erfassen konnte, umfing ihn erneut Dunkelheit, und er sackte wie ein Stein zu Boden. Sein Kopf landete auf Ralfs Körper.

Als Linus Minuten später wieder zu sich kam, spürte er eine Hand um seine Taille. Es polterte, rumpelte und dröhnte. Er bewegte sich so schnell vorwärts, dass er über die Büsche zu schweben schien. Mit aller Kraft hob er seinen Kopf und realisierte, dass er auf einem Geländefahrzeug über körnigen Sand raste. An Büschen und Bäumen vorbei, die bald vom Flammeninferno verschlungen werden würden. Dann nahm er Lara hinter sich wahr, die mit verbissener Miene das Gefährt einhändig durch die Savanne navigierte. Rechts fuhr David, der seinen Bruder vor sich auf dem Quad hatte. Ralfs Kopf hing leblos herunter und wurde bei jeder Senke bedenklich hin und her geschüttelt. Lebt er noch? Ein kalter Schauer durchfuhr Linus. Er ist tot, ich habe versagt! Linus schloss die Augen und sehnte sich danach, seinem Bruder zu folgen. Er war erschöpft, komplett leer, hoffnungslos. Die Augenlider fielen ihm runter und er verlor erneut das Bewusstsein. Dass Laras Gefährt plötzlich ins Stocken geriet und an Tempo verlor, bekam er ebenso wenig mit wie ihr wütendes Gezeter.

Riley ging im Büro der Buschpiloten unruhig auf und ab, Olivia fest an sich gepresst. Das Mädchen hatte sich in den Schlaf geweint. Die Luft war stickig und knisterte wie bei einem nahenden Gewitter. Rileys Herz schlug panisch bei dem Gedanken, dass David und Laras Überlebenschancen mit jeder Minute schwanden. Cindy klopfte mit einem Stift nervös auf die

Tischplatte, während sie das Satellitentelefon krampfhaft festhielt. Cliff war in die Praxis gerufen worden. Zwei Schuljungen hatten lebensgefährliche Brandwunden erlitten und brauchten Hilfe. Das Zermürbendste für Riley war, dass sie nichts tun konnte, während Lara und David in tödlicher Gefahr schwebten. Plötzlich schrillte das Telefon, Cindy zuckte zusammen und ging ran. Sie runzelte die Stirn vor Sorge, je länger sie zuhörte. Dann blickte sie zu Riley.

»Nelson fährt los, er kann nicht länger warten«, sagte Cindy matt.

Riley entriss ihr den Hörer. »Du kannst Lara und David nicht zurücklassen!«

»Es tut mir leid«, erwiderte Nelson. »Ich habe schon viel zu lange gezögert! Es ist gut möglich, dass ich auch nicht mehr rauskomme.«

Es knisterte in der Leitung, dann ertönte das Besetzzeichen. »Er hat einfach aufgelegt!« Riley wurde übel, sie musste sich setzen.

»Ich kenne Nelson. Er hat ganz sicher keinen Moment zu früh aufgegeben«, sagte Cindy, während sie vorsichtig die schlafende Olivia von Riley übernahm. »Lara und David sind zäh, sie werden es schaffen.«

Riley nickte apathisch – unfähig, einen klaren Gedanken zu fassen.

In diesem Moment funkte einer der Piloten. »Ich habe auf dem Rückflug zwei Quads durch den Rauch hindurch ausgemacht. Sie steuern auf die Straße zu.«

Schweißperlen rannen über Rileys Stirn. »Wie viele Menschen sind auf den Quads?«

»Wenn ich mich nicht irre, sind es vier. Ich konnte nicht näher ranfliegen – zu viel Rauch!«

Vier! Das bedeutet, sie haben Kabo und die Brüder gefunden. Aber einer fehlt! Wer fehlt?! Oder haben David und Lara andere Menschen gefunden? Nelson muss unbedingt warten! Mit zitternden Fingern wählte Riley seine Nummer. Keine Antwort. Sie versuchte es ein zweites und ein drittes Mal. Verdammt, geh ran! Bitte! Dann endlich ein Knistern in der Leitung. Riley hörte Motorengeräusche. Er ist tatsächlich schon auf dem Weg nach Maun!

»Was gibt's?«, fragte Nelson nach ein paar Sekunden.

»Du musst umkehren! Sie sind zu viert unterwegs zur Straße!«

»Wer sagt das?!«

»Einer der Piloten. Er hat sie auf dem Rückflug gesehen.«

Nelson atmete schwer und schwieg. Riley spürte förmlich, wie er mit sich rang.

»Nelson, bitte! Da sind vier Menschen, die auf dich angewiesen sind. Du musst es wenigstens versuchen!«

Bremsen quietschten und Räder drehten durch. Ist er umgekehrt? Noch bevor Riley etwas sagen konnte, war die Leitung weg. Sie sank mit zittrigen Knien zurück auf den Stuhl und presste ihre Hände gegen den Kopf. Der Gedanke, dass sie David und Lara verlieren könnte, raubte ihr fast den Verstand. Ich drehe komplett durch. Es muss doch etwas geben, das ich tun kann! Aufgewühlt wippte sie auf dem Stuhl hin und her.

Cindy legte ihr eine Hand auf die Schulter. Olivia schlief zum Glück immer noch.

»Wenn wir doch wenigstens etwas tun könnten!«,

schluchzte Riley. »Aber wir sitzen hier in Sicherheit, während sie um ihr Leben kämpfen.«

»Wir koordinieren die Rettungsaktion und die Einsätze der Piloten, die Wasser zum Brandherd bringen«, erwiderte Cindy. »Das ist nicht nichts!«

Riley beruhigte sich ein wenig. Sie erhob sich vom Stuhl und starrte aus dem Fenster nach Norden. Sie sind nur zu viert! Jemand fehlt!

Lara hievte den reglosen Linus von ihrem Quad, als David neben ihr anhielt. Im Hintergrund wütete das Buschfeuer, etwas entfernt stoben vier Giraffen mit mächtigen Schritten davon.

»Was machst du? Wir haben keine Zeit!«, sagte David hustend.

»Das verdammte Ding ist im Eimer!«

»Bist du sicher?« David half Lara, Linus sanft auf den Boden zu legen. Dann versuchte er, ihr Quad wieder zu starten. Vergebens. Nach dem zweiten und dritten Anlauf gab er resigniert auf. »Das ist doch nicht zu fassen! Bis zu Nelson sind es noch locker zwei Kilometer!«

»Vorausgesetzt, er wartet noch auf uns. Kannst du das Quad nicht reparieren?«

»Auf die Schnelle? Ohne Werkzeug? Kaum.«

»Dann müssen wir mit deinem Quad weiter!«

»Zu viert?!« David sah ratlos zwischen Ralf und Linus hin und her.

»Wir haben keine andere Wahl!«

»Das packen wir nie, erst recht nicht mit den beiden!«

Laras Blick huschte zum Feuer, das bedrohlich näher rückte. David hat recht, vier Personen sind zu viel. Einen oder gar beide Brüder zurückzulassen, ist auch keine Option! Ein Geistesblitz durchzuckte sie. Sie klappte die Box unter dem Sitz ihres Quads auf und zog ein Seil heraus.

»Du schleppst mich ab!«

David warf ihr einen skeptischen Blick zu. »Was, wenn mein Motor unter dieser Last ebenfalls den Geist aufgibt? Dann sind wir endgültig erledigt. Vielleicht wäre es klüger, wenn du Ralf mit meinem Quad zu Nelson bringst und dann zu Linus und mir zurückkehrst.«

»Und was, wenn ich euch nicht wiederfinde? Was, wenn die Flammen euch erreichen, bevor ich zurück bin? Nein, ich lasse dich hier nicht im Stich!« Lara trat entschlossen auf David zu. »Befestige das Seil an deinem Quad.«

David schüttelte den Kopf und band das Seil an die Abschleppvorrichtung seines Quads, während Lara es an ihrem Fahrzeug verknotete.

Sie zog Linus stöhnend und unter Aufbietung all ihrer Kräfte erneut auf das Geländefahrzeug und gab David ein Handzeichen. »Jetzt aber los!«

David fuhr los, das Seil spannte sich, der Motor kreischte unter der Last, aber das Gespann setzte sich träge in Bewegung. Doch die lodernde Feuerfront war schneller.

»Wir sind viel zu langsam, gib mehr Gas!«, schrie Lara.

»Mehr schafft die Kiste nicht!«

Laras Herz hämmerte gegen ihre Brust. Sie richtete ihren Blick stur nach vorn und manövrierte, so gut es in Ralfs Schlepptau ging, um Büsche und Schlaglöcher. Dennoch spürte sie, wie das Feuer näher rückte. Wenn Nelson schon gefahren ist, sind wir verloren! Er ist unsere letzte Hoffnung. Mit nur einem Quad haben wir keine Chance, hier lebend herauszukommen, selbst wenn wir die Straße erreichen!

Lara hatte kaum noch Kraft. Es war schier übermenschlich, den leblosen Linus an sich zu pressen und gleichzeitig das Gefährt durch unwegsames Gelände zu manövrieren. Sie knirschte mit den Zähnen und holte alles aus sich heraus. Du packst das, Lara Becker! Du hast keine Wahl! Es kann nicht mehr weit sein. Hinter ihr schossen gewaltige Rauchfahnen in den Himmel. Der Wind peitschte unerbittlich, das flammende Inferno schien noch schneller zu werden. Eine Herde trompetender Elefanten brach panisch durch das Unterholz. Ein bildgewaltiges, geradezu unwirkliches Schauspiel. Doch Mitgefühl für die flüchtenden Tiere konnte Lara sich nicht leisten. Ihr eigenes Schicksal hing am seidenen Faden. Linus wurde mit jeder Sekunde schwerer und es kostete sie ungeheure Kraft, ihn festzuhalten. Dann, endlich, der erlösende Moment! Lara erblickte die Straße. Wir sind gerettet! David rumpelte über eine kleine Böschung und zog

Laras Quad hinter sich mit. Doch ihre Erleichterung war sofort verschwunden.

»Wo zum Teufel ist Nelson?«, rief David.

Laras Puls beschleunigte sich. »Bist du sicher, dass wir hier richtig sind? Vielleicht wartet er ein Stück weiter Richtung Maun.«

»Nein, ich bin mir sicher.« David wies auf den Boden.

Jetzt erkannte auch Lara die markanten Spuren des Geländewagens am Straßenrand. Die bittere Erkenntnis, dass Nelson ohne sie aufgebrochen war, war ein Faustschlag in den Magen. Sie keuchte nach Luft, ihr Herz hämmerte gegen die Brust.

»Wir sind geliefert!«, stellte David fest. »Zu viert haben wir keine Chance, selbst wenn das Fahren auf der Straße jetzt einfacher geht. Das Feuer ist trotzdem schneller als wir. Wer weiß, ob Linus und Ralf überhaupt noch leben.«

Lara keuchte entsetzt auf. »Willst du damit sagen, dass wir sie hierlassen und zu zweit fliehen?!«

David sah schuldbewusst zu Boden. »War nur so ein flüchtiger Gedanke. Aber das kommt natürlich nicht infrage! Wir kämpfen zu viert weiter«, entgegnete er mit fester Stimme.

Er gab Gas. Sie waren zwar schneller als im Dickicht, aber immer noch quälend langsam. Laras Arme wurden taub und Husten schüttelte sie, als der Rauch dichter wurde. Wenn das Feuer südwärts die Straße bereits übersprungen hatte, dann waren sie gefangen. Sie wollte nicht daran denken, konzentrierte sich stattdessen auf ihre Aufgabe. Plötzlich erblickte sie in der Ferne eine Staubwolke, die rasch näher kam.

Bedeutete sie Gefahr oder Hilfe? Gebannt starrte sie auf die Straße. Nelson! Er kommt zurück! Ein Funke Hoffnung loderte in Lara auf – für mehr war das Feuer zu nah. Sekunden später quietschten die Bremsen des Trucks und Nelson vollführte ein halsbrecherisches Wendemanöver. Er sprang aus dem Wagen und rannte wild gestikulierend auf sie zu.

Zur gleichen Zeit fühlte sich Rileys Herz an, als würde es zerspringen. Instinktiv wusste sie, dass David in größter Not war. Womöglich schon tot. Sie griff nach einem Glas Wasser, verschluckte sich mehrmals und hustete die Hälfte aus. Davon wurde Olivia wach.

»Kann ich etwas für dich tun?« Cindy setzte sich besorgt neben Riley.

»Ich fühle, dass es schlecht um sie steht. Ich befürchte, wir verlieren alle.« Riley vergrub den Kopf in ihren Händen und schluchzte.

»Was ist los, Mom? Wo ist Dad?« Olivia schlang ihre Arme um Riley.

Sie konnte nicht antworten, schnappte nach Luft und drückte ihre Tochter fest an sich. Wie soll ich ihr nur sagen, dass sie gerade ihren Vater verliert? Panik strömte durch Rileys Körper und es war ihr unmöglich, einen klaren Gedanken zu fassen. Das scheußliche Gefühl war überall. Im Bauch, in der Brust und im Kopf. Vor ihrem inneren Auge sah sie, wie der Truck in Flammen aufging. Es gab keine Chance. Die Flammen raubten das Leben aller Insassen. Riley wurde schwindelig, sie drohte das Bewusstsein zu verlieren. Olivia zerrte an ihr. Cindy hielt Riley an beiden Schultern fest, damit sie nicht vom Stuhl stürzte.

»Mom, was ist mit Dad? Du musst es mir sagen!« Olivia schlug mit beiden Fäusten auf Rileys Oberarm.

Cindy nahm das kleine Mädchen und drückte es an sich. Sie blickte hilfesuchend aus dem Fenster. Doch da war niemand. Ganz Botswana war damit beschäftigt, den größten Buschbrand in der Geschichte des Landes unter Kontrolle zu bringen. Auf dem Bildschirm hielt der Präsident Botswanas eine Ansprache und kündigte ein riesiges Militäraufgebot an. Außerdem würden die Nachbarstaaten ab sofort bei den Löscharbeiten aus der Luft helfen.

Nachdem die bewusstlosen Brüder in den Truck geladen waren, preschte Nelson zurück nach Maun. Lara warf vom Beifahrersitz einen Blick nach hinten. Linus' Augenlider flatterten. Ralf hingegen lehnte reglos an David, der in der Mitte saß. Obwohl die Fenster alle geschlossen waren, drang Rauch in den Innenraum des Wagens, was die Luft erdrückend machte. Lara krallte sich mit einer Hand am Haltegriff und mit der anderen am Sitz fest. Als in einer Kurve das Heck des Fahrzeugs ausbrach, fauchte sie Nelson an. »Wenn wir verunglücken, haben wir nichts gewonnen!«

Doch der trat das Gaspedal unbeirrt durch. Immer wieder geriet der Truck ins Schleudern, aber Nelson lenkte gekonnt dagegen und brachte das Gefährt wieder unter Kontrolle. Lara konnte kaum hinsehen, wenn er auf Kurven und dichte Rauchschwaden zuraste. Das Feuer hatte sich stellenweise bis an den Straßenrand gefressen. Die Sichtweite betrug nicht viel mehr als einige Handbreiten.

Linus murmelte: »Wo sind wir? Warum rasen wir so? Wo ist Ralf?!«

David ergriff seine Hand. »Ruhig, Ralf ist neben mir. Wir sind auf dem Weg ins Krankenhaus, alles wird gut!«

Alles wird gut? Lara teilte Davids Zuversicht nur bedingt. Auch wenn Nelson den Truck im Griff hatte, waren sie noch längst nicht in Sicherheit. Als sie um eine Kurve bogen, fluchte Nelson lautstark. Zweihundert Meter vor ihnen hatte das Feuer die Straße überquert, und sie rasten auf eine lodernde Wand zu. Eine Vollbremsung warf Lara in den Sitz. Linus wimmerte vor Schmerzen

»Was nun?!« Nelson guckte grimmig.

»Wir haben nur eine Möglichkeit!« Lara zeigte nach vorn. »Zurück können wir nicht, wir müssen da durch!«

»Woher willst du wissen, wie breit die Feuerwand ist? Zehn, zwanzig, bestenfalls fünfzig Meter könnten wir schaffen. Was, wenn es mehr ist?!«

»Es gibt keinen anderen Weg!«

»Ich denke auch, da kommen wir nicht durch. Das wäre unser Tod!«, sagte David angespannt.

»Wir drehen um«, entschied Nelson und legte den Rückwärtsgang ein.

»Nein!«, schrie Lara. »Denkt doch nach! Es gibt

kein Zurück, wir würden nur Zeit verlieren! Wir sind schon vom Feuer eingeschlossen und es wird bereits dunkel. Das ist unsere einzige Chance!«

Nelson stöhnte und schloss die Augen. Lara hoffte inständig, dass sie ihn überzeugt hatte. Plötzlich richtete er seinen Blick entschlossen nach vorne. »Du hast verdammt noch mal recht, das ist unsere einzige Chance!« Er trat mit Wucht auf das Gaspedal, die Räder drehten kurz durch, dann schoss der Truck vorwärts direkt auf die Feuerwand zu. Als sie in die Flammen fuhren, brüllten David und Linus. Lara schloss die Augen und klammerte sich ans Armaturenbrett. Vor Todesangst brachte sie keinen Ton heraus.

Cliff verabschiedete in seiner Praxis eine Mutter und ihr fünfjähriges Mädchen, das ununterbrochen hustete. Er hatte sich in seine Arbeit gestürzt, um sich abzulenken und nicht vor Sorge um Lara den Verstand zu verlieren. Seine Gedanken drifteten trotzdem immer wieder zu ihr ab. Seine Patientinnen stammten aus einem Dorf nördlich von Maun und litten unter einer leichten Rauchvergiftung. Verglichen mit den Verbrennungen der beiden Schuljungen von heute Nachmittag war die Behandlung schnell erledigt.

»Danke, Herr Doktor«, quiekte das Mädchen und schenkte Cliff mit ihren rehbraunen Kulleraugen einen unschuldigen Blick. Ihre Mutter lächelte ihn dankbar an.

»Gerne, kehrt aber erst ins Dorf zurück, wenn das Feuer unter Kontrolle ist.«

»Wie lange dauert das noch?«, fragte das Mädchen mit gerunzelter Stirn. »Ich will nach Hause!«

»Nicht mehr lange, hoffentlich«, seufzte Cliff.

Er streichelte ihr Köpfchen und sah ihnen nach, als sie die Praxis verließen. Was für ein entzückendes Kind! Unvermittelt erfasste ihn die Sehnsucht nach einem Baby mit Lara. Die Vorstellung, dass er sie stattdessen verlieren könnte, drückte ihm den Atem ab. Er musste sich hinsetzen und vor Erschöpfung bekam er pochende Kopfschmerzen. Doch das Wartezimmer war noch immer voll und eine Pause war nicht drin. Verflixt, immer noch keine Nachricht von Cindy. Was ist da nur los?! Er bat seine junge medizinische Fachangestellte Naledi, Cindy anzurufen. Dann eilte Cliff zur Toilette. Endlich, nicht mal dafür bleibt Zeit!

Als er zurückkehrte, reichte Naledi ihm den Hörer. Ihr Gesichtsausdruck verhieß nichts Gutes. Sofort krampfte sich alles in ihm zusammen.

»Warum meldest du dich nicht, Cindy? Die Nacht bricht bald herein!«

»Es tut mir leid, Cliff. Ich habe noch keine Neuigkeiten.«

»Was soll das heißen? Du hast doch ständigen Kontakt mit Nelson?!« Kindergeschrei drang aus dem Wartezimmer herüber. Krankenschwestern eilten durch den Flur und riefen sich kurze Befehle zu. Cliff hatte Mühe, Cindy zu verstehen.

»Ich habe ihn in den letzten Minuten immer wieder angerufen. Er geht nicht ran. Vielleicht ein Loch in der Mobilfunkabdeckung.«

»Unsinn, das war früher ein Problem!« Cliff wippte nervös von einem Fuß auf den anderen.

»Vielleicht gibt es wegen des Buschfeuers Störungen oder Nelsons Handyakku ist leer. Tut mir leid, das sind meine einzigen Erklärungen. Aber ich bleibe dran.« Cindy klang matt, im Hintergrund schluchzte Olivia.

»Wie ist die Lage bei euch?«, fragte Cliff.

»Olivia geht es nicht gut. Sie hat Angst um ihren Vater. Riley versucht, sie zu trösten, ist aber selbst vollkommen fertig.«

»Geht mir nicht anders!« Cliff atmete tief ein und kämpfte gegen die aufwallende Angst an. »Sobald ich kann, komme ich rüber. Es wird aber noch dauern, das Wartezimmer ist voll.«

»Kein Problem. Ich kümmere mich um alles, so gut es geht.«

Nachdem er Naledi den Hörer zurückgegeben hatte, wurde Cliff schwindelig und seine Beine gaben nach. Er stützte sich am Tisch ab und ließ sich auf einen Stuhl fallen. Er hatte eine dunkle Vorahnung, die ihm den Atem raubte.

Naledi reichte ihm hastig ein Glas Wasser. »Was ist los? Wie kann ich dir helfen?!«

»Nichts, es ist nur, ich fühle …«

Besorgt legte sie eine Hand auf seine Schulter. »Erschreck mich nicht. Bitte, sag mir, was los ist!«

Cliff starrte auf den Boden. »Lara … Sie, ich weiß nicht, aber ich habe ein schreckliches Gefühl!«

»Um Himmels willen, sag so was nicht!« Naledi setzte sich neben ihn. »Wir sind am Limit. Schlafmangel, Überarbeitung, die ganze Unsicherheit. Kein Wunder, dass deine Fantasie mit dir durchgeht.«

»Das glaube ich nicht«, erwiderte Cliff. Seine Hände zitterten unkontrolliert, er konnte das Wasserglas nicht mehr halten und es zerschellte am Boden. »Sie kommt nicht mehr zurück.«

Naledi rief nach Aaron, der sofort zur Stelle war.

Cliff sackte zusammen, war nur noch ein Schatten seiner selbst. Ich habe Lara wieder verloren, diesmal für immer. Aarons besorgte Stimme drang dumpf an sein Ohr, sein Gesicht nahm er nur noch verschwommen wahr, als sähe er durch dichten Morgennebel am Okavango. Er wehrte sich gegen die Ohnmacht, die ihn überrollte. Vergeblich.

Cliff glitt mit Lara in einem Mokoro lautlos im Licht der Morgensonne über das kühle Wasser des Okavangos. Das Schilf teilte sich vor ihnen und offenbarte einen kleinen See, in dem eine Elefantenfamilie planschte. Das tiefe Grunzen eines Hippos hallte von rechts herüber. Alles spiegelte sich im glasklaren, windstillen Wasser. Lara drehte sich um und schenkte ihm ein verliebtes Lächeln. Ungetrübte, ewige Harmonie. Reines Dasein, ohne Sehnsucht und Angst. Cliff war unbeschreiblich glücklich.

Lara atmete kräftig aus, als der Wagen aus den lodernden Flammen schoss und sie die Straße wieder vor sich sah. Die Sekunden im Flammenmeer hatten sich wie Stunden angefühlt. Für einen bangen Moment hatte sie nicht mehr an ein Wunder geglaubt. Jetzt wurde die Todesangst von einem Gefühl der Erleichterung abgelöst. Freie Bahn Richtung Maun!

»Wir sind durch!«, schrie Nelson, während er mit der flachen Hand auf das Lenkrad schlug. »War gar nicht so schlimm, du hattest recht, Lara!«

»Na ja, auch wenn es nur Sekunden dauerte, war es trotzdem die Hölle!« Lara blickte Nelson fassungslos von der Seite an. »Ich zittere am ganzen Körper!«

»Deiner Meinung!«, sagte David. »Wir haben dem Flammentod ins Auge geschaut. Das werde ich nie vergessen! Es war grauenvoll!«

»Das schon, aber jetzt bin ich vor allem erleichtert und unglaublich dankbar.« Nelson beschleunigte nochmals. »Puh, und das in meinem Alter! Nur weg von hier, ich habe mir ein kühles Bier verdient!«

Lara ließ sich in den Sitz sinken und versuchte, ihre zitternden Hände still zu halten. Keine Chance, Adrenalin pumpte wie ein Wirbelsturm durch ihren Körper. Ihr Blick schweifte nach hinten zu David und den Brüdern. Ralfs Kopf hing schlaff herab, er hatte nichts von ihrer Höllenfahrt mitbekommen. Linus war benommen und versuchte unentwegt, seine Augen zu öffnen. David wirkte vollkommen erschöpft, die nackte Angst hatte sich tief in sein Gesicht gegraben. Doch allmählich schien er sich zu entspannen und nickte ihr erleichtert zu. Laras Herzschlag normalisierte sich langsam. Sie hatten das Unmögliche geschafft, die Rettungsaktion war ein Erfolg! Eine tiefe Befriedigung breitete sich in ihr aus. Doch als sie nach einer Kurve auf eine lange Gerade bogen, zuckte sie zusammen und es überkam sie eine Welle des Zweifels. Sie hatte sich zu früh gefreut! Eine weitere Mauer aus lodernden Flammen türmte sich vor ihnen auf. Noch größer, noch furchteinflößender.

»Verdammter Mist!«, war alles, was sie über die Lippen brachte.

Nelson und David erstarrten angesichts des sich vor ihnen aufbauenden Schreckens geradezu.

Da kommen wir niemals durch! Warum bremst Nelson nicht?! Lara blickte ihn mit großen Augen und offenem Mund an. Doch Nelson hielt entschlossen auf die Feuerwand zu. Seine Hände umklammerten das Lenkrad so fest, dass die Adern und Muskeln seiner Unterarme hervortraten. Sein freundlicher Gesichtsausdruck wandelte sich zur angsterfüllten Fratze. Doch er hielt Kurs. Noch zweihundert Meter. Nelson gab Gas. In wenigen Sekunden würden sie erneut in der Feuerhölle sein. In einer Minute vielleicht schon tot, jämmerlich bei lebendigem Leib verbrannt. Lara schloss ihre Augen und krallte sich am Sitz fest. Schon schlug ihr eine unerträgliche Hitze entgegen und sie rang nach Luft. Vorsichtig blickte sie um sich. Überall waren lodernde Flammen, nirgendwo ein Funken Hoffnung. Heißer Rauch drang durch die Lüftung ins Innere des Wagens, alle husteten. In Panik kurbelte sie das Fenster herunter, ihr Verstand arbeitete nicht mehr richtig. Die sengende Hitze auf ihrer nackten Haut war unerträglich und die ersten Flammen züngelten durch das offene Fenster. Scheißidee! Lara kurbelte das Fenster sofort wieder rauf. Es roch nach verbranntem Gummi und die heiße Luft brannte so heftig in ihrer

Lunge, als würde sie zerreißen. Schreiend lehnte sie sich auf Nelsons Seite, der sie mit einer Hand zu sich zog und fest umklammerte. Mit der anderen Hand hielt er immer noch das Lenkrad fest und trat das Gaspedal bis zum Anschlag. Lara rechnete damit, dass es gleich laut krachen würde, weil Nelson mit Vollgas in einen Baumstamm rasen würde, der sich in der Feuerwand versteckte. Hoffentlich bin ich danach bewusstlos und bekomme wenigstens nicht mit, wie mich die Flammen lebendig auffressen! Linus stöhnte und David griff zwischen den Sitzen nach Laras Hand. Es beruhigte sie nur kurz, aber immerhin war sie in ihrem Todeskampf nicht allein. Mit einem lauten Knall platzte ein Reifen des Trucks, der ins Schleudern geriet. Nelson steuerte mit beiden Händen gegen. Lara drückte Davids Hand. Ihr letzter Gedanke galt Cliff, der Liebe ihres Lebens.

> Leben und Tod sind untrennbar miteinander verwoben. Sie sind wie ein und derselbe Atemzug – Einatmen und Ausatmen.
>
> — GANDHI

20

MAUN – 31. JULI

Ein paar Tage später strömte der Duft von frisch aufgebrühtem Kaffee durch das Büro der African Bush Pilots. Früh am Morgen hatte Cindy ihre Rosinenbrötchen gebacken, die jeder hier liebte. Ein zaghafter Schritt, nach der Katastrophe wieder ins Leben zu finden und eine neue Normalität zu erschaffen. Dass das Leben der Buschpiloten nie wieder dasselbe sein würde, war allen bewusst. In der Mitte des Tisches thronte ein üppiger Strauß Rosen in einer Vase, die von einem goldenen Trauerband geziert wurde. Darauf stand: Im Gedenken an diejenigen, die den Flammen zum Opfer fielen. Wir werden euch nie vergessen.

Riley blickte gedankenversunken auf den Fernseher. Der Präsident Botswanas hielt eine Rede. Das Feuer, sagte er, sei seit gestern landesweit unter Kontrolle. Dank des beispielhaften Einsatzes der Armee, Feuerwehrleuten und Buschpiloten sei es gelungen, das gewaltigste Feuer in der Geschichte des Landes zu bändigen. Er sprach auch seinen Dank an die Nachbarländer aus, die Seite an Seite mit Botswana immer noch gegen das Feuer kämpften. Cindy schenkte Kaffee ein, als der Präsident das Wort an einen Experten für Naturkatastrophen weitergab. Als dieser nach den Ursachen des Buschbrands gefragt wurde, zuckte er mit den Schultern.

»Buschfeuer sind ein Teil des Ökosystems und erfüllen eine wichtige Rolle. Alte, häufig kranke Bäume und Sträucher weichen und machen Platz für eine vielfältigere Ökodiversität. Doch auffallend ist, dass die Extreme zunehmen. Eine solche Dürre, wie wir sie dieses Jahr erlebt haben, ist beispiellos. Das erhöht die Wahrscheinlichkeit von Buschbränden, und sie breiten sich schneller aus als üblich. Der Klimawandel konfrontiert ganz Afrika mit gewaltigen Herausforderungen und Problemen.«

Nach der Rede des Experten gedachte der Präsident den Opfern. »Es gibt kaum jemanden im Land, der nicht geliebte Menschen verloren hat oder auf andere schreckliche Weise betroffen ist. Dutzende von Dörfern sind dem Erdboden gleichgemacht. Der Wiederaufbau wird Jahre dauern. Hunderte von Menschen sind dem Brand zum Opfer gefallen, darunter viele Rettungskräfte. Lasst uns in einer Schweigeminute der vielen Toten gedenken.«

Riley ergriff Davids Hand, ihre Augen füllten sich mit Tränen. Auf ihrem Schoß schmiegte sich Olivia an sie. Das Mädchen wachte immer noch nachts auf, geplagt von der Angst um ihren Vater. Beim Anblick der Rosen wurde Riley von einem Sturm der Gefühle erfasst. Beinahe hätte Olivia ihren Vater verloren, und sie wäre Witwe. Sie war erleichtert, dass es anders gekommen war, doch die Trauer um die Verstorbenen war zu groß, um sich wirklich zu freuen. Nicht alle hatten so viel Glück gehabt. Cliff sah mitgenommen aus, tiefe Ringe unter seinen Augen zeugten von schlaflosen Nächten. Nach der Schweigeminute trat er ans Fenster und starrte in die Weite. Olivia eilte zu ihm und ergriff seine Hand. Sie spürte seine Trauer und suchte ständig seine Nähe. Cindys Kaffee wurde kalt und ihre Brötchen blieben unberührt. Linus kam durch die Tür, humpelte durch den Raum und setzte sich an den Tisch. Er kam direkt aus dem Krankenhaus.

»Ralf geht es besser, er erholt sich zügig. Die Ärzte sind sehr zufrieden, sprechen sogar von einem Wunder«, berichtete er.

»Wird er bleibende gesundheitliche Schäden davontragen?«, fragte Riley besorgt.

»Nein, die Gehirnerschütterung vom Sturz verheilt genau wie sein arg überdehntes Handgelenk. Der Sonnenstich und die Dehydrierung sind mittlerweile kein Thema mehr.«

»Hast du mit ihm gesprochen?« Riley goss ihm Kaffee ein.

»Nein.« Linus blickte bedrückt zu Boden. »Er will mich nicht sehen. Er hat den Ärzten verboten, mich ins Zimmer zu lassen.«

»Oh, das tut mir leid.« Riley verzichtete darauf, vor den anderen nach den Gründen zu fragen. »Was auch immer zwischen euch ist, ich bin sicher, das wird sich wieder einrenken.«

»Das glaube ich nicht. Wie auch immer, lassen wir

das.« Linus warf einen kurzen Blick zu Cliff, der immer noch regungslos am Fenster stand. Als er die Rosen entdeckte, wurden seine Augen feucht. »Ralf und ich hatten unglaubliches Glück. Manchmal frage ich mich, warum wir überlebt haben, während andere nicht mehr unter uns sind. Das ist unfair und belastend.«

Riley legte tröstend ihre Hand auf seine, sie konnte mit ihm fühlen, genauso wie mit allen anderen im Raum, die sich schwer damit taten, mit den schmerzhaften Verlusten klarzukommen. Die Sonne stand tief und färbte den Himmel in ein atemberaubendes Farbspiel aus Rot und Gelb. Wer auch immer dafür verantwortlich war, er musste ein großer Künstler sein. Dann sah sie, wie Cliff Olivia in die Arme nahm und sie fest an sich drückte. Tränen stiegen in ihre Augen.

Zwei Stunden später versammelten sich alle zum Abendessen bei Cliff. Nach der gestrigen, ergreifenden Beerdigung mit hunderten von Menschen wollten die Buschpiloten heute im kleinen Kreis Kabo und den anderen Opfern gedenken. Der Esszimmertisch war mit Blumen sowie weißen Kerzen und Servietten geschmückt. Auf einer Kommode standen Fotos der Verstorbenen und handgeschriebene Karten von jenen, die sie gekannt und geliebt hatten. Wir werden dich nie vergessen – du wirst immer bei uns sein – in ewiger Liebe. Aus der Küche wehte der Geruch von zerstampftem Rind, Gemüse und Maisbrei.

»Ich kann es immer noch kaum fassen, dass wir der

Feuerhölle entkommen sind«, murmelte Nelson in der Küche. »Wir hatten unglaubliches Glück.«

Neben ihm zupfte Lara Salat. »Geht mir genauso. Ein Schutzengel muss über uns gewacht haben.«

»Ich durchlebe die fürchterlichen Momente in den Flammen jede Nacht. Wie lange hat es gedauert? Zehn, fünfzehn, zwanzig Sekunden?« Nelson wusch sich die Hände. »Ich weiß nicht, ob ich jemals die Hitze, die Todesangst und die ohnmächtige Hilflosigkeit vergessen kann.«

»Das geht mir genauso. Aber wir lernen, damit zu leben, und die Zeit wird uns helfen. Lass uns immer wieder darüber sprechen, dann wird es einfacher.«

Nelson nickte müde. »Du hast uns alle gerettet, Lara. Ohne dich wären wir alle tot.« Er verteilte Salat für die Vorspeise. »Ich wollte nicht durch die Flammenwand fahren, aber genau das hat uns letztlich gerettet!«

Lara legte ihren Arm um ihn. »Wärst du nicht wieder umgekehrt und kein so verdammt geschickter Autofahrer, wären wir da nicht lebend rausgekommen. Du schuldest mir nichts. Wir haben gemeinsam das Unmögliche geschafft, Nelson.«

Cliff kam in die Küche und umarmte Lara liebevoll. Nach ein paar Tagen zu Hause im Bett schien er fast der alte zu sein. Nur feine Schatten unter seinen Augen zeugten noch von seinem Schwächeanfall. Mittlerweile arbeitete er wieder in der Praxis, wo sich die Situation ebenfalls entspannt hatte.

»Ich bin unendlich dankbar, dass du hier bist«, hauchte er ihr ins Ohr. »Ich war überzeugt, dich für immer verloren zu haben.«

Lara lächelte und strich zart über seine Arme. Es

klingelte an der Tür und die ersten Gäste trafen ein. Sanfte Musik erfüllte den Raum, es wurde viel geschwiegen, hin und wieder flossen Tränen. Die Atmosphäre war warm, nachdenklich und tröstend. Nach dem Essen schenkte Lara Rotwein nach und trat an das Kopfende des Tisches.

»Bevor wir den Toten gedenken, habe ich Neuigkeiten. Heute Nachmittag hat sich die Polizei bei uns im Büro gemeldet. Die Wilderer konnten dank Ralfs Fotos identifiziert werden und sitzen bereits in Untersuchungshaft. Die Verbrecher erhalten also ihre gerechte Strafe.«

Ein erleichtertes Raunen ging durch den Raum. Die anderen empfanden offensichtlich wie Lara: Kabos Mörder hinter Gittern zu wissen, war eine große Genugtuung.

»Es wäre wundervoll, wenn wir uns Geschichten von Kabo und den anderen Opfern erzählen«, fuhr Lara fort, »damit sie in unseren Herzen weiterleben. Geschichten sind das Gewebe, das unsere Seelen auch über den Tod hinaus fest verbindet.« Lara blickte um sich. »Wer möchte anfangen?«

Stille. Keiner wagte es, das Eis zu brechen. Lara warf Cliff einen ermutigenden Blick zu, der, wie die anderen, stumm auf die flackernden Kerzen starrte. Komm schon, Liebling. Fang du an, du hast Kabo am besten gekannt. Ich weiß, du hast die Kraft.

Als hätte Cliff Laras stillen Aufruf gehört, räusperte er sich. Möglicherweise half auch, dass Olivia sich auf seinen Schoß setzte. Obwohl Lara sich über die enge Bindung der beiden freute, versetzte es ihr immer wieder einen Stich ins Herz. Sie würde Cliff niemals ein eigenes Kind schenken können, und viel schlimmer, er wusste immer noch nichts davon. Jeden Tag fühlte sie sich deswegen schlechter. Aber der richtige Moment, auf den sie seit Wochen wartete, war bisher nicht gekommen.

»Ihr wisst, wie sehr Kabo mir am Herzen lag. Nach dem frühen Tod meiner Mutter war der Unfall meines Vaters zu viel für mich. Die ersten Wochen nach der Beerdigung hielt ich mich irgendwie über Wasser. Kabo nahm mich an sich, als wäre ich sein eigen Fleisch und Blut. Ohne ihn hätte ich mich vermutlich in meinem Schmerz verloren.« Cliff schluckte trocken und griff nach einem Glas Wasser. Es dauerte, bis er sich wieder gefasst hatte. »Ich erinnere mich an einen gemeinsamen Ausflug auf die Lieblingsinsel meines verstorbenen Vaters im Okavango. Kabo wollte, dass ich meinem Vater nahe sein und mich an ihn erinnern konnte. Wir machten ein Lagerfeuer, an dem er Geschichten über meinen Vater erzählte, die mich sehr berührten. An diesem Abend brach meine innere Mauer zusammen. Ich weinte endlich und ließ die Trauer an mich ran. Kabo hielt mich in seinen Armen, wie ein Vater seinen Sohn hält. Nach dieser bewegenden Nacht im Busch war der Tiefpunkt durchschritten und es ging langsam aufwärts. Kabo wich in dieser schwierigen Zeit nie von meiner Seite. Auch für andere Menschen stellte er stets seine eigenen Bedürfnisse zurück, wenn sie Beistand brauchten. Kabo scheute kein Risiko, um anderen zu helfen oder sie zu beschützen. Und so ist er letztlich auch umgekommen. Linus und Ralf vor den Wilderern zu retten, war eine Heldentat.« Cliff stand auf und faltete die Hände.

»Seine Seele wird in unseren Herzen für immer weiterleben. Lasst uns in einer Schweigeminute sein Leben würdigen.«

Nachdem sich Cliff wieder gesetzt hatte und die letzten Tränen getrocknet waren, ergriff Timmy das Wort. Lara war froh, dass sich ihr Verhältnis in den letzten Tagen merklich entspannt hatte. Einmal zollte er ihr anlässlich einer Sitzung der Buschpiloten sogar Respekt für die mutige Rettungsaktion.

»Kabos Lebenswerk muss fortgeführt werden. Einer von uns muss in seine Fußstapfen treten, auch wenn sie respekteinflößend groß sind. Dazu bedarf es besonderer Fähigkeiten, die nur wenige besitzen.« Timmy deutete zu Cliff und Lara. »Alle Piloten sind sich einig, dass es nur eine Lösung gibt.«

Lara zuckte zusammen und errötete. Was will er damit andeuten?! Sie wechselte einen Blick mit Cliff, der auch völlig überrascht war.

»Cliff kennt das Land wie seine Westentasche«, fuhr Timmy fort. »Sein Vater war Buschpilot und er selbst ist hier aufgewachsen …«

Cliff hob abwehrend die Hände. »Danke, das ist lieb von euch, aber ihr wisst, dass ich mit Leib und Seele Arzt bin. Ich bin kein Buschpilot, tut mir leid.«

»Das wissen wir«, entgegnete Timmy unbeirrt. »Aber du kennst den Betrieb von klein auf und hast unser Vertrauen. Wir dachten nicht nur an dich, sondern auch an Lara. Sie bringt alles mit, was es braucht, um das Tagesgeschäft zu führen. Sie hat Organisationstalent, Mut bewiesen und sich als Krisenmanagerin behauptet. Zusammen könnt ihr das Unternehmen erfolgreich in die Zukunft führen.« Timmy hielt kurz inne. »Ein Familienbetrieb, ganz in Kabos Sinn.«

Meint er das ernst? Laras Magen verkrampfte sich. Am liebsten wäre sie aus dem Zimmer geschlichen, als alle sie ansahen. Gleichzeitig wurde ihr bewusst, dass sie ja genau davon geträumt hatte. Das war ihre Vision von einem gemeinsamen Leben mit Cliff. Wäre der Anlass dieser Wendung nicht so traurig, wäre sie vor Freude aufgesprungen. Stattdessen blieb sie sitzen und sah überfordert in die Runde.

»Oh, ich weiß wirklich nicht, was ich dazu sagen soll. Seht ihr das alle so? Ich bin erst seit sechs Monaten in Botswana und, ähm, keine Ahnung.«

»Du hast unsere volle Unterstützung«, sagte Cindy lächelnd. »Es gibt niemanden, dem wir die Firma lieber anvertrauen würden als dir und Cliff.«

Lara nahm Cliffs Hand und drückte sie. Er schien ebenso überwältigt zu sein wie sie.

»Danke, euer Vertrauen ehrt uns zutiefst. Bitte gebt Lara und mir ein paar Tage Zeit, um alles zu verdauen und gründlich darüber nachzudenken«, sagte Cliff nach einer Weile. Dann hob er das Glas. »Auf Kabo und die African Bush Pilots!«

Lara ging mit Nelson in die Küche, um das Dessert vorzubereiten. Sie fühlte gleichzeitig eine tiefe Freude über das Vertrauen, das Timmy und die anderen ihr gegenüber zeigten. Gleichzeitig war sie tieftraurig über die Umstände, die dazu geführt hatten. Zudem zweifelte sie daran, ob Cliff mitmachen würde. Seine abweisende Haltung schien sich heute mit seiner zurückhaltenden Reaktion erneut zu bestätigen.

Nachdem die letzten Gäste gegangen und alles aufgeräumt war, zündete Lara im Schlafzimmer eine Kerze an. Sie öffnete das Fenster, um die kristallklare Nachtluft tief einzuatmen. Grillen schmetterten ihre Serenade, und der Mond tauchte die Landschaft in ein sanftes Silber. Eine atemberaubende, friedvolle Atmosphäre ergriff sie – als wäre die Welt makellos. Heute muss es Cliff erfahren. Jetzt oder nie, dachte sie. Aber wie? Außerdem hat Cliff schon genug am Hals. Lara merkte, wie geschickt und routiniert sie darin war, sich Ausreden auszudenken. Cliff trat zu ihr ans Fenster und nahm ihre Hand zärtlich in seine. Er küsste ihren Nacken und flüsterte ihr sanft ins Ohr.

»Du warst heute Abend einfach großartig, das hat uns allen gutgetan. Danke, Liebling.«

»Keine Ursache. Nelson hat auch tatkräftig mit angepackt.«

»Mag sein, aber deine persönliche Note war überall zu spüren. Das feine Essen, die Kerzen, deine warmherzige Art – der Abend hätte nicht schöner sein können. Alle haben sich wohlgefühlt. Sei nicht so bescheiden, Lara. Du hast das Herz am rechten Fleck, und alle lieben dich dafür.«

»Danke«, hauchte Lara und schmiegte sich an ihn. Als er sie sanft aufs Bett ziehen wollte, hielt sie ihn zurück. Ein kurzer Blick zum Mond und den Sternen schenkte ihr Kraft. »Es gibt da noch etwas, das ich dir schon seit Ewigkeiten sagen möchte, aber ich hatte einfach nicht den Mut.«

Cliff schaute sie überrascht an. »Du weißt doch, dass du mir alles erzählen kannst. Ich liebe dich, und nichts wird das je ändern!«

Laras Hände wurden eiskalt und es schien ihr, als spielten die Grillen nun eine schnellere Melodie. »Ich weiß, aber … Du liebst Kinder. Ach, was ist nur mit mir … es tut mir leid, ich, ich kann nicht.«

Cliff schlang seinen Arm um sie und zog sie liebevoll an sich. »Ich werde dich schon nicht beißen. Was liegt dir auf dem Herzen?«

»Ich kann dir keine Kinder schenken.« Laras Herz schien fast aus der Brust zu springen. »Ich, ich bin unfruchtbar.«

Cliff erstarrte und brachte kein Wort heraus.

»Meine Ärztin glaubt, dass der Unfall mit dem Hippo daran schuld ist: Der Schlag in den Bauch nach dem Kentern des Mokoro. Wie auch immer, ich werde nie Kinder bekommen können, Cliff.«

»Ähm, wie meinst du das?«

»Genauso, wie ich es gesagt habe, Liebling. Ich kann dir keine Kinder schenken.«

»Hm, aber, ähm, ich bin Arzt. Ich kenne ausgewiesene Spezialisten, da lässt sich doch sicher etwas machen.«

Sie schüttelte den Kopf. »Ich war schon in Köln bei renommierten Experten. Es gibt nichts, was man tun kann.« Lara konnte förmlich spüren, wie etwas in ihm zerbrach.

Er atmete schwer und hielt sie stumm in seinen Armen. Doch seine Umarmung fühlte sich anders an als sonst, distanzierter. Er braucht wohl Zeit, um das zu verarbeiten. Das war bei mir ja auch so. Lara hatte

Verständnis für seine Reaktion, gleichzeitig hätte sie sich von ihm Trost und bedingungslose Liebe gewünscht. Aber beides würde sicherlich kommen, sobald er den ersten Schock überwunden hatte.

»Es tut mir so leid, Liebling. Ich weiß, wie sehr du dir eigene Kinder wünschst«, flüsterte Lara in die beklemmende Stille.

»Es ist nicht deine Schuld«, seufzte Cliff. »Ich bin derjenige, der damals versagt hat. Wenn ich damals besser aufgepasst hätte, wäre der Unfall nie passiert.«

Lara zwang ihn, ihr in die Augen zu sehen. »Wir haben doch schon so oft darüber geredet. Niemand ist schuld, es war einfach verdammtes Pech. Zum falschen Zeitpunkt am falschen Ort. Sowas gibt es und es nennt sich Schicksal. Wir sollten, statt uns Vorwürfe zu machen, dankbar sein, dass wir noch leben!«

»Wie dem auch sei«, Cliff trat einen Schritt zurück. »Du wirst verstehen, dass ich Zeit brauche, um das zu verdauen. Es irritiert mich auch, dass du mir das erst jetzt sagst. Ich hätte mir gewünscht, du wärst von Anfang an ehrlich gewesen.«

Sie senkte den Kopf. »Ja, das hätte ich tun sollen. Es tut mir so leid. Ich habe immer auf den richtigen Moment gewartet, aber er kam einfach nicht!«

»Weil es für sowas keinen richtigen Moment gibt.« Cliffs Stimme klang kühl und abweisend. »Wie gesagt, ich brauche Zeit.«

»Ich gebe dir alle Zeit, die du brauchst. Lass uns darüber reden, so oft es nötig ist. Wir schaffen das gemeinsam.«

Er wehrte ihren Versuch, ihn zu umarmen, ab. »Nein, das muss ich alleine verarbeiten.«

»Was, wie meinst du das?« Lara wurde eiskalt. Hätte sie ihm nur früher alles erzählt!

»Ich brauche Zeit für mich alleine.« Cliff ging zum Schrank, nahm seinen Koffer und warf wahllos Kleider hinein.

»Cliff, bitte, lauf nicht schon wieder davon!«

»Ich melde mich in ein paar Tagen.« Er schloss den Koffer und trug ihn in den Flur. Lara rannte ihm hinterher.

»Cliff, bitte!«

»Es tut mir leid, Lara. Ich mache dir keine Vorwürfe, aber ich muss mir im Klaren darüber werden, was das für mich bedeutet. Und was es für uns beide bedeutet. Ich muss mich zurückziehen.«

Lara hielt ihn verzweifelt an der Hand fest, doch er schüttelte sie ab und verließ das Haus. Kurz darauf heulte der Motor auf und die Dunkelheit verschluckte seinen Wagen. Sie ließ sich auf die Bettkante fallen und stürzte in ein tiefes schwarzes Loch. Cliffs Reaktion erschütterte sie. Warum zum Teufel denkt er nur an sich? Rennt er immer einfach davon, wenn es hart auf hart kommt?! Gleichzeitig konnte sie ihn verstehen, sie erinnerte sich an das vernichtende Gefühl, als sie die Diagnose von ihrer Frauenärztin hörte. Ich muss ihm diese Zeit geben! Er wird zur Besinnung kommen und zu mir zurückkehren. Wir lieben uns doch! Nach all den Stürmen, die wir gemeinsam durchlebt haben, kann er mich nicht verlassen! Wir könnten Kinder adoptieren, es gibt immer Wege, Träume zu verwirklichen. Man muss nur zusammenhalten. Nie aufgeben! Oder denkt Cliff anders als ich? Kann das wahr sein? Dieses verfluchte Flusspferd hat mein Leben, unser

Leben, zerstört. Warum musste mir das passieren? Endlich habe ich den richtigen Mann gefunden, mit dem ich die Zukunft verbringen will. Und dann das, so ein verfluchter Mist! Laras Gedanken wirbelten wie ein Tornado umher. Kopfschmerzen pochten in ihren Schläfen. Nach einer Stunde nahm sie eine Tablette und legte sich auf den Rücken. An Schlaf war allerdings nicht zu denken, dazu war sie zu aufgewühlt. Plötzlich wurde ihr klar, dass nicht nur ihre Beziehung zu Cliff auf dem Spiel stand. Es wäre undenkbar für sie, in Maun zu bleiben und bei den Buschpiloten zu arbeiten. Da wäre sie ihm zu nah. Aber was sonst würde sie alleine im Land ihrer Träume tun? Realistisch betrachtet gibt es nur einen Weg: Ich werde die Koffer packen, genau wie vor zwei Jahren. Zurück nach Köln und wieder von vorn anfangen. Aber jede Faser in ihr sträubte sich dagegen. Lara wollte in Botswana bleiben, mit Cliff. Alles andere konnte sie sich nach allem, was zwischen ihnen war, nicht vorstellen.

21

MAUN – 3. AUGUST

Drei Tage später schlenderte Linus wie in Trance durch Maun. Nichts deutete auf die katastrophalen Brände hin, die vor einer Woche ganz in ihrer Nähe gewütet hatten. Die Luft roch nach Erde, und am späten Vormittag schmeichelte eine behagliche Wärme seine Haut. Ideal für ein lockeres T-Shirt und kurze Hosen. An einer Straßenecke hievten Handwerker Baumaterial auf einen Pick-up, ein Zeichen dafür, dass der Wiederaufbau in den betroffenen Dörfern in die Gänge kam. Linus' Füße folgten keinem Plan, sie bewegten sich aus einem inneren Drang heraus und um Ordnung in das Gewirr seiner Gedanken zu bringen, das sich um seine Zukunft und um Ralf rankte.

Als er an einem Café vorüberging, erspähte er aus dem Augenwinkel Lara, die im Garten saß. Ihre Sonnenbrille konnte ihren nachdenklichen Gesichtsausdruck kaum kaschieren. Sie klopfte nervös mit dem

Zeigefinger auf den Tisch. Er ließ sich auf dem leeren Stuhl neben ihr nieder.

»Alles in Ordnung bei dir?«, erkundigte er sich mit sanfter Stimme.

»Na ja, ich habe schon bessere Tage erlebt«, antwortete sie.

»Ich bin ein guter Zuhörer …«

»Danke, aber was zwischen Cliff und mir passiert ist, möchte ich lieber für mich behalten.«

»Verstehe.« Linus bestellte einen Cappuccino.

»Und wie steht's bei dir? Wie geht es Ralf?«, fragte Lara.

»Oh, das ist kompliziert. Er weigert sich, mit mir oder seiner Lucia zu reden. Es ist, als hätte er sich in sich selbst verschanzt«, sagte Linus, während er sich nervös durch die Haare fuhr. »Immerhin versichern mir die Ärzte, dass er in spätestens drei Tagen entlassen wird. Er wird vollständig gesund werden, und das zählt!«

»Was ist zwischen euch vorgefallen?«

»Hui, das ist eine lange Geschichte.«

»Ich bin eine gute Zuhörerin …«

Linus lächelte unsicher, unschlüssig, ob er sich öffnen sollte. Doch die Geschichte lag schwer auf seiner Seele. Plötzlich übermannten ihn die Emotionen und Tränen sammelten sich in seinen Augen.

»Ich weiß nicht einmal, wo ich anfangen soll. Ich habe alles vergeigt, und zwar so richtig!«

»Es gibt sicher eine Möglichkeit, die Dinge wieder ins Lot zu bringen«, ermutigte Lara ihn.

»Ich bin nicht sicher, ob das in diesem Fall möglich ist. Ralf ist zu Recht am Boden zerstört. Ich, verdammt, ich bin der Vater«, stammelte Linus und wischte sich eine Träne aus dem Auge.

»Der Vater?«

»Das ungeborene Baby von Ralfs Frau ist von mir. Und er weiß es.«

Lara verschluckte sich beinahe an ihrem Kaffee und setzte die Tasse mit zittrigen Händen ab. »Um Himmels willen! Hattest du etwa eine Affäre mit seiner Frau?«

»Nein, so war es nicht.«

»Wie konnte sie dann von dir schwanger werden?!«

»Wie gesagt, eine lange Geschichte.«

Eine junge Kellnerin servierte mit einem Lächeln Linus' Cappuccino. Er ließ die Tasse unberührt, lehnte sich zurück, schloss die Augen und ließ die verhängnisvolle Zeit vor einem Jahr vor seinem inneren Auge Revue passieren.

Linus parkte seinen Wagen vor einem Café mit Blick auf den Chiemsee. Neugierig, was Lucia ihm anvertrauen wollte. Sie hatten sich immer gut verstanden, doch dies war das erste Mal, dass sie ihn allein um ein Gespräch gebeten hatte. Hoffentlich geht es nicht um Ralf, dachte er. Ehekrise, Krankheit, Geldprobleme? Nein, das hätte mir Ralf erzählt. Als er Lucia verzweifelt an einem Tisch sitzen sah, war ihm klar, dass etwas nicht stimmte. Kaum hatte er Platz genommen, überschlug sich Lucia mit Worten.

»Du weißt ja, dass wir uns seit Jahren ein Kind wünschen.«

»Ja, Ralf hat mir davon erzählt. Und ich weiß auch von den Fehlgeburten. Das tut mir sehr leid.«

»Vor ein paar Wochen erfuhren wir, dass Ralf höchstwahrscheinlich keine gesunden Kinder zeugen kann.«

»Oh, das tut mir so leid.« Linus lehnte sich nach vorne und legte seine Hand auf ihren Unterarm.

»Seitdem bin ich völlig durch den Wind. Ein Kind wäre unser größtes Glück und ich spüre auch, wie uns der unerfüllte Kinderwunsch entzweit.«

»Das kann ich verstehen. Aber es gibt so viele Kinder, die sich glücklich schätzen würden, euch als Eltern zu haben. Habt ihr über Adoption nachgedacht?«

»Ralf lehnt das ab.«

»Wieso?«

»Wenn es auf natürlichem Weg nicht klappt, dann muss man es akzeptieren, sagt er. Schicksal, Gottes Wille.«

»Das kann sich ja noch ändern.«

»Wohl kaum. Du weißt, wie stur er sein kann.«

Linus musste schmunzeln. Ja, er kannte die Sturheit seines Bruders nur zu gut. Aber warum erzählte Lucia ihm das alles? Sie druckste herum, bis sie endlich mit dem Grund des Treffens herausrückte.

»Ich, ach, ich tue mich schwer damit, es dir zu sagen. Aber, es gibt nur eine Möglichkeit. Ich habe alle Optionen geprüft und abgewogen. Versprich mir, dass Ralf nichts von unserem Gespräch erfährt.«

»Jetzt bin ich aber gespannt.«

»Du musst der leibliche Vater unseres Babys sein, wenn Ralf es nicht sein kann.«

Zuerst dachte Linus, es sei ein Scherz. Doch als er in ihre Augen sah, wurde ihm klar, dass sie es ernst meinte.

»Ihr ähnelt euch, ihr habt dieselben Gene. Ralf würde nie bemerken, dass …«

»Das ist doch nicht dein Ernst? Wie hast du dir das vorgestellt?!«

»Keine Sorge, ich will nicht, dass du mit mir schläfst. Ich möchte dich nur als Samenspender.«

»Samenspender?«

»Ja, verdammt! Schau mich nicht so entgeistert an, es ist nicht kompliziert. Ich gebe dir die Adresse der Fruchtbarkeitsklinik und du gehst dort einmal vorbei. Es wird nicht lange dauern.«

»Und Ralf weiß von alledem nichts?«

»Nein.«

»Aber das kann doch nicht legal sein!« Linus lehnte sich zurück, fühlte Schweiß auf seiner Stirn.

»Doch, als Frau habe ich das Recht, unabhängig medizinische Entscheidungen zu treffen. Dazu gehört auch die Fortpflanzung.«

»Na ja, spielt eigentlich gar keine Rolle, denn da werde ich ohnehin nicht mitmachen. Tut mir leid, Lucia, aber ich vermute, dass du nach den Fehlgeburten und der Diagnose etwas durcheinander bist. Gib dir etwas Zeit.«

Dann stand Linus auf, umarmte sie kurz und verließ beinahe fluchtartig das Café.

. . .

»Wow, das ist heftig! Dein Cappuccino wird kalt«, riss Lara Linus aus seinen Gedanken zurück nach Botswana.

»Allerdings, nach diesem merkwürdigen Gespräch habe ich zwei Wochen nichts von ihr gehört und dachte, die Sache hätte sich erledigt. Doch ich lag falsch.«

»Oh, wie ging es weiter?« Lara nahm ihre Sonnenbrille ab. Sie wirkte entspannter, die Ablenkung von ihren eigenen Problemen tat ihr anscheinend gut.

Linus nahm einen Schluck des lauwarmen Cappuccinos, neigte seinen Kopf zur Seite und kramte in seinen Erinnerungen.

Linus war an diesem denkwürdigen Abend im Casino und ließ beim Roulette die Kugeln rollen, als Lucia unerwartet auftauchte. Sie wirkte aufgebracht und äußerst nervös.

»Ich muss ein Wort mit dir wechseln, du weißt warum. Jetzt gleich, bitte, ich habe nur ein paar Minuten.«

Linus winkte ab, er hatte keine Lust auf eine Diskussion. Doch Lucia war entschlossen, schnappte sich seine Hand und zerrte ihn vom Tisch. In einer ruhigen Nische des Casinos bohrte sich ihr eisiger und zielstrebiger Blick in sein Gesicht.

»Hast du über meinen Vorschlag nachgedacht?«

»Ich, äh, nein! Ich habe dir doch glasklar gesagt, dass das für mich ein absolutes No-Go ist.«

»Du schuldest das Ralf, nach allem, was er für dich getan hat.«

Linus lachte auf. »Was schulde ich ihm? Dass ich heimlich seine Verlobte mit Samen beliefern soll? Das ist doch grotesk! Reiß dich zusammen, Lucia!«, zischte er.

»Der Wunsch nach einer gemeinsamen Familie ist das Fundament unserer Beziehung und ich möchte deinen Bruder glücklich machen. Verstehst du das nicht?! Nach allem, was er in seiner Jugend erleben musste, hat er das mehr als verdient!«

»Das mag ja sein, aber …«

»Du musst mir zur Seite stehen!« Lucia wurde lauter. Zwei Frauen sahen neugierig zu ihnen herüber.

»Nein, ich muss rein gar nichts! Außerdem habe ich den Eindruck, dass es dir nicht nur um Ralf, sondern um deinen eigenen übersteigerten Kinderwunsch geht. Besprich das mit einer Psychologin, Lucia!«

»Dann werde ich Ralf stecken, dass du das gesamte Erbe eurer Mutter verspielt hast. Und ich erzähle ihm, wie viel Geld du mir schuldest!«

Die Erinnerung an sein Versagen stach wie ein heißer Dolch in sein Herz. »Das geht dich einen Dreck an, du kriegst dein Geld schon! Wie du siehst, arbeite ich gerade daran.«

»Ha, arbeiten nennst du das? Spielsucht würde es besser treffen. Willst du wirklich, dass ich Ralf alles sage?«

Lucia stürmte aus dem Casino und ließ Linus verblüfft stehen. Er fand die Idee nach wie vor grotesk und konnte es nicht ertragen, dass sie ihm drohte.

. . .

Lara orderte ein Mineralwasser. Die Sonne thronte mittlerweile hoch über ihnen, und selbst unter dem Sonnenschirm wurde es sengend heiß. Linus bestellte sich einen weiteren Cappuccino, diesmal mit Eis.

»Unglaubliche Geschichte, oder?«

»Allerdings. Aber anscheinend hast du letztendlich doch nachgegeben, sonst wäre Lucia ja jetzt nicht schwanger. Warum? Was kratzt es dich, wenn dein Bruder von deinen Spielschulden erfährt?«

»Gute Frage.« Linus verschränkte seine Arme über der Brust. »Es war mir immer wichtig, Ralf nicht zu enttäuschen, verstehst du? Nachdem unsere Eltern tot waren, schlüpfte er in ihre Rolle. Als ich vor Jahren schon mal Geldprobleme hatte, drohte er mir damit, den Kontakt zu mir abzubrechen, sollte ich mein Leben nicht in den Griff kriegen. Es würde ihn zu sehr belasten und ihm zu viel Kraft rauben.«

»Trotzdem, ihr seid beide erwachsen. Ich kann das nicht ganz nachvollziehen.«

»Verständlich, aber du hast nicht dasselbe durchgemacht wie wir. Ralf war immer meine Stütze im Leben, immer da, wenn ich ihn brauchte. Auch wenn seine Fürsorge oft erdrückend war, muss ich anerkennen, dass er es war, der unermüdlich versuchte, mich auf den rechten Pfad zu führen.« Linus fuhr sich über das Gesicht, seine Augen brannten. »Ich stehe in seiner Schuld und, ach, verdammt, es ist alles so verworren. Unsere ganze Familiengeschichte ist vollkommen verkorkst.«

»Ich verstehe.« Lara legte ihre Hand auf seine.

»Ich habe nach Lucias Auftauchen im Casino tagelang mit mir gerungen. Schließlich gab ich nach und redete mir ein, das Richtige zu tun. Eigene Kinder waren wahrhaftig Ralfs innigster Wunsch. Und ja, wie gesagt, ich fürchtete auch, ihn zu verlieren. Er und Lucia sind meine Familie, sie sind alles, was mir geblieben ist!«

»Verstehe, aber wurde Ralf nicht stutzig, als Lucia schwanger wurde?«

»Nein, anfangs nicht. Er betrachtete es als Wunder und auch als Beweis dafür, dass seine Gebete erhört wurden.«

Lara zuckte mit den Schultern. »War das nicht vorhersehbar? Entschuldige, aber so etwas lässt sich doch nicht über Jahrzehnte verheimlichen.«

»Das ist mir mittlerweile auch schmerzlich bewusst. Unfassbar dumm das Ganze!«

»Schon gut«, sagte Lara verständnisvoll. »Ich mache dir keine Vorwürfe und ich kann sogar Lucias verzweifelten Kinderwunsch nachvollziehen. Der kann wirklich irrationale Ausmaße annehmen, das weiß ich aus eigener Erfahrung.« Lara setzte sich ihre Sonnenbrille wieder auf.

Linus musterte sie mit fragendem Blick. Was will sie mir damit sagen? Sie saßen schweigend nebeneinander. Linus leerte seinen Cappuccino und nickte Lara aufmunternd zu.

»Jetzt bist du dran«, sagte er mit einem Augenzwinkern.

»Lange Geschichte.«

»Ich bin ganz Ohr, leg los.«

Lara lächelte unsicher, faltete ihre Hände und erzählte Linus von dem Unfall mit dem Hippo und ihrer Unfruchtbarkeit als Folge davon. Gegen Mittag verließen sie das Lokal, umarmten sich innig und schlugen getrennte Wege ein. Linus wechselte die Straßenseite, um im Schatten zum Hotel zu gehen. Es berührte ihn zutiefst, dass sie durch ein ähnliches Schicksal verbunden waren. Er war nicht allein. Wie wohltuend das für ihn war! Unvermittelt wurde ihm klar, was zu tun war. Er blieb stehen, kehrte um und steuerte zielstrebig auf das Krankenhaus zu.

Ralf saß mit hängenden Schultern in einem Bett im Krankenhaus von Maun. Er verfolgte stundenlang die Außenwelt durch das Fenster. Aus dem ersten Stock konnte er das Geschehen auf der Straße und im benachbarten Park beobachten. Das Lachen der Kinder, die draußen den Tag über unermüdlich Fußball spielten, war ihm mittlerweile so vertraut wie der Geruch von Desinfektionsmitteln in seinem Zimmer. In Ralfs Händen lag seit einer Ewigkeit sein Smartphone und er dachte darüber nach, Lucia anzurufen und ihr ungefiltert seinen Frust um die Ohren zu hauen. Ihr Gesicht wollte er nicht mehr sehen, genauso wenig wie das seines verdorbenen Bruders. Die seelischen Wunden ihres Verrats wogen schwerer als Ralfs körperliche Verletzungen. Kopfschmerzen hämmerten an seine Schläfen, eine Folge seiner schweren Gehirnerschütterung. Eigentlich hätte er bereits gestern das Krankenhaus verlassen können. Aber wohin? Zuerst musste er Klarheit gewinnen und hier war ein guter Platz, um sich von der Welt abzuschotten. Das Personal war freundlich und fürsorglich, erfüllte ihm alle Wünsche und er hatte beschlossen, hier bis zu seinem Abflug in vier Tagen zu bleiben. Wieder ließ er seine Finger über das Smartphone tanzen, endlich wählte er Lucias Nummer. Sekunden später brach er den Verbindungsaufbau wieder ab. Entnervt ließ er das Telefon auf die Bettdecke fallen. Er hatte keine Lust, mit ihr zu sprechen, gleichzeitig wollte er bei ihr Dampf ablassen und, noch viel wichtiger, sie dazu auffordern, sofort das Haus zu verlassen. Zum Glück gehört es mir, wenigstens das! Sie muss raus, sofort! Soll sie sich mit Linus zusammentun! Mit diesem Versager, der sich nun auch noch als Verräter entpuppt hat. Bei diesem Gedanken hätte Ralf am liebsten sein Smartphone an die Wand geschleudert oder – noch besser – in den Fernseher. Aber das sind sie nicht wert, weder Lucia noch Linus! Ich werde neu anfangen und bin ohne die beiden besser dran! Ich muss mich aus diesen toxischen Beziehungen lösen! Sollen sie selber schauen, wie sie im Leben zurechtkommen. Dann gab es auch jene Momente, manchmal mitten in der Nacht, in denen er sich an die Begegnung mit dem alten Löwen erinnerte und an die Einsicht, die sich ihm damals offenbarte. Liebe, bedingungslose Liebe – nur darum geht es im Leben. Dann wollte er Linus und Lucia verzeihen, neu anfangen. Aber wie kann man verzeihen, was die beiden hinter seinem Rücken getan hatten? Ralf kannte die Details nicht, wollte sie auch nicht kennen. Er befürchtete, den Schmerz nicht ertragen zu können, den die Fakten bringen würden. Jetzt gerade war Verdrängung die einzige Option. Was er wusste, war schlimm genug: Linus ist der Vater des ungeborenen

Kindes, das er für sein eigenes gehalten hatte. Nein, verzeihen ist keine Möglichkeit! Bedingungslose Liebe hin oder her! Alles hat Grenzen – zumindest im Moment wollte er keinen Kontakt mit den beiden. Schon der Gedanke daran wühlte ihn bis ins Innerste auf. Also beschloss Ralf, Lucia nur eine Nachricht zu senden. Geht ja auch so! Dann muss ich mir die Stimme der Schlampe nicht anhören! Er schrieb einen ersten Entwurf, gespickt mit Schimpfwörtern und Vorwürfen. Den löschte er wieder. Genauso wie den zweiten Text und auch den dritten. Ralf fand keine Worte, die seine Stimmung angemessen wiedergaben. Er fühlte sich zugleich kraft- und orientierungslos, enttäuscht und zutiefst verletzt. Dann überkamen ihn Wellen von Wut und Hass. In diesen Momenten hätte er alles im Zimmer kurz und klein schlagen können. In diesen Momenten sehnte er sich nach Rache. Die sollen denselben Schmerz spüren wie ich! Das Doppelte, nein das Zehnfache davon! Als er seine Emotionen nicht mehr aushielt, wählte er doch wieder Lucias Nummer, um ihr seinen ganzen Frust ungefiltert ins Ohr zu schreien. Als er ihre Stimme hörte, legte er sofort auf und ließ das Handy fallen, als wäre es vergiftet. Mit beiden Fäusten schlug er auf die Bettdecke, bis seine Oberschenkel schmerzten. Schließlich griff er nach dem Smartphone und schrieb Lucia eine Nachricht.

Ich weiß alles! Es ist vorbei! Du hast drei Tage Zeit, das Haus zu verlassen. Ich will dich nie mehr sehen. Nie mehr! Du hörst von meinem Anwalt.

. . .

Gerade als Ralf auf Senden drückte, sprang die Tür zu seinem Zimmer auf. Ralfs Blick schoss hoch, als Linus hereinstürmte und die Tür mit einem Ruck hinter sich schloss. Das letzte Mal, als sie sich gesehen hatten, kämpften sie Seite an Seite in der Wildnis ums Überleben. Jetzt stand Linus vor ihm, sauber und sportlich gekleidet. Sein eingeschienter Knöchel war das Einzige, das noch auf ihr beinahe tödliches Abenteuer hindeutete.

»Was machst du hier? Verschwinde! Jetzt sofort!«

»Nein, ich muss mit dir reden. Es ist dringend. Wir müssen das jetzt klären!« Linus stellte sich ans Fußende des Bettes und wirkte entschlossen.

»Mir ist schnurzpiepegal, was du klären willst. Ich weiß genug!«

»Ralf, bitte. Hör mir zu. Ich kann alles aufklären.«

»Ich will weder dich noch Lucia jemals wiedersehen.« Ralf drückte die Klingel über seinem Bett. »Ich habe dem Personal gesagt, sie sollen niemanden reinlassen!«

Linus hob beschwichtigend die Hände. »Bitte, hör mich an.«

Ralf hielt sich theatralisch die Ohren zu. Ich muss mich schützen! Mehr seelischen Schmerz würde er in seiner Verfassung nicht ertragen können.

»Verdammt, ich habe dort draußen dein Leben gerettet. Lass es mich erklären – das bist du mir schuldig!«, schrie Linus.

Ralf ballte die Fäuste. »Ich schulde dir rein gar nichts! Ich habe jahrelang für dich gebuckelt und dich aus dem Dreck gezogen. Wir sind quitt! Verschwinde!«

Ein Krankenpfleger betrat das Zimmer. Überrascht fragte er: »Wie sind Sie hier reingekommen?«

Linus ignorierte ihn und brüllte stattdessen Ralf an: »Es ist nicht das, was du denkst! Ich hatte keine Affäre mit Lucia!«

»Bitte verlassen Sie sofort das Zimmer!« Der Krankenpfleger packte Linus am Arm und zerrte ihn vom Bett weg.

»Lass mich verdammt noch mal los!«

»Verlassen Sie jetzt das Zimmer, Sie sind hier nicht erwünscht!«

Ein Arzt eilte dem Pfleger zur Hilfe. Sie rangen mit Linus, der sich standhaft wehrte. Ralf starrte teilnahmslos aus dem Fenster, als ob die Rangelei ihn kalt ließe. Im Hof spielten lachende Kinder, ein Dolchstoß in sein Herz. Er würde niemals eigene Kinder haben, und Familie hatte er jetzt auch keine mehr.

»Verdammt, Ralf. Hör mir zu, ich habe sie nicht berührt, verstehst du? Es tut mir leid, aber ich habe es für dich getan!«, waren die letzten Worte, die Ralf von Linus hörte.

Sekunden später umhüllte Stille den Raum. Doch in seinem Kopf trommelten wirre Gedanken gegen seine Schläfen. Bilder von Lucia und Linus tauchten auf, dann die verkohlte Leiche von Kabo, Bilder vom alten Löwen im Busch und der lodernden Feuerwand, die sie bedrohte. Ein markerschütternder Schrei entfuhr ihm, doch niemand reagierte. Er war allein, alle hatten ihn verlassen. Genau wie seine Eltern. Seine Kopfschmerzen verschlimmerten sich, sorgten für

Übelkeit. Ralf zog sich die Decke über den Kopf, massierte mit beiden Händen seine Schläfen. Nichts half. Sein Magen rebellierte, Ralf sprang aus dem Bett, schaffte es aber nicht bis zur Toilette. Krämpfe schüttelten ihn, als er auf den Boden sackte und sich erbrach. Das Würgen ließ auch nicht nach, als nichts mehr kam. Er stöhnte, spuckte und rang nach Luft. Schwindel erfasste ihn, Sterne tanzten vor seinen Augen, mit letzter Kraft schleppte er sich zurück ins Bett. Dann drückte er zitternd die Klingel.

22

MAUN – 5. AUGUST

> Wer nicht offen mit dir spricht, ist nicht dein Freund.
>
> — SPRICHWORT AUS NAMIBIA

Zwei Tage später steuerte Linus seinen Wagen zu Cliffs Praxis. Der sanfte Kuss des Morgenlichtes erweckte das Gebäude zum Leben. Cliff stand auf der Veranda, ließ seinen Blick über die Weite schweifen und blies tanzende Wolken aus Zigarettenrauch in die frische Luft. Ein paar Affen schaukelten in akrobatischer Höchstform durch den Baum neben der Praxis.

»Hätte nicht gedacht, dass du rauchst«, entfuhr es Linus.

Cliff schnippte die Zigarette in den Aschenbecher. »Eigentlich bin ich ja Nichtraucher, aber manchmal hilft's, die Stimmung zu bessern.« Er drückte Linus die Hand und ein Lächeln huschte über sein Gesicht.

»Und was verschlägt dich zu mir? Irgendetwas Verdorbenes gegessen, Sonnenstich oder gar Malaria?«

»Ich habe meinen Flug verlegt und fliege in ein paar Stunden nach Deutschland.«

»Oh, du sagst uns schon Lebewohl? Zeit für einen Kaffee?«

Linus warf einen Blick auf seine Uhr. »Ja, gern.« Er ließ sich am Bistrotisch nieder und sein Blick folgte dem Okavango, der sich durch das satte Grün schlängelte. Wow, atemberaubend schön! Kurz bedauerte er seine Entscheidung, früher abzureisen. Botswana hatte sich tief in seine Seele eingenistet. Dasselbe muss Mama gespürt haben.

Cliff kehrte mit zwei dampfenden Tassen zurück. »Ein Schlückchen Kirschbrand dazu? Wärmt die Seele.«

»Nein, danke.« Linus winkte entschlossen ab.

»Warum willst du eigentlich früher weg? Nach dem anstrengenden Abenteuer hätten dir ein paar Tage Ruhe gutgetan.«

Linus nahm nachdenklich die Tasse. »Ja, aber mein Herz zieht mich heim. Ich muss einiges verdauen und regeln. Zu Hause fällt mir das leichter.«

»Verstehe. Hast du dich mit deinem Bruder ausgesöhnt?«

Linus senkte den Kopf und schwieg.

»Das tut mir leid.« Cliff nahm einen Schluck. »Ohne zwischenmenschliche Stürme könnte das Leben so sanft dahingleiten.«

»Du sprichst von Lara und dir, oder?«

Cliff lächelte schief. »Du und Lara, ihr versteht euch sehr gut, was? Hat sie dir von ihrer … wie soll ich sagen, von unserem unerfüllbaren Kinderwunsch erzählt?«

»Ja, das hat sie.«

Cliff fuhr sich durchs Haar. »Ich wollte eine Familie mit ihr.«

»Ein Schock für dich, keine Frage.«

»Ja, vor allem auch, dass sie nicht von Anfang an ehrlich war.«

»Verstehe.«

»Ich weiß nicht, ob wir so noch eine gemeinsame Zukunft haben.«

»Das wäre ein riesiger Fehler.« Linus sah Cliff ernst an. »Etwas Besonderes verbindet euch. Das spüren alle.«

»Aber …«

»Vergiss, was dir verwehrt bleibt. Denk an das, was ihr gemeinsam erreichen könnt.«

»Ich habe mir immer Kinder gewünscht.«

Linus lachte bitter. »Da sind wir uns ähnlich. Ich dachte auch zeitlebens immer nur an mich. Glaub mir, das ist eine Sackgasse.«

Cliff starrte nachdenklich zum Fluss.

»Echtes Glück liegt im gemeinsamen Streben.« Linus drehte den Kaffeebecher in seinen Händen.

»Schön gesagt, aber warum klappt das nicht bei Ralf und dir? Warum geht ihr getrennte Wege?«

»Es braucht zwei. Lara reicht dir beide Hände, du musst dich nur öffnen.«

Cliff runzelte verärgert die Stirn. »Willst du damit sagen, dass ich stur und verschlossen bin?«

Linus schmunzelte. »Vielleicht blickst du nicht ganz durch.«

Ein Wagen parkte vor der Praxis. Eine Frau half ihrem Kind aus dem Auto und reichte ihm zwei Krücken.

»Die Pflicht ruft. Danke, dass du vorbeigekommen bist.«

»Eines noch, Cliff. Laras Unfruchtbarkeit wurzelt in einem gemeinsamen Erlebnis, tragt die Folgen zusammen.«

Linus umarmte Cliff und ging die Treppe hinunter. Das Kind strahlte ihn an. Er wünschte gute Besserung, stieg ins Auto und fuhr nach Maun, wo er mit Lara verabredet war.

Linus ließ sich in den Beifahrersitz von Laras Wagen fallen. Hastig kurbelte er das Fenster runter, drinnen war die trockene Hitze des Mittags fast nicht zu ertragen. Die Luft roch nach verbranntem Kerosin und flüssigem Gummi. Zwei Buschflieger fuhren auf die Landebahn. Linus erhaschte einen letzten Blick von der liebgewonnenen Welt der Buschpiloten und Wehmut keimte in ihm auf. Die Fahrt zum Flughafen verbrachten sie schweigend. Linus schmerzte es, sich nicht mit Ralf ausgesprochen zu haben. Das würde ihn sein restliches Leben beschäftigen, eine dunkle Wolke auf seiner Seele. Lara parkte vor der Eingangshalle des Flughafens. Sie schlenderten zum Café gegenüber.

»Schön, dass du Zeit für einen Kaffee mit mir gefunden hast.« Linus bestellte zwei Cappuccinos.

»Natürlich! Wir haben in den letzten Wochen viel gemeinsam erlebt, nicht wahr?«

»Das kann man wohl sagen. Ralf und ich wären ohne dich Asche im Wind, du hast uns das Leben gerettet. Tausendfach Danke!«

Lara lächelte verlegen. »David, Nelson und ich haben nur getan, was nötig war.«

»Falsch. Ihr habt euch ins Inferno gestürzt und viel riskiert. Das hätten die wenigsten getan.«

»Nur schade, dass wir nicht alle retten konnten.«

»Umso mehr müssen wir unser Glück im Arm halten.« Der Kellner stellte lächelnd den Kaffee ab. Lara drehte den Löffel in der Tasse. »Und was zauberst du in Deutschland aus dem Hut?«

»Ich fange neu an. In einem Jahr will ich schuldenfrei sein. Und wenn ich bis zum Umfallen schuften muss!« Linus ließ Zucker in seinen Cappuccino rieseln. »Und ich fange wieder mit dem Rudern an, beim Verein am Chiemsee, bei dem ich vor vielen Jahren schon mal Mitglied war. Kein Alkohol, keine Drogen, kein Casino, keine toxischen Menschen. Ich bin fest entschlossen, das Ruder ein und für allemal herumzureißen. Meine Reise nach Botswana war der Startschuss in ein neues Leben.«

Lara schenkte ihm einen anerkennenden Blick. »Wow, das klingt mutig. Hut ab!«

»Gratulier mir erst in einem Jahr, wenn ich's geschafft habe.«

»Du packst das!«

»Danke, dass du an mich glaubst, das bedeutet mir viel.« Linus umklammerte die Kaffeetasse. »Ich liebe die Kinder in der Schule, doch bezweifle ich, dass mich das ausfüllt. Vielleicht ruft mich noch eine andere Aufgabe. Mal schauen.«

Lara lehnte sich nachdenklich zurück. »Dazu hätte ich eine Idee.«

Linus stellte seine Tasse ab und spitzte die Ohren. Er war offen für alles, was das Leben ihm schenken wollte.

»Falls Cliff und ich aus unserer Krise finden, die Betonung liegt auf falls, dann werden wir wohl Kabos Firma weiterführen. Ich hätte viele Ideen, wie man das Unternehmen weiterentwickeln kann. Neben medizinischen Leistungen für abgelegene Dörfer könnten wir auch Abenteuerreisen für Europäer anbieten.«

»Klingt gut. Niemand könnte das besser als du und Cliff.«

»Danke. Dafür bräuchten wir aber auch einen deutschsprachigen Reisebegleiter.«

Linus hielt die Luft an. Meint sie mich? »Klingt gut, und?«

»Na, deine Mutter hat das jahrelang mit Herzblut gemacht. Kabo meinte, sie sei unschlagbar gewesen. Vielleicht liegt das in euren Genen!« Lara zwinkerte ihm zu.

Linus' Herz klopfte wie Trommelschläge in der Ferne. Eine neue Ära dämmerte.

Als Lara sich von Linus mit einer festen Umarmung verabschiedet hatte, fuhr sie sofort zu den Buschpiloten. Als das Firmengelände in Sichtweite war, ließ sie ihren ursprünglichen Plan fallen und folgte stattdessen einer inneren Stimme. Sie fuhr geradeaus und parkte vor dem Krankenhaus. Auch wenn Ralf keine Besucher wollte, war sie entschlossen, seine Mauern zu durchbrechen. In der Eingangshalle umhüllte sie der Duft von Desinfektionsmittel, während das Summen der emsigen Ventilatoren ihr Ohr kitzelte. Sie eilte zu Ralfs Zimmer, klopfte und trat schwungvoll ein. Er saß aufrecht im Bett, vor sich Stift und Notizbuch. Er runzelte seine Stirn, als er Lara erkannte.

Ein Lächeln erstrahlte auf ihren Lippen. »Ich weiß, du möchtest deine Ruhe. Aber hier bin ich nun mal. Lässt du dich trotzdem zu einer Tasse Tee überreden?«

»Hm, na ja … eigentlich möchte ich allein sein.«

»Nur kurz«, bettelte Lara. »Vergiss nicht, dass ich dich aus den Flammen gezogen habe!«

»Manchmal wäre es mir lieber gewesen, du hättest mich liegen lassen.«

»Ach, komm schon, du Trübsalblaser! Das Schicksal hat dich nicht grundlos verschont!«

»Seitdem hat sich das Blatt gewendet, überall Risse und kaputte Brücken.«

»Nichts, was nicht gekittet werden könnte.«

Ralf seufzte. »Wie kannst du das wissen? Du hast keine Ahnung!«

»Doch, hab ich.«

Seine Augen weiteten sich.

»Linus hat mir alles erzählt.« Lara grinste triumphierend. Sie hoffte, Ralf endlich dazu bewegen zu können, Linus und Lucia zu verzeihen.

»Dann hast du ja sicher Verständnis für mich!«

»Ja, aber ich sehe auch hinter den Schleier. Ich kenne die Wahrheit über Linus und Lucia.«

Ralf winkte so energisch ab, als wollte er böse Geister vertreiben. »Ich habe keine Lust, mehr davon zu hören. Das, was ich weiß, reicht mir schon.«

Sanft legte Lara ihre Hand auf seine. Ihre Augen fanden die seinen. »Gib mir fünf Minuten, vielleicht wird danach deine Welt in einem anderen Licht erstrahlen.«

»Das bezweifle ich«, murmelte Ralf und sein Blick sank wieder auf sein Notizbuch.

Lara setzte sich geduldig auf die Bettkante.

»Komm schon, öffne dein Herz einen klitzekleinen Spalt. Leben bedeutet Risiko, sich verwundbar zu machen.«

»Gut, aber verschone mich mit Details.«

»Versprochen.« Lara goss sich und Ralf Tee ein, der zart nach Kräutern roch, und setzte sich in den Stuhl neben dem Bett. Ihre Worte fanden sein Gehör und sie entfaltete eine andere Version der Geschichte, als jene, die sich Ralf ausgemalt hatte. Nachdem sie geendet hatte, nahm Lara einen tiefen Schluck Tee und sah Ralf herausfordernd an.

»Sie waren also nicht, ähm, zusammen im Bett?« Er faltete die Hände. »Was, wenn Linus lügt, um sich und Lucia zu schützen?«

»Nein, das spüre ich. Dein Bruder hat ein goldenes Herz, auch wenn es manchmal im Schatten liegt.«

»Du kennst ihn nicht so gut wie ich.«

»Ach, kennst du ihn wirklich? Spürst du sein Herz? Kennst du seine verborgenen Ängste und Träume, oder bist du nur in der Rolle des großen Bruders gefangen?«

»Ohne meine Wachsamkeit wäre Linus längst endgültig vom Weg abgekommen!«

»Vielleicht. Aber manchmal muss man fallen, um zu wachsen. Du wolltest ihn vor der grausamen Welt schützen, aber hast du ihm auch genügend Raum gegeben, um sich selbst zu finden?«

»Willst du damit sagen, dass ich alles falsch gemacht habe? Ich musste die volle Verantwortung übernehmen, war mehr Elternteil für ihn als unser Vater es je gewesen war.«

»Ich weiß, dass du stets mit besten Absichten gehandelt hast. Aber manchmal sind wir blind für die Reise derer, die wir lieben.«

Lara spürte, wie ihre Worte langsam in ihm Wurzeln schlugen. Die Stille zwischen ihnen hielt lange an.

»Vielleicht hast du recht, aber ich kann ihm das trotzdem nicht vergeben. Nicht nach allem, was ich für ihn getan habe! Die zwei wichtigsten Menschen in meinem Leben haben mich gemeinsam hintergangen!«

»Ich weiß. Das war falsch, und Linus sieht das heute genauso. Aber die Absicht dahinter war nicht Böswilligkeit, im Gegenteil. Sie wollten, dass dein Traum wahr wird. Das macht einen Unterschied, oder?«

»Es ändert nichts an den Fakten.« Ralf presste die Lippen aufeinander.

»Ralf, bitte, versuch das Gute an der Situation zu sehen. Du, Lucia und das Baby könntet zusammen glücklich sein.« Lara versuchte, die Blase des Trübsals um ihn aufzustechen.

»Du kannst gut reden, mein Leben liegt in Trümmern. Ist es nicht verständlich, dass ich verletzt bin?« Seine Augen füllten sich mit Tränen.

Bei dem Anblick wurde Laras Herz offen und weich. Sie reichte ihm ein Taschentuch. »Doch, das ist verständlich, sehr sogar. Aber ist wirklich alles verloren?«, flüsterte sie schließlich. »Es gibt immer einen Weg.«

Sie sprachen noch eine Weile, aber Lara hatte das Gefühl, dass ihre Worte nichts ausrichteten. Als Ralf müde wurde, verabschiedete sie sich mit gemischten Gefühlen. Braucht er nur mehr Zeit, um alles zu verdauen, oder ist er wirklich derart stur in seiner Verletzung gefangen? Das Gefühl, dass sie alles versucht, aber wenig erreicht hatte, betrübte sie. Als Lara das Krankenhaus verließ, begegnete sie einer Frau mit einem neugeborenen Kind im Tragetuch. Die Kleine trug eine gelbe Stoffmütze und schlief so friedlich, wie es nur Babys tun. Lara freute sich über das strahlende Lachen einer glücklichen und stolzen Mutter. Neid war ihr fremd und doch war es wie ein Schlag in die Magengegend. Ihre Gedanken wanderten zu Cliff. Warum meldet er sich nicht? Waren all seine Liebesbekundungen nur leere Worte?! Habe ich mich derart in ihm getäuscht? Ist es, wie Oma immer sagte? Liebe kommt und Liebe geht. Sind Worte wie ewig und bedingungslos nur romantischer Kram aus Liebesfilmen, der dem Realitätstest aber nicht standhält? Lara stieg kraftlos in ihren Wagen, startete den Motor, drehte die Klimaanlage auf und fuhr mit einer schweren Seele zurück ins Büro.

23

MAUN – 7. AUGUST

Zwei Tage später saß Ralf im pulsierenden Gewimmel des Flughafens Johannesburg in einem Café und schlürfte gedankenverloren einen Latte macchiato. Nach dem kurzen Flug von Maun ins südafrikanische Herz blieb ihm eine fünfstündige Pause bis zum nächsten Sprung nach Frankfurt. Eifrig hauchte er Leben in sein Notizbuch, das er in wenigen Tagen fast vollgeschrieben hatte. Schreiben sei ein Wegweiser durch das Labyrinth des Geistes, eine sanfte Melodie für die Seele, hatte Ralf einst im Radio gehört. Seitdem griff er immer wieder zum Stift, um seine flatternden Gedanken zu ordnen und Wege aus schwierigen Situationen zu finden. Eine meditative Reise durch die Gedankenwelt und zugleich heilende Therapie. Hin und wieder sah er auf und betrachtete die Umgebung um ihn herum. Da war eine sechsköpfige Familie mit streitenden Kindern, eine alte Frau wurde im Rollstuhl durch den Gang gefahren und zwei muskelbepackte junge Männer mit Sonnenbrille gaben sich alle Mühe, cool zu wirken. Den Trubel um sich herum empfand er nicht als Ablenkung. Im Gegenteil, wenn er mit den Geschehnissen um sich herum nichts zu tun hatte, war das Inspiration und Energie, die er in sich aufsog. Er legte den Stift ab und las den Absatz, den er als Fazit seiner Gedankenreise formuliert hatte.

Lucia und Linus haben hinter meinem Rücken einen widerlichen Plan geschmiedet und mir vorgespielt, dass ich Vater werde. Dieser doppelte Betrug ist unentschuldbar und zwingt mich dazu, Konsequenzen zu ziehen. Auf der anderen Seite war die Absicht dahinter auf naive Art und Weise gut. Beide wissen, wie unbedingt ich Vater werden wollte. Das war sicher nicht der einzige Grund für den Komplott, Lucia wollte genauso eine Familie gründen. Vielleicht war sogar ihr Eigennutz der treibende Faktor. Letztlich spielt das keine Rolle. Entscheidend ist, welche Schlüsse ich aus dem Vorfall ziehe. Ich sehe zwei Wege: Ich bleibe bei Lucia und ziehe mit ihr das Kind auf, als wäre es mein eigenes. Mit Liebe und Fürsorge und Dankbarkeit für das unverhoffte Geschenk. Die zweite Option: Ich kappe alle Verbindungen zu den beiden und fange ein neues Leben an. Etwas dazwischen gibt es nicht. Wenn ich Lucia nicht vergeben kann, dann wird das gemeinsame Leben für uns beide zur Hölle, wie für das ungeborene Kind auch.

. . .

Ralf lehnte sich zurück. Die eben noch streitenden Kinder lagen müde in den Armen ihrer Eltern. Zwei von ihnen waren schon eingeschlafen. Den anderen erzählte der Vater eine Geschichte. Familienglück ist unabhängig von Ort und Zeit, es ist selbst im hektischen Betrieb eines Flughafens möglich. Er zückte seinen Stift und schrieb:

Linus ist alles, was mir von meiner Ursprungsfamilie bleibt. Wir sind gänzlich anders und doch sind wir durch unser Schicksal miteinander verbunden. Familie ist schwierig und manchmal hat man auch genug von ihr. Doch es lohnt sich, dafür zu kämpfen und immer wieder versöhnlich die Hand auszustrecken. Familie ist in schwierigen Zeiten das, was dir am Ende noch bleibt. Vielleicht mit ein, zwei guten Freunden, alles andere hat keinen Bestand, wenn es hart auf hart kommt. Ein Baum darf die Wurzeln nicht kappen, wenn er in Zukunft noch Halt haben will.

Hm, gar nicht mal so schlecht, der letzte Satz. Ralf klappte zufrieden lächelnd sein Notizbuch zu und bestellte noch einen Latte macchiato. Das Bild des alten Löwen im Busch tauchte vor ihm auf. Nur schemenhaft, aber doch mit einer klaren Botschaft, deren Richtigkeit er fühlte: Liebe, bedingungslose Liebe – nur darum geht es im Leben. Ralf lehnte sich ergriffen zurück und atmete die Flughafenatmosphäre ein. Ein Mosaik aus Hektik, Gelassenheit, blanken Nerven, Liebesglück und einer gehörigen Portion Kommerz.

Ein Mädchen der Großfamilie weinte bitterlich, weil es vom Vater geweckt wurde. Hektisch packten sie alles zusammen, dem Gespräch konnte er entnehmen, dass sie in wenigen Minuten am Gate sein mussten. Ralf blickte ihnen lächelnd nach, dann fasste er sich ein Herz, griff nach seinem Smartphone und wählte Lucias Nummer. Nach dem zweiten Klingelton nahm sie den Anruf entgegen.

»Endlich! Danke, dass du anrufst. Es tut mir so leid. Ich weiß, dass ich großen Mist gebaut habe. Ich kann dir alles erklären, leg nicht wieder sofort auf. Bitte, Ralf. Bitte!«

Es tat ihm gut, die vertraute Stimme zu hören, und er ließ sie sprechen. Sie wirkte, als hätte sie sich gründlich auf diesen Moment vorbereitet.

»Erinnerst du dich an das Versprechen, das wir uns anlässlich der Verlobung gegeben haben?«

Er atmete schwer, ließ sich Zeit mit der Antwort. »Halbwegs.« Natürlich erinnerte er sich daran, aber er wollte es von ihr hören.

»Ich hab's vor mir. Ich werde dich in guten und schlechten Zeiten lieben, in Zeiten des Überflusses und in Zeiten des Mangels. Ich verzeihe dir, wenn du mich verletzt, denn wir sind beide unvollkommen. Liebe, Verständnis und Vergebung sind der Schlüssel zu einer glücklichen Beziehung.«

Ralf lehnte sich aufgewühlt vor, die Worte berührten ihn tief und er erinnerte sich mit warmen

Gefühlen daran, wie sie sich das gegenseitig vorgelesen hatten.

Nach einer Weile durchbrach Lucia die Stille. »Gib uns noch eine Chance, Ralf. Ich habe daraus gelernt und werde alles tun, um dein Vertrauen zurückzugewinnen.« Sie stockte und er spürte, dass sie mit den Tränen kämpfte. »Komm zurück, bitte. Wir haben immer einen Weg gefunden, das wird diesmal nicht anders sein!«

Nach dem Gespräch fiel Ralf eine gewaltige Last von seinen Schultern und er erinnerte sich daran, wie schön und harmonisch ihre Beziehung im Kern war. Wie sehr mir ihr Lachen und ihre herzlichen Umarmungen fehlen! Hoffnung keimte auf, ein zartes Pflänzchen zwar, aber doch eine neue Perspektive. Können wir die Geschichte überwinden? Mit dem Baby, das nicht meins ist, glücklich werden? Er war unsicher, gleichzeitig aber entschlossen, es mit ganzem Herzen zu versuchen. Er schlenderte zur kleinen Buchhandlung in der Nähe und ließ sich vom Angebot inspirieren. Als er ziellos in einem Buch über Afrika blätterte, stach ihm eine Lebensweisheit aus dem Kongo ins Auge: »Schönes wächst inmitten von Dornen.« Wieder und wieder las er die Worte. In diesem Moment bedeuteten sie ihm die Welt.

Ralf schlenderte zum Gate. Auf dem Weg wählte er Linus' Nummer. Keine Antwort. Er setzte sich neben eine ältere Frau, die einen Pulli strickte. Draußen dockte seine Maschine an. Plötzlich klingelte das Telefon. Linus! Er atmete tief durch, dann nahm er den Anruf entgegen.

»Du wolltest mich sprechen?« Seine Stimme klang weit weg.

»Ich, ähm, ja, Lara hat mir alles erzählt.«

»Oh, hat sie das? Na ja, das war eigentlich nur für ihre Ohren bestimmt.«

»Warum hast du mir nicht gleich erzählt, wie Lucia schwanger geworden ist?«

»Wollte ich, aber du hast mir ja nie zugehört!«

»Ich war zu wütend und verletzt.« Ralf spürte einen Kloß im Hals. Er wollte nie wieder so betrogen und hintergangen werden.

»Das hab ich auch verstanden. Tut mir wirklich leid! Lucia und ich haben Mist gebaut.«

»Ich kehre zu ihr zurück, wir versuchen's noch einmal.« Es fühlte sich gut an, das zu sagen.

Linus schwieg.

»Bist du noch da?«

»Ja, sorry. Ich, uff, es ist nur so, dass mich deine Reaktion überrascht. Ich fühle mich grad so unglaublich erleichtert.«

»Lass uns erstmal schauen, ob wir das hinkriegen.«

»Lucia ist großartig, und sie liebt dich. Sie hat was aus der Geschichte gelernt, glaub mir. Genau wie ich.«

Ralf stutzte. »Du auch? Was heißt das genau?«

»Ich will mein Leben in den Griff kriegen. Klar, ich habe schon oft gesagt, dass ich mich ändern will. Aber diesmal werden den Worten auch Taten folgen.«

»Das wäre gut für dich, denn letztlich zählt nur das!« Ralf glaubte ihm, Linus klang zum ersten Mal vollkommen entschlossen.

»Ich weiß, ich weiß. Das hast du ja schon oft gesagt. Ich war schwach, habe mich zu lange als Opfer meiner Geschichte bedauert. Das ist vorbei, jetzt hat es klick gemacht. Ich werde hart arbeiten, meine Schulden abzahlen und aus meinem Leben etwas machen. Mama soll stolz auf mich sein. Und … du natürlich auch.«

Ralf war positiv überrascht, gleichzeitig aber auch vorsichtig. Doch es berührte ihn, dass Linus ihn stolz machen wollte.

»Was macht dich so sicher, dass du es diesmal schaffst?«

»Ich habe bereits mit der Umsetzung begonnen, gestern war die erste Sitzung mit einer Psychologin.«

»Psychologin?« Ralf stutzte.

»Ich bin zur Einsicht gekommen, unsere Kindheit aufzuarbeiten, um mir für den Neuanfang optimale Startbedingungen zu schaffen. Sie wird mich mindestens ein Jahr auf meinem Weg begleiten.«

»Hm, klingt sinnvoll.«

»Außerdem habe ich mich bei den Anonymen Alkoholikern angemeldet. Ich musste mir erst eingestehen, dass ich da ein Problem habe.« Linus seufzte. »Ich hasse es, das zu sagen, aber du hattest recht, Bruder.«

»Das freut mich.« Ralf atmete erleichtert auf. Würde sich tatsächlich alles zum Guten wenden?

»Nächste Woche findet das erste Meeting statt. Und«, Linus schluckte, »ich habe mich von Andrea getrennt und werde mich von meinen Sauf- und Spielkumpanen fernhalten.«

»Oh, das mit Andrea tut mir leid, das war sicher nicht leicht für dich.«

»Es blieb mir keine andere Wahl. Sie muss sich aus eigener Kraft da rausziehen, aber sie ist leider noch nicht so weit. Ich muss aus allem raus, sonst schaffe ich es nicht.«

»Wie geht es dir dabei?«

»Wenn ich ehrlich bin, fühle ich mich trotz aller Entschlossenheit grad ziemlich einsam. Ich könnte einen großen Bruder brauchen, der mich unterstützt, ohne mich dabei zu bevormunden.« Ralf hörte Linus' typischen Schalk in seiner Stimme. »Gibst du mir auch noch mal eine Chance?«

»Bleibt mir was anderes übrig? Ich habe ja nur den einen Bruder. Ziemlich missraten zwar, aber im Kern mit viel Potenzial. Das Herz hat er auch am rechten Fleck. Na ja, vielleicht rede ich mir das auch nur ein.«

Linus lachte seit Langem wieder unbeschwert. »Danke, das bedeutet mir viel.«

»Lara hat mir erzählt, dass sie dir ein Angebot als Reiseleiter gemacht hat.«

»Ja, hat mich unglaublich gefreut.«

»Und?«

»Ich schließe nicht aus, dass ich mich darin versuchen werde. Afrika fehlt mir bereits, manchmal träume ich von der Savanne im goldenen Licht des Sonnenuntergangs, den Löwen und Elefanten. Und, ja, irgendwie spüre ich, dass der Job mir liegen könnte.«

»Das vermute ich auch, also probier es doch einfach.«

»Danke, bedeutet mir viel, dass du mir das zutraust.«

Ralf bemerkte, dass die ältere Frau, die neben ihm strickte, ihn kurz verstohlen anblickte. Sie erinnerte ihn an seine Mutter. Sollte das ein Zeichen sein?

»Vielleicht ging Mamas Plan mit der Afrikareise am Ende doch auf«, sagte Linus. »Ich stelle mich endlich meinen Problemen, und wir teilen eine Erfahrung, die uns für immer verbindet.«

»Seh ich genauso. Mutter war eine spirituelle Person. Ich glaube, sie hat gefühlt, dass die Reise für uns wichtig ist. Ohne dabei den Grund zu kennen.«

»Du meinst, dass sie weniger dem Verstand, sondern stärker ihrem Bauchgefühl vertraut hat?«

»Genau. Mir tat es gut, mehr über ihr Leben und ihre Liebe zu Botswana zu erfahren. Jetzt fühle ich mich ihr näher denn je.«

Linus druckste herum. »Geht mir genauso. Und, ich hoffe, das klingt jetzt nicht pathetisch, ich fühle mich auch dir näher, Ralf. Vielleicht wollte Mama genau das. Ihr war es immer sehr wichtig, dass wir uns verstehen.«

»Sie hat so oft betont, dass die Familie das Wichtigste im Leben ist – Identität und Verankerung in dieser Welt.« Ralf schluckte. Eine wohlige Wärme breitete sich in ihm aus und die letzten Ruinen der Mauer um ihn zerfielen zu Staub. »Schön, wenn sie damit recht behält.«

»Zu sentimental sollten wir jetzt auch nicht werden«, erwiderte Linus lachend. »Aber ernsthaft, ich bin Mama zutiefst dankbar. Afrika hat in mir etwas bewegt und je länger wir zusammen sprechen, desto klarer wird mir, dass ich den Job in Botswana annehmen werde, sollten Lara und Cliff die Firma übernehmen.«

»Schön, damit würdest du Mamas Traum leben.«

»Ja, aber darum geht es nicht. Es geht um mein Leben. Dass es ihr Traum war und dass ich ihn auch für sie leben kann, ist zwar nett, darf aber nicht der einzige Grund sein.«

Ralf warf einen Blick auf die Anzeigetafel. Ihm blieb noch eine Stunde bis zu seinem Rückflug. »Das leuchtet mir ein. Meine Zuversicht, dass aus dir doch noch etwas wird, steigt gerade vollkommen überraschend.«

»Wie gönnerhaft von dir.« Ralf konnte sich Linus' schelmischen Gesichtsausdruck klar und deutlich vorstellen. »Deine großbrüderliche Arroganz kannst du wohl nicht ablegen, was? Gut so, dann bleibt wenigstens etwas, wie es immer war!«

Ralf lachte herzhaft. »Da ist noch etwas, Linus. Lucia hat mir erzählt, dass du ihr Geld schuldest.«

Linus stockte. »Uff, eigentlich wollten Lucia und ich das unter uns ausmachen.«

»Ich weiß. Aber sie will keine Geheimnisse mehr, die zwischen uns stehen.«

»Das klingt gut und bedeutet ja auch, dass sie was aus der Geschichte gelernt hat.«

»Das seh ich genauso und ich will dich deswegen nicht in die Pfanne hauen.«

Linus atmete hörbar auf. Er schämte sich für seine Vergangenheit und wollte sie endlich hinter sich lassen. »Ich versichere dir, dass ihr das Geld zurückbekommt. Gebt mir bitte etwas Zeit.«

»Ich habe einen konkreten Vorschlag, wie du deine Schulden tilgen kannst. Doch vorher muss ich noch wissen: Hast du alle anderen Schulden damit beglichen?«

»Ja, ich habe Lucias Geld an die Typen weitergegeben. Da droht mir nichts mehr.«

»Gut. Auf dem Treuhandkonto unserer Mutter für die Afrikareise liegen noch rund fünf Tausender. Lucia und ich sind der Meinung, dass wir dir alles gutschreiben. Den Rest der Schuld zahlst du uns in monatlichen Raten über zwei Jahre zurück. Einverstanden?«

»Puh, das wär eine super Lösung. Aber das kann ich nicht annehmen, das Treuhandkonto gehört auch dir.«

»Stimmt. Aber es wäre auch in Mutters Sinn. Betrachte es als ihre Starthilfe für dein neues Leben.«

»Oh«, Linus hielt inne. Ralf spürte, wie berührt er von seinem Angebot war. »Danke, das hilft, das hilft sogar enorm. Diesmal werde ich euch nicht enttäuschen.«

»Da bin ich mir sicher.«

Nach dem Telefonat griff Ralf schmunzelnd nach einem Magazin über die Tierwelt Afrikas und machte es sich bequem. Linus war auf einem guten Weg, er konnte seine Elternrolle endgültig loslassen. Ralf fühlte sich nicht mehr für Linus verantwortlich, den Schwur am Sterbebett seiner Mutter hatte er längst erfüllt. Eine gewaltige Last fiel von ihm ab. Das zarte Pflänzchen seiner Hoffnung gedieh prächtig, wuchs in kürzester Zeit zu einer blühenden Staude. Gleichzeitig fühlte er sich müde und leer. Die Emotionen und Anstrengungen der letzten Tage forderten ihren Tribut.

Hoffentlich kann ich im Flugzeug schlafen, ich hätte es bitter nötig! Wieder starrte ihn die ältere Dame von der Seite an. Sie hatte ein zerfurchtes Gesicht, Zeugnis eines langen und intensiven Lebens. Jede Narbe, jede Falte könnte auf schmerzhafte, aber auch schöne Erfahrungen hindeuten. Die Frau beeindruckte Ralf, obwohl er nichts über sie wusste. Allein durch ihre ruhige Aura und die natürliche Autorität, die sie ausstrahlte, war sie besonders.

»Das haben Sie gut gemacht, junger Mann.«

Ralf zuckte zusammen. Oh, eine Deutsche. Hat sie das Gespräch mitgehört? »Wie, ähm, meinen Sie das?«

»Wenn ich es richtig verstanden habe, dann haben Sie jemandem aus der Familie vergeben.«

»Haben Sie mich etwa belauscht?!« Ralf spielte Empörung vor.

»Niemand hat Sie dazu gezwungen, hier private Gespräche zu führen. Das ist ein öffentlicher Raum!«

Ralf lachte auf. »Auch wieder wahr!«

Die Alte legte das Strickzeug nieder und blickte ihn mit funkelnden Augen an. »Viele Menschen sind unglaublich dumm. Kostbare Beziehungen gehen in die Brüche, weil wir uns nicht verzeihen können. Auch, weil wir immerzu recht haben wollen, um uns besser zu fühlen als andere. Immer mehr geht es den Menschen nur noch um ihr eigenes Wohl! Das Ego ist der Grund, weshalb viele unglücklich sind und am Ende einsam sterben!«

Ralf hing der Frau an den Lippen, mit jedem Satz fühlte er sich ihr näher.

»Darum reise ich auch in meinem hohen Alter immer wieder nach Afrika. Weil hier Bauch und Herz wichtig sind. Das Lachen der Menschen kommt von innen, es ist nicht nur Fassade. In Afrika ist nicht nur das Klima wärmer als bei uns!«

»Hm, guter Punkt. Darüber werde ich nachdenken.«

»Tun Sie das, junger Mann! Am Ende kommt es vor allem darauf an, ob Sie geliebt haben und geliebt wurden. Nur das nehmen Sie mit auf die letzte Reise. Geld und Besitz sind nur geliehen auf dieser Welt!«

»Den Spruch kenne ich.«

»Umso besser! Man muss sich immer und immer wieder an solche Weisheiten erinnern. Sie hüten uns davor, im Leben die falschen Prioritäten zu setzen und vom richtigen Weg abzukommen.«

»Da bin ich bei Ihnen.«

»Gut für Sie! Öffnen Sie Ihr Herz für die Liebe und die kleinen Dinge im Leben.«

Ralf bewunderte die Energie und Lebenslust der alten Frau. Wie inspirierend sie ist! Eine Durchsage verkündete, dass die Maschine bereit zum Boarding sei. Die Alte kramte ihre Stricksachen zusammen, verstaute sie in einer farbenfrohen afrikanischen Stofftasche und stand auf.

»Einen guten Flug wünsche ich Ihnen!«

Ralf erhob sich und reichte ihr die Hand. »Den wünsche ich Ihnen auch und danke für das Gespräch!«

Berührt und aufgewühlt blickte er der Frau nach, wie sie in Richtung Gangway tippelte und sich in die Schlange einreihte. Die letzten Zweifel seiner Entscheidung waren beseitigt. Er wähnte sich auf dem richtigen Weg, und das fühlte sich verdammt gut an.

“Zerschneide nie, was du auch aufknoten kannst.

— JOSEPH JOUBERT

24

MAUN – 9. BIS 10. AUGUST

Zwei Tage später servierte Lara gekühlten Rooibostee und frisch gebackene Vanilleplätzchen, die einen unwiderstehlichen Duft im Büro verströmten und die Ventilatoren liefen am Nachmittag auf Hochtouren. Riley kam einen Tag vor ihrem Rückflug nach Anchorage für einen Schwatz vorbei. Lara hatte sich den ganzen Tag darauf gefreut, gleichzeitig war sie traurig, dass die Alaskaner Botswana verließen. Sie hatte sich so an die drei gewöhnt, besonders an Riley, die sie als echte Freundin betrachtete. Gerade als Lara sich zu Riley setzen wollte, trat Cliff durch die Tür. Sie blickte demonstrativ weg, tat so, als würde sie ihn nicht wahrnehmen. Lara war enttäuscht und verletzt, weil er ihr tagelang aus dem Weg gegangen war und nur an sich gedacht hatte.

»Hast du kurz Zeit für mich?«

»Jetzt nicht, ich bin mit Riley verabredet.«

»Okay, gehen wir heute Abend zusammen essen?«

»Nein, ich habe andere Pläne.«

»Andere Pläne?« Cliff lehnte sich erstaunt in den Türrahmen.

»Ich bin dir keine Rechenschaft schuldig.«

»Lara, bitte.« Er warf entnervt die Hände in die Luft. »Mach es mir nicht so schwer.«

Sie blickte ihn wortlos an. Wer macht hier wem was schwer, Cliff?! Wer ist einfach so bei uns ausgezogen?! Weil sie keine Lust auf eine Diskussion hatte, setzte sie sich ohne ein weiteres Wort zu Riley.

Cliff blickte die beiden entgeistert an, dann verließ er mit stampfenden Schritten das Büro.

»Hast du gerade Cliff abserviert?« Riley blickte Lara verwirrt an.

»Er hat mich tief verletzt. Er braucht wohl noch Zeit, um sich darüber bewusst zu werden, was meine Unfruchtbarkeit für ihn bedeutet! Dabei ist ihm egal, wie es mir damit geht. Und jetzt brauche ich Zeit! So geht man nicht mit mir um!«

»Ich verstehe euch beide.« Riley nahm einen Schluck vom fein duftenden Tee. »Natürlich muss er mit der Tatsache zuerst klarkommen. Er hat sich so sehr eigene Kinder gewünscht …«

»Wie ich auch! Aber der Unfall mit dem Hippo ist unsere gemeinsame Geschichte, muss ich die Konsequenzen alleine tragen?«

»Nein, sicher nicht. Ich meine nur, dass er vielleicht etwas Zeit braucht, um die Tatsache zu akzeptieren.«

»Verletzt hat er mich trotzdem.« Lara schluckte. »Er hat mich die Frau seines Lebens genannt, seine große Liebe. Immer und immer wieder! War das alles nur leeres Gerede?«

»Das glaube ich nicht.« Riley biss nachdenklich in ein Plätzchen.

»Nein? Warum ist er dann beim ersten größeren Problem weg und denkt nur daran, was der Verlust für ihn bedeutet? Als ob es mich nicht gäbe! Männer sind Egoisten!«

Riley grinste und tippte Lara an die Schulter. »Nun gut, da ist allerdings was dran.«

Lara lächelte. Es tat ihr gut, ihren Frust mit Riley zu teilen. Beide nippten an ihrem Tee. Riley schien Lara tief in Gedanken versunken.

»Woran denkst du?«

»Ich, ähm, das habe ich noch nie jemandem erzählt. David hat mich auch mal verlassen.«

»Oh, das überrascht mich.«

»Ich wurde direkt am Anfang unserer Beziehung schwanger. Er wollte das Kind nicht, ich schon. Das hat ihn überfordert, weil er andere Pläne mit seinem Leben hatte. Daraufhin hat er unsere Beziehung infrage gestellt und ist alleine nach Arizona geflogen, um die Flugausbildung zu machen. Er hatte dort sogar eine Affäre, wie er mir später gestanden hat. Es tut mir immer noch verdammt weh, wenn ich an diese Zeit denke! Ich war alleine schwanger in Alaska und habe mich genau wie du gefragt, wo die Liebe geblieben ist.«

Lara drückte Riley mitfühlend die Hand. »Puh, happig. Danke, dass du das mit mir teilst.«

»Der Punkt ist«, Riley lehnte sich nach vorne, »ich habe David verziehen, als er sich aufrichtig entschuldigt hat. Eine zweite Chance hat jeder Mensch verdient. Und«, sie blickte Lara tief in die Augen, »ich habe es nie bereut. Wir haben daraus gelernt und die schwierige Zeit hat unsere Beziehung gestärkt.«

Lara hielt ihren Tee zwischen ihren Händen und ließ Rileys Worte wirken. Sie hat recht, ich sollte Cliff wenigstens anhören. Ich kann nicht ewig mit einer Mauer um meinem Herzen durchs Leben gehen, nur weil ich Angst davor habe, erneut verletzt zu werden.

»Noch was«, sagte Riley. »Ihr zwei gehört zusammen. Da liegt etwas ganz Besonderes in der Luft, wenn ihr euch anschaut.«

Lara seufzte. »Das war vorher.«

»Ja, mag sein, aber David und ich finden, dass ihr ein tolles Paar seid und in Botswana eine großartige Zukunft vor euch habt.«

Lara sah nachdenklich aus dem Fenster, ein Jetflugzeug schwebte zur Landebahn. »Ich weiß ja nicht einmal, ob er mich überhaupt noch will. Vielleicht will er nur mit mir sprechen, um einen endgültigen Schlussstrich zu ziehen.«

»Hör dir an, was er zu sagen hat. Dann weißt du wenigstens, woran du bist.«

»Das werde ich tun.« Lara drückte Rileys Hand. »Danke, das hat mir gutgetan. Wenn wir schon bei den Zukunftsaussichten sind: Habt ihr euch in Bezug auf die Familienplanung geeinigt? Ich kann mich erinnern, dass er noch ein Kind möchte, aber du nicht.«

Riley lehnte sich entspannt zurück. »Ich werde die Tage nie vergessen, als Olivia dem Tod nahe war. Damals ging ein Stück Urvertrauen verloren, das ich bis heute nicht zurückgewonnen habe. Aber hier in Botswana bin ich ein großes Stück weitergekommen und habe Vertrauen und Zuversicht getankt.«

Lara schenkte Riley Tee nach. »Schön. Was heißt das konkret?«

»Wenn alles klappt, wird Olivia bald ein Geschwisterchen bekommen.«

»Oh, großartig. Ich freue mich so für euch drei!«

»Ich wäre nicht überrascht, wenn das Baby bereits unterwegs ist und ein Afrikakind wird«, sagte Riley schmunzelnd.

Lara schluckte und sagte leise: »Das klingt wunderbar, ich freue mich für dich.«

Riley blickte sie mitfühlend an. »Sorry, das muss hart für dich sein.«

»Schon gut, ich lerne, damit zu leben. Ich habe es akzeptiert, aber manchmal, uff, manchmal tut es noch weh.«

»Das verstehe ich.« Riley räusperte sich. »Übrigens, ich habe vorhin noch mit meinem Vater und Tanja in Alaska telefoniert und ihnen erzählt, wie nah wir uns in den letzten Wochen gekommen sind. Sie sind erschüttert wegen Kabos Tod und werden ihn nie vergessen.«

Lara nahm nachdenklich den letzten Schluck Tee. »Sag ihnen, dass ich ihre wagemutige Rettung nie vergessen werde. Ohne die beiden würde ich nicht mehr leben.«

»Mach ich gern. Unsere Gespräche haben einen großen Anteil daran, dass John und Tanja wohl nochmals Großeltern werden. Damit wird ihr größter Wunsch wahr und ihr seid dann quitt.«

»Oh, danke!« Lara wischte sich eine Träne aus den Augen. Rileys Worte berührten sie tief. Was mach ich nur ohne sie, am liebsten würde ich sie für immer in Botswana behalten!

Sie verabschiedeten sich mit einer langen, festen Umarmung. Lara blickte Riley nach, und die Bewunderung für die selbstsichere Buschpilotin war kein bisschen kleiner geworden als am ersten Tag. Im Gegenteil.

Am nächsten Morgen roch es nach Apfelkuchen, Zimt und frischem Kaffee, als Lara ins Büro kam. Cindy saß schon mit dem Notebook am Tisch. Zeit für die morgendliche Besprechung aller offenen Anfragen.

Cindy reichte Lara ein Stück Kuchen auf einer Serviette.

»Hm, der riecht ja fantastisch, ich liebe Gebäck mit Zimt.«

»Darf ich immer noch hoffen, dass du und Cliff die Firma weiterführen? Dann würde ich noch öfter diesen Kuchen für dich backen«, sagte Cindy schmunzelnd.

»Das steht in den Sternen. Es ist genauso gut möglich, dass ich hier bald weg bin.« Der Gedanke daran legte sich wie ein Schatten auf ihr Herz.

»Das wäre schade … nicht nur für dich, sondern für uns alle!« Cindy machte ein betrübtes Gesicht und ließ die Schultern hängen. Es tat Lara gut, dass sie im Team der Buschpiloten inzwischen angekommen war.

»Danke, lieb von dir. Wenn nicht ich, dann wird jemand anderes meinen Job machen, es gibt immer Lösungen.«

»Tja, das ganze Team sieht das aber anders.«

Lara schob die Kuchenkrümel vom Tisch auf ihre Serviette.

Cindy holte tief Luft. »Ernsthaft, Lara. Wir brauchen dich und Cliff. Mit euch wüssten wir die Firma in den besten Händen. Unsere Jobs hängen davon ab. Ich, ähm, ich hoffe, die dicke Luft zwischen dir und Cliff klärt sich bald. Alles andere wäre jammerschade.«

Lara massierte ihre Schläfen. Ja, jammerschade, es wäre wirklich jammerschade. Wie recht Cindy hat! Aber was kann ich tun? Wenn Cliff eigene Kinder will, geht das nur mit einer anderen Frau. Punkt. Schluss. Aus. So einfach ist das! Es kommt, wie es kommt. Und sollte er mich deswegen verlassen, werde ich ihm nicht nachtrauern. Dann habe ich mich in ihm getäuscht und er war es nicht wert! Lara richtete sich auf und schnitt sich noch ein Stück vom Kuchen ab. Apfel und Zimt, es gibt nichts Besseres! Kauend lauschte sie dem Start eines Buschflugzeugs. Sie ging ans Fenster und schaute der Maschine nach, bis sie nur noch ein kleiner Punkt am Horizont war. Ein glitzernder Punkt am tiefblauen afrikanischen Himmel.

Nach einem langen Arbeitstag sog Lara vor dem Büro die warme, erdige Abendluft tief ein. Es roch nach Regen. Die Sonne stand tief am Himmel und schimmerte zwischen zwei Gewitterwolken hindurch. Erste Boten der bevorstehenden Regenzeit. Sie schloss die Tür ab und ging zu ihrem Wagen. Dort wartete Cliff auf sie. Er sah gut aus mit seinem sportlich-eleganten Shirt und den kurzen Hosen.

»Was machst du hier?«

»Ich muss mit dir reden, bitte.«

»Es war viel los heute, ich bin müde, eigentlich …«

»Bitte, Lara. Hör mich an.«

Lara erinnerte sich an das Gespräch mit Riley. Na ja, früher oder später müssen wir miteinander reden. »Alles klar. Ich höre.«

Cliffs Miene erhellte sich. »Steig bei mir ein, wir essen was zusammen.«

»Essen? Ich weiß nicht, ob …« Sie hatte sich nur auf ein Gespräch eingestellt. Mit Cliff essen zu gehen, würde alles vertrauter machen. Und sie wusste nicht, ob sie dafür schon bereit war.

»Lara, bitte.« Cliff blickte sie flehend an.

»Wir können auch hier reden.«

»Stimmt, aber vertrau mir.«

»Na gut.« Lara stieg in seinen Wagen. Ihr fiel auf, dass Cliff frisch geduscht war und angenehm nach Meeresbrise roch. Super, und ich sitze in meinen durchgeschwitzten Klamotten neben ihm!

»Es tut mir leid«, sagte Cliff, als er auf die Hauptstraße abbog.

»Was tut dir leid?«

»Ich habe falsch reagiert. Ich hätte mich zuerst darum sorgen müssen, wie es dir mit der Unfruchtbarkeit geht. Stattdessen habe ich nur an mich gedacht. Das war verdammt egoistisch.«

»Da hast du vollkommen recht!«, erwiderte Lara. Immerhin ist er einsichtig.

»Ich liebe dich, Lara, und will mit dir zusammen sein. Gemeinsam werden wir jede Herausforderung meistern und Schicksalsschläge überwinden. Ich war ein Idiot, dass mir das nicht sofort klar war.«

»Du warst sogar ein Vollidiot!« Cliff schien es ernst zu meinen, sie glaubte ihm und fühlte sich zu ihm hingezogen. Das wollte sie sich aber nicht sofort anmerken lassen.

»Lara, bitte. Ich war überfordert. Sei bitte nicht so kalt zu mir, so verdammt abweisend.«

»Es macht nichts, wenn du fühlst, wie es mir ging. Du warst verdammt abweisend zu mir. Vollidiot!« Dann konnte sie nicht mehr anders und grinste ihn erleichtert an.

»Ja, Vollidiot!« Cliff schlug auf das Lenkrad.

»Oberdepp!«

»Du sagst es!«

Lara lachte laut auf, es tat ihr gut, Klartext mit ihm zu reden. Die Mauer um sie herum bröckelte. Er sieht sein Fehlverhalten ein und er will mich immer noch! Auch wenn ich ihm keine Kinder schenken kann. Der Knoten in ihrer Magengegend löste sich, die Schmetterlinge im Bauch erwachten zu zartem Leben.

Cliff bog auf eine kleine Nebenstraße mit Schlaglöchern und Bodenwellen ab. Der Wagen rumpelte und schüttelte.

»Wohin fahren wir?«

»Das wirst du noch sehen.«

»Wir fahren zum Okavango, nicht wahr? Willst du mich dort ertränken und verschwinden lassen?«

»Dafür hätte ich jemanden beauftragt. Ich mache mir doch deinetwegen nicht die Hände schmutzig«, sagte er gespielt empört.

»Typisch, der Herr Doktor ist sich für die Drecksarbeit zu schade!«

»Genau!« Cliff schmunzelte und legte eine Hand

auf Laras Knie. Doch sofort legte er wieder beide Hände ans Lenkrad, die Schlaglöcher wurden immer größer. Er stoppte das Auto am Fluss, der gemütlich und mit niedrigem Wasserstand durch die Savanne mäanderte.

»Diesen Platz kenne ich gar nicht. Wunderschön hier und erstaunlich nah an der Stadt.«

»Du kennst noch lange nicht alles.« Cliff holte einen Kühler und einen Campingtisch aus dem Kofferraum.

»Essen wir also heute auf die einfache Art?«, flachste Lara. Insgeheim gefiel es ihr hier besser als im schönsten Restaurant.

»Ich habe mir den Nachmittag freigenommen und alles frisch zubereitet. Spezialitäten aus Botswana«, sagte Cliff, während er den Tisch aufstellte und mit einem weißen Tuch eindeckte.

Oh, wie süß! Lara blickte zum Horizont, wo die Sonne ihre letzten Strahlen auf die Savanne warf. Hinter ihr muhte eine Kuh, ein Zeichen dafür, dass die Zivilisation nicht weit entfernt war. Aber das war ihr nur recht, denn in der Nähe von Dörfern lauerten keine Großkatzen auf Beute. Lara staunte, was Cliff alles auftischte. Zuletzt öffnete er lachend eine Flasche Champagner, der Korken flog weit weg und der Schaumwein sprudelte über. Pünktlich zum Sonnenuntergang stießen sie an und schauten händchenhaltend dem Spektakel zu. Ein Himmel in den allerschönsten Farben, begleitet vom sanften Rauschen und Gurgeln des Flusses. Lara fühlte sich wie im siebten Himmel, daran würde sie sich nie sattsehen können. Cliff zündete zwei weiße Kerzen an, küsste sie sanft auf die

Lippen und zog sie fest an sich. Laras Puls pochte vor Freude und sie schnappte nach Luft. Als er unerwartet vor ihr auf die Knie ging, zuckte sie zusammen und ihr Herz blieb kurz stehen. Wirre Gedanken rasten ihr in Lichtgeschwindigkeit durch den Kopf. Was wird das? Er wird doch nicht um meine Hand anhalten, oder?! Das ginge mir entschieden zu schnell, das überfordert mich. Cliff, steh wieder auf. Bitte! Cliff hielt einen kleinen Beutel in der Hand. Ein Ring? Meine Güte. Panik überkam sie, am liebsten wäre sie davongerannt. Cliff lächelte sie an und gab ihr Zeit, als würde er spüren, dass in ihr die Emotionen tobten. Gleichzeitig war in seinen Augen wilde Entschlossenheit. Puh, der zieht das durch! Ich muss ihn davon abhalten. Bevor Lara etwas sagen konnte, griff er nach ihren Händen und hielt sie fest. So konnte sie das Leder des Beutels und seinen Inhalt fühlen. Jetzt war sie sich sicher, dass es ein Ring war. Unsicher versuchte sie, ihre Hände zurückzuziehen, doch Cliff verstärkte den Griff.

»Ganz ruhig, Lara. Hör mich erst an.« Auf Cliffs Gesicht spiegelte sich das lilafarbene Licht des Horizonts und das Flackern der Kerzen. »Ich habe in den letzten Tagen gelitten wie noch nie. Mir ist dabei noch klarer geworden, wie viel du mir bedeutest. Ich verspreche dir, dass ich dich lieben und ehren werde, in guten Zeiten und in schlechten, in Gesundheit und in Krankheit, in Freude und in Kummer. Ich verspreche dir, für dich da zu sein, wenn du mich brauchst, und dich zu unterstützen und zu ermutigen, damit du deine Träume verwirklichen kannst. Ich werde alles tun, um unser gemeinsames Leben voller Liebe, Freude und

Abenteuer zu gestalten. Ich liebe dich mehr, als du dir vorstellen kannst, Lara Becker! Jetzt und für immer.«

Tränen schossen ihr in die Augen, seine Worte hatten ihren inneren Widerstand zum Schmelzen gebracht. Cliff öffnete den Beutel und holte einen glitzernden Ring heraus. Er war der schönste, den Lara je gesehen hatte.

»Die Brillanten sind aus Botswana und sie sind das Einzige, das deiner Schönheit halbwegs nahe kommt. Willst du meine Frau werden? Es würde mir die Welt bedeuten.«

Laras Beine drohten ihr den Dienst zu versagen. Also kniete sie sich ebenfalls und roch seinen unverkennbaren, vertrauten Duft. Sie legte ihre Hand auf seine Brust und spürte sein Herz pochen. Schnell und wuchtig. Sein Gesichtsausdruck war eine Mischung aus Hoffnung, Unsicherheit, Angst und Liebe. Tiefe, ehrliche Liebe. Spätestens jetzt wusste sie, dass sie nur mit Cliff glücklich werden konnte. Lara blickte ihm berührt in die Augen und küsste ihn sanft auf die Lippen. Eine tiefe Gewissheit breitete sich in ihrem Körper aus. Sie fühlte eine tiefe Verbundenheit mit Cliff und Afrika, war vollkommen in der Magie des Moments gefangen, als sie wie in Trance ein leises Ja in sein Ohr flüsterte.

»Ja, Cliff Burghard, ich will dich. Für immer und ewig.«

Sofort fielen sie sich mit Glückstränen in die Arme, überwältigt von ihren Emotionen, die das gegenseitige Bekenntnis in ihnen auslöste. Grillen zirpten, Frösche quakten und in der Ferne grunzte ein mächtiges Flusspferd. Ihr gemeinsames Schicksalstier. Eine Sinfonie von Tierlauten vor dem Hintergrund eines Horizonts, dessen Farben kein Künstler besser mischen könnte. Wie immer nach dem Sonnenuntergang erwachte das Okavango-Delta zu pulsierendem Leben. Lara war sich sicher, dass in diesem Neuanfang alles drin war, was das gemeinsame Leben mit Cliff versprach. Abenteuer, magische Momente und Liebe. Tiefe, bedingungslose Liebe.

Ende

KOSTENLOSE DOWNLOADS

FÜR ABONNENT*INNEN MEINES NEWSLETTERS

- Reportage über Buschpiloten: »Zahme Vögel träumen von Freiheit, wilde Vögel fliegen.«
- E-Booklet »10 geniale Lebensweisheiten, die du unbedingt kennen solltest!«
- Kurzgeschichten, die zwischen den Romanen spielen.

Anmelden dauert weniger als eine Minute.
Hier geht's lang:
www.markusglauser.de/geschenk

Du bist schon Mitglied in meinem Leserkreis? Dann findest du den Link zu allen kostenlosen Downloads jeweils ganz unten in meinem Newsletter.

LUST AUF MEHR?

ROMANTISCHE ABENTEUERROMANE
VON MARKUS GLAUSER

Amazon Bestseller Buchreihe

Wo Straßen enden, beginnt das Abenteuer. Willkommen in der atemberaubenden Welt der Buschpiloten!

Geschichten über wahres Glück, Familie und Liebe – so bewegend wie ein Lagerfeuer in einer sternklaren Nacht.

Jeder Roman ist in sich abgeschlossen.

★★★★★ Tausende Fünf-Sterne-Bewertungen

Infos: www.markusglauser.de/buecher

ÜBER BUSCHBRÄNDE

Buschbrände sind ein natürlicher Bestandteil von Ökosystemen. Sie tragen dazu bei, die Vegetation zu verjüngen, Nährstoffe im Boden freizusetzen und Platz für neue Pflanzen zu schaffen. Viele Tierarten sind an Buschbrände angepasst und profitieren sogar davon: Insekten- und Vogelarten reagieren besonders schnell auf das veränderte Ökosystem und gedeihen nach Feuern prächtig.

In den letzten Jahren sind jedoch Buschbrände zu einem immer ernsteren Problem geworden. Der Klimawandel führt zu höheren Temperaturen und längeren Dürreperioden. Die Wetterextreme nehmen, wie auch anderswo auf der Welt, zu und das Risiko von verheerenden Bränden steigt.

In Botswana treten Buschbrände während der Trockenzeit zwischen Mai und Oktober am häufigsten auf. Dann sind die Temperaturen hoch, die Luftfeuchtigkeit niedrig und das Gras, das Laub der Büsche und andere brennbare Materialien besonders trocken.

Buschbrände können durch eine Vielzahl von Faktoren ausgelöst werden, wie zum Beispiel Blitzschlag, Funkenflug von Landwirtschaftsmaschinen, unkontrolliertes Verbrennen von Abfällen, von Zigarettenstummel oder vorsätzlicher Brandstiftung. Starker Wind gilt als Brandbeschleuniger.

Ein besonders gefährliches Phänomen sind Schwelbrände, sogenannte unterirdische Feuer. Sie sind schwer zu erkennen und zu löschen, da es keine offene Flamme gibt. Indizien sind Rauch, heißes Erdreich oder schwelende Vegetation. Wenn ein solches Feuer unentdeckt bleibt, kann es sich unter der Erde ausbreiten und Schäden an Pflanzenwurzeln und Bodenstrukturen verursachen. Schwelbrände sind äußerst unberechenbar: Sie breiten sich unterirdisch aus, können aber jederzeit an die Oberfläche drängen und aufflammen, beispielsweise bei starkem Wind.

Die Regierung von Botswana hat Maßnahmen ergriffen, um die Verbreitung von Buschbränden zu reduzieren. Dazu gehören die Aufklärung der Öffentlichkeit über die Gefahren von Buschbränden, die Verabschiedung von Gesetzen und Vorschriften zur Brandverhütung und Brandbekämpfung. Weiter wird die Verbesserung der Infrastruktur und der Technologie zur Bekämpfung von Bränden vorangetrieben. Politik, Feuerwehr und andere Organisationen arbeiten eng zusammen, um Brände zu bekämpfen und ihre Ausbreitung zu verhindern.

LIEBE LESERIN, LIEBER LESER,

du hast meinem Roman deine Zeit und deine Aufmerksamkeit geschenkt. Danke! Das bedeutet mir viel.

Eine Geschichte aufs Papier zu bringen und in andere Lebenswelten einzutauchen, ist faszinierend und immer auch eine Auseinandersetzung mit einem selbst. Mit jedem Kapitel kommt man nicht nur dem Buchende, sondern auch sich ein Stück näher.

Wenn dir das Buch gefallen hat, würde ich eine Rezension (muss nicht umfangreich sein) sehr schätzen! Rezensionen helfen nicht nur Autoren extrem, sondern auch anderen Leserinnen. Hier geht's direkt zum Buch:

http://bit.ly/3ThouXO

(Scrollen bis zu Kundenrezensionen, dann »Kundenrezension verfassen«)

Herzlichst, Markus Glauser

Lust auf andere Bücher von mir?

Hier geht's zur Amazon Autorenseite:

amzn.to/34LTPXz

DANKE!

Meiner Frau Irene, für ihre Liebe und die Unterstützung in meinen Projekten.

Meinen Töchtern Livia und Fiona dafür, dass sie mich lieben, fordern und hinterfragen.

Meinen Eltern und der ganzen Familie für die positiven Worte und die Liebe.

Meinen Testleserinnen und Testlesern, deren Rückmeldungen und Engagement ich enorm schätze. Ihr seid die Besten!

Meine Lektorin Ellen Rennen (Texpertin) hat sich dem Roman mit Liebe und Freude angenommen. Ihr Input hat die Geschichte und die Protagonisten weitergebracht.

Der gewissenhafte Feinschliff von Franziska Junghans (Korrektorat Ka&Jott) machte die Geschichte lesefreundlicher.

Bodo Bortuleit (dein-buchcover.de) für das wunderschöne Cover.

Maria von Kalahari Breeze Safaris hat das Buch auf fachliche Fehler geprüft. Sie spricht deutsch und organisiert unvergessliche Botswana-Reisen. Aus eigener Erfahrung empfehle ich sie wärmstens: www.kalaharibreezesafaris.com

Ich bedanke mich herzlich bei allen, die mit mir persönliche Gedanken teilen und mich so inspirieren.

Schön, dass ihr alle in meinem Leben seid!

ÜBER MARKUS GLAUSER

AUTOR. TRÄUMER. MACHER.

Markus lebt in einem Schweizer Vorort mit Blick ins Grüne und schreibt Romane, die in der Welt der Buschpiloten spielen. In seinen Geschichten geht es immer auch um wahres Glück, Familie und Liebe. Er liebt Rad- und Skifahren, Lesen und die letzten Wildnisgebiete dieser Welt. Insgesamt hat er mehrere Jahre mit Reisen in Nordamerika, Australien, Neuseeland, Afrika und Asien verbracht.

Um seinen Traum vom Schreiben zu leben, übergab der studierte Betriebsökonom das von ihm gegründete Beratungsunternehmen in den letzten Jahren weitgehend an seine Partner und Mitinhaber.

Seine Romane tauchen regelmäßig in den Amazon Bestsellerlisten auf.

Wolkenträume
SPIRIT OF THE BUSH PILOTS

Seine Gedanken zum Schreiben und Lesen:

Als Autor ist es mein Anspruch, Bücher zu schreiben, die ich selbst gerne lesen würde.

Ich liebe spannende Geschichten, die mich inspirieren und ein Stück Lebensphilosophie vermitteln, und Bücher mit packenden Figuren, die mehr wollen vom Leben, über sich hinauswachsen und sich weiterentwickeln. Bücher mit Herz und Verstand.

Ich mag es, wenn Romane nah am Leben sind und Einblicke in Familien und Beziehungen gewähren. Gerne auch romantisch und mit Happy End, aber ohne klebrigen Zuckerguss und übertriebene Dramatik, stattdessen mit einer verständlichen und schnörkellosen Sprache. Seitenlange Beschreibungen finde ich unnötig – lieber male ich mir die Details selbst aus.

Für Feedback habe ich stets ein offenes Ohr. Am besten hier:

mg@markusglauser.de
www.markusglauser.de

Impressum

Bibliografische Information der Deutschen Nationalbibliothek: Die Deutsche Nationalbibliothek verzeichnet diese Publikation in der Deutschen Nationalbibliografie; detaillierte bibliografische Daten sind im Internet über http://dnb.d-nb.de abrufbar.

www.markusglauser.de
1. Auflage: Dezember 2023
African Sunset – Vom letzten Abenteuer
ISBN Paperback: 978-3-75-460917-0

Lektorat: Texpertin, Aachen

Korrektorat: Ka&Jott, Bernau bei Berlin

Coverdesign: Bodo Bertuleit, Lübeck / Foto von iStock, Delbars

E-Book und Printbuch: veröffentlicht durch Amazon KDP

Printbuch »Edition Buchhandel«: veröffentlicht durch tolino media

Hörbuch: veröffentlicht durch XinXii

Proudly independently published.

❀ Erstellt mit Vellum

Printed in Poland
by Amazon Fulfillment
Poland Sp. z o.o., Wrocław

32844015R00208